Kinky Friedman
Ballettratten in der Vandam Street

Kinky Friedman, 1944 in Rio Duckworth, Texas, geboren, nahm mit der Country-Band »Kinky Friedman and His Texas Jewboys« sieben LPs auf, bevor er sich später aufs Schreiben von Krimis verlegte. Zehn davon erschienen auch auf deutsch und wurden in insgesamt 14 Sprachen übersetzt.

Der Übersetzer dankt dem Boswiler ÜbersetzerInnentreffen für Mithilfe in Sachen Limerick.

Titel der Originalausgabe: »Spanking Watson«

Edition
TIAMAT
Deutsche Erstveröffentlichung
Herausgeber:
Klaus Bittermann
Bearbeitet von Patrick Niemeyer
1. Auflage: Berlin 2005
© Verlag Klaus Bittermann
Grimmstr. 26 — 10967 Berlin
Druck und Bindung: Fuldaer Verlagsanstalt
Buchumschlag unter Verwendung einer Zeichnung von
Ulrike Haseloff
ISBN: 3-89320-084-3

Kinky Friedman

Ballettratten in der Vandam Street

Aus dem Amerikanischen von
Ulrich Blumenbach

Mit einem Nachwort von
Wiglaf Droste

Critica
Diabolis
125

Edition
TIAMAT

Für Chuck Adams

Wahrer Südstaatler
Ausgewachsener Briefmarkensammler
Jehovas Schaulustiger
Großer Lektor

* * *

Bei einem Ausflug ins Moor lagen Holmes und Watson auf einer Wiese und betrachteten die Sterne.

»Prüfen wir einmal Ihre Beobachtungsgabe, Watson«, sagte Holmes. »Was sehen Sie?«

»Ich sehe die Sterne am herrlichen Sommerhimmel«, sagte Watson. »Und was verrät Ihnen Ihre Beobachtungsgabe, Sherlock?«

»Meine Beobachtungsgabe verrät mir, daß jemand unser Zelt geklaut hat, Watson«, sagte Holmes.

* * *

»Wenn ich Veteran bin mit bloß einem Aug,
Wird nichts mehr getan als zum Himmel geschaut.«
W. H. AUDEN

»Ein großes Säugetier muß vor kurzem hier
vorbeigekommen sein.«
DR. WARREN BACHELIS

»Man heiratet nie den Menschen, mit dem man das erste Mal
Casablanca *gesehen hat.«*
KINKY FRIEDMAN
(LEIHGABE VON KACEY COHEN)

1

ES WAR MONTAG MORGEN, und die Katze und ich starrten beleidigt zum mondkratergroßen Loch an der Decke des Lofts hoch. Das Loch war zweifellos auf Winnie Katz und das unablässige Stampfen ihrer Lesbentanzschule auf dem Fußboden in dem Loft über meinem zurückzuführen. Nachdem ich am Vortag aus dem Gottesdienst in der Kirche der Heiligen Matratze gekommen war, hatte ich endlich Rambam an den Apparat bekommen, und er hatte versprochen, Joe-die-Hyäne anzurufen, der ein paar handverlesene Mitglieder der Internationalen Bruderschaft der Elektriker zusammentrommeln sollte. Er hatte auch versprochen, heute morgen pünktlich um acht mit den Handwerkern aufzutauchen. Jetzt war es Viertel nach zehn, und bis auf die Katze und mich war das Loft leer.

»Ein Jammer, was aus der glorreichen Gewerkschaftstradition dieses Landes geworden ist«, sagte ich zur Katze. »Aus legendären Bossen wie Joe Hill sind moderne Mafia-Bosse wie Joe-die-Hyäne geworden. Gut, ohne Joe-die-Hyäne würden wir jetzt nicht die Unterstützung kriegen, die wir jetzt nicht kriegen. Was würden Woody Guthrie oder Tom Joad wohl dazu sagen? Na, immerhin können wir dem Jesuskindlein dankbar sein, daß Lesben keine Gewerkschaft haben. Sonst würden wir für die Scheißdecke nie Schadenersatz bekommen.«

Die Katze verarbeitete meine Kommentare in stoischem Schweigen. Sie war Republikanerin, und die Probleme von Amerikas Werktätigen konnten ihr gestohlen bleiben. Dagegen brachte ich der Mühsal der arbeitenden Bevölkerung großes Mitgefühl entgegen. Einfühlung wäre allerdings zuviel gesagt, schließlich hatte ich in meinem Leben noch nie einen Tag gearbeitet, es sei denn, man zählte die zwei Jahre beim Friedenskorps, in denen ich mich im Dschungel vergeblich bemüht hatte, Leuten, die seit über zweitausend Jahren erfolgreich ihr Land bestellten, bessere Anbaumethoden beizubringen. Das einzige, was ich von all der Zeit und Mühe gehabt hatte, waren eine Überdosis Langeweile, eine Tätowierung, eine Handvoll Freunde, die ich wahrscheinlich nie wiedersehen werde, zwei Blasrohre, die an der Wand Spinnweben ansetzten, und manchmal mitten in der Nacht Heißhunger auf Affenhirn. Manch einer würde sagen, für elf Cents die Stunde sei das doch gar nicht schlecht.

»Beim Stamm der Punan auf Borneo gilt Affenhirn als Delikatesse«, sagte ich zur Katze und zapfte mir eine zweite Tasse Espresso.

Die Katze rümpfte die Nase und zog eine angeekelte Grimasse. Der aristokratischen Geste folgte ein leises, angeekeltes Miauen. Sie war wie viele Katzen und wie viele Republikaner eine radikale Ethnozentristin. Ihre Meinung zum Stamm der Punan auf Borneo ließ sich in einem Satz zusammenfassen: »Sollen sie doch Affenhirn essen.«

Um sie zu ärgern, ritt ich länger auf dem Thema herum, als nötig gewesen wäre. Ich zündete mir eine Zigarre an und betrachtete mit interesselosem Wohlgefallen, wie ein duftendes blaues Rauchwölkchen zu meiner Exdecke emporkräuselte. Unverzagt setzte ich alsdann meine Anthropologievorlesung fort und merkte dabei, wie die Katze fast an die Decke ging. Um der Wahrheit die Ehre zu geben, war es von meiner Seite des Katheders aus auch nicht sonderlich spannend, aber wenn man auf Rambam und die Internationale Bruderschaft der Elektriker wartete, mußte man ja irgendwie die Zeit totschlagen, sonst geriet man in heftigsten Aufruhr, wonach einem die Sicherungen durchbrannten, wonach man sich an der erstbesten dahergelaufenen Duschstange aufhängte, wonach man dann aber auch nie mehr Probleme mit der Decke hatte, weil man ja mit beiden Beinen fest auf dem Boden des Himmels stand.

»Der Stamm der Punan auf Borneo besteht aus nomadischen Pygmäen«, fuhr ich fort, »die inzwischen bestimmt durch einen völlig überflüssigen Staudamm der Regierung vertrieben oder gleich ganz ausgerottet worden sind, weil ein japanischer Tropenholzkonzern alle Bäume gefällt hat. Keine Bäume, keine Affen, kein Hirn, keine Punan. Die einzigen anthropologischen Beweise ihrer Existenz sind womöglich die beiden Blasrohre, die man an dieser Wand da ausgestellt sieht.«

Als ich das Augenmerk der Katze auf die besagte Wand richten wollte, wurde ich Zeuge einer seltsamen Szene. Es gab nicht nur keine Bäume, keine Affen, kein Hirn und keine Punan mehr. Es gab auch keine Katze mehr.

Ich kämpfte eine leichte Panik nieder und wollte mich gerade auf die Suche nach der Katze machen, als ein Lärm, der an das Nebelhorn eines großen Ozeandampfers erinnerte, auf ominöse

Weise durchs Loft toste. Ich ging zum Küchenfenster und schmiß einen Blick die vier Stockwerke in die Vandam Street runter. Da draußen war es ganz schön neblig, und ich konnte den Dampfer nicht sehen. Keine Bäume, keine Affen, kein Hirn, keine Punan, keine Katze, kein Schiff, keine Decke. Schönen Tag noch.

Wieder ertönte das Nebelhorn, und diesmal öffnete ich das Fenster der arktischen Leere, die New York City im Februar darstellte, und entdeckte daraufhin einen unscheinbaren Transporter, der als Herzstück einer Halskette aus Müllwagen auf dem Fußweg stand. Der Wagen spuckte ein paar Strichmännchen aus, und einer davon flehte mich von der Straße herauf an.

»Schmeiß den Scheißpuppenkopf runter!« brüllte Rambam. »Ich frier mir hier den Arsch ab!«

Ich ging zum Kühlschrank und nahm das letzte fröhliche Gesicht der Stadt herab. Das Gesicht gehörte einem kleinen Holzpuppenkopf, aber niemand wußte, wo die Puppe dazu abgeblieben war. Es war gut möglich, daß eine verkrüppelte Ballett-tänzerin auf dem siebten Saturnring mit ihr Kasperletheater spielte. Aber der Kopf lächelte noch, trotz des in den Mund geklemmten Hausschlüssels und des farbenfrohen Fallschirms, der an der Stelle befestigt war, wo Hals und Körper ineinander übergegangen wären. Ich warf den kleinen Kopf aus dem Fenster und beobachtete dann, wie er anmutig hinabschwebte, um schließlich in Rambams gierigen Pranken zu landen. Dann schloß ich das Fenster, bevor mein Hals noch vom Körper abfror und jemand einen farbenfrohen Fallschirm an meinem Skrotum befestigte.

»Eckstein, Eckstein, alles muß versteckt sein – und wer nicht auftaucht, wird mit Qualm vollgeraucht«, sang ich laut.

Die Katze und mich verband keine sonderlich belastbare oder reife Beziehung, und natürlich zeigte sie sich nicht, sondern hielt mich weiter zum Narren. Der Verzweiflung nah starrte ich an die Decke, und das brachte mich wieder auf den Boden. Ich hatte keine Zeit zum Katz-und-Kinky-Spielen. Winnie und ihre Lesbentanzschule hatten die Decke des Lofts schwer beschädigt, und damit ich auch für den Spott nicht zu sorgen brauchte, hatte Winnie es überdies abgelehnt, für den Schaden aufzukommen oder sich auch nur an den Stukkateurkosten zu beteiligen.

»Was dem einen sein Boden, ist dem andern seine Decke«, hatte ich ihr am Telefon vernünftig auseinandergesetzt.

»Was *der* einen *ihr* Boden, Cowboy«, hatte sie gesagt. »Außerdem ist mein Boden in Ordnung. Deine Decke weist wohl bautechnische Mängel auf.«

»Klar«, sagte ich. »Und wie viele Lesben können deiner Meinung nach auf einem Stecknadelkopf tanzen?«

»Darüber zerbrich du dir mal nicht deinen Stecknadelkopf«, sagte sie und legte auf.

Um die Katze und die Situation an der Lesbenfront konnte ich mich später kümmern, sagte ich mir. Ich hörte Rambam und die Handwerker die Treppe raufkommen, und wenn ich Glück hatte, machten sie sich auch bald an die Arbeit. Die Decke wies wirklich bautechnische Mängel auf, außerdem bekam ich so ein hohles Gefühl, wenn ich in die klaffenden Höhlen sah. Als hätte ich dreiundfünfzig Jahre auf diesem Planeten verbracht und außer einem Loch in der Decke nichts vorzuweisen.

»Joe läßt dich grüßen«, sagte Rambam, als er mit dem Puppenkopf in der Hand zur Tür hereinkam. »Und Vinnie und Gepetto läßt er arbeiten.«

»Mamma mia!« sagte Vinnie, als ich mich vorstellen wollte. »Wer zum Teufel wohnt da oben? Ein Scheißelefantendompteur?«

»Eine Lesbentanzschule«, sagte ich.

»Dann ist mir alles klar«, sagte Vinnie. »Wie spät ist es?«

»Halb elf«, sagte ich. »Aber das macht nichts. Wir haben den ganzen Tag Zeit.«

»Den ganzen Tag?« sagte Vinnie. »Scheiß die Wand an. Das kann die ganze Woche dauern.«

»Tut uns leid, daß wir so spät dran sind«, sagte Gepetto. »Wir mußten heute morgen noch beim Fischmarkt vorbei und uns – äh – um ein kleines Geschäft kümmern. Scheiße, Mann, die Decke ist *tutto caputto.* Das kostet eine Stange Geld.«

»Joe hat gesagt, Kinky kriegt den Israeli-Rabatt«, sagte Rambam.

»Ich weiß«, sagte Gepetto, »aber da hat er bestimmt nicht gewußt, daß dieser Stronzo von Loch groß genug ist, um Jimmy Hoffa drin zu verstecken.«

»Ich red noch mal mit Joe«, sagte Rambam. »Jetzt muß ich

aber erst mal los. Ich muß zum Flughafen, um eine Ladung Hundehandpuppen abzuholen. Fangt schon mal an, ich meld mich später dann noch mal. Bis dahin wendet euch an Kinky, wenn ihr noch was braucht.«

»He, Kinky«, sagte Vinnie, als Rambam zur Treppe ging, »wir brauchen noch was.«

»Was denn, Vinnie?« fragte ich.

»Senf«, sagte Vinnie. »Jetzt ist Mittagspause.«

2

ANDERS ALS FRAUEN, die Kindheit und diverse andere verpaßte Gelegenheiten im Leben kommen Katzen eigentlich immer zu einem zurück. Meine tauchte, wenig überraschend, wieder auf, als sich meine beiden italienischen Stukkateure an den Tisch setzten und ihr Mittagessen auspackten. Joe-die-Hyäne hatte sie wahrscheinlich für diesen Job ausgesucht, weil sie nicht das Verhalten an den Tag legten, das bei anderen, weniger bekömmlichen »Jobs« gefragt war. Sie verhielten sich einfach wie zwei sorglose Italiener, die der Katze und mir zudem anboten, ihren mitgebrachten üppigen Lunch mit ihnen zu teilen. Wir nahmen natürlich an. Es war ein Angebot, das man nicht ablehnen konnte.

Mein Auftragsbuch als Amateurdetektiv hatte in letzter Zeit viele leere Seiten aufzuweisen, und auch mein Sozialleben war ein unbeschriebenes Blatt – was an meiner Persönlichkeitsstruktur liegen mochte, die so abstoßend war, daß kaum jemand mehr als die ersten drei Minuten meines oberflächlichen Charmes durchhielt. Mir war das eigentlich ganz recht. Es bewahrte mich vor destruktiven, koabhängigen, langfristigen Beziehungen. Daher war ich der Vorstellung gar nicht so abgeneigt, daß Vinnie und Gepetto das einsame Loft ein paar Tage mit der Katze und mir teilen würden. Auf den ersten Blick waren sie doch ganz passabel. Möglicherweise gab es ja auch nicht mehr als den ersten Blick.

Ich beschloß, sie genau so zu behandeln wie jede andere Hauspest. Ich hatte schließlich schon ödere Besucher gehabt – Ratso zum Beispiel. Deshalb bot ich ihnen nach dem Mittagessen aus der prunkvollen Profi-Espressomaschine mit dem Bronzeadler obendrauf, die ungefähr ein Drittel der Küche einnahm, eine Tasse Espresso an. Als Vinnie und Gepetto die Espressomaschine zu Gesicht bekamen, wurden sie lebhafter als je zuvor in unserer kurzen Bekanntschaft.

»Wo haste die denn her?« fragte Vinnie.

»Joe hat sie mir vor Jahren zukommen lassen.«

»Warum denn das?« fragte Gepetto.

»Weil ich seine Tochter bei einem Überfall vor einer Bank in der Christopher Street gerettet habe, glaube ich.«

»Das ist eine jesusmäßig schöne Maschine«, sagte Vinnie.

»Es ist auch eine jesusmäßig gute Geschichte«, sagte Gepetto. »Bloß nicht wahr.«

»Wie meinst du das?« sagte ich.

»Joe hat gar keine Tochter«, sagte Vinnie.

Ich dachte darüber nach, während wir in eisigem Schweigen an unseren Espressi nippten. Ich hoffte, Rambam würde zurückkommen, bevor ich aus einem Powerschlummer aufwachte und den Kopf der Katze neben mir auf dem Kissen fand. Die Katze hingegen schien sich zunehmend für die Vorstellung zu erwärmen, daß wir eine Weile Gesellschaft haben würden. Als Vinnie und Gepetto endlich ihre Leitern aufbauten, begab sie sich auf ihren Stammplatz im Schaukelstuhl und machte es sich für die Vorstellung gemütlich. Ich ging zum Schreibtisch, setzte mich und hätte im nachhinein doch lieber Bob Vila den Auftrag gegeben.

Was soll's, sagte ich mir, wenn Rambam zurückkommt, klärt sich das kleine Mißverständnis bestimmt schnell auf. Entweder hatte Joe-die-Hyäne eine Tochter, oder er hatte keine Tochter. Sicher wußte ich nur, daß ich eine Espressomaschine hatte und daß die beiden Männer wohl neidisch waren. In Italien wahrscheinlich ein Allerweltsleiden. Espressomaschinenneid.

Aber nicht die beiden Italiener ärgerten mich. Auch das anderthalb Meter große Loch in der Decke trieb mich nicht die Wände hoch. Nein, in heftigsten Aufruhr versetzte mich immer noch die Tatsache, daß ein Großteil des Stucks, der sich mal in dem Loch befunden hatte, mir direkt auf den Kopf gefallen war.

Laut Stephanie DuPont, der sensationell überwältigenden Blondine, die ein Stockwerk über mir auf der anderen Seite des Flurs wohnte, war ich nur für ein paar Stunden bewußtlos gewesen. Sie hatte mich im Loft auf dem Boden gefunden, wo ich mich wie Rip Van Winkle auf Gorillakeksen fühlte. Ihre zwei Stunden waren mir wie zwanzig Jahre vorgekommen, und ich war mir bis heute nicht sicher, wer von uns seine Uhr beschnitten hatte. Der Schlag auf den Kopf hatte mich auf Ratsos Sofa mit den Bremsspuren zurücktorkeln lassen, meine erste offizielle Bleibe in New York. Wenn das alles bloß ein Traum gewesen sein sollte, wollte ich mein Geld zurück.

Eher ein Albtraum. Albträume scheinen von jeher ein späteres Verfallsdatum als Träume zu haben. Sie erreichen mehr Leute. Viele Amerikaner mögen viele ihrer Träume vergessen haben, aber das Zeug, aus dem die Albträume sind, schüttelt man erst ab, wenn man durch die Falltür stürzt. Ich hatte in rund zwei Stunden zwanzig Jahre reine Hölle durchlebt, und an jedem einzelnen wachen, wunden und wehen Augenblick davon war Winnie Katz schuld, dachte ich und nahm mir eine frische Zigarre aus Sherlock Holmes' Porzellankopf.

Handwerker- und weltvergessen gab ich mir mit einem Küchenstreichholz Feuer, die Zigarrenspitze immer knapp über der Flamme. Ich sah dem Rauch nach, der zur zerstörten Decke hochkräuselte, und mit ihm zerkräuselten auch meine Träume. *»His Kinkyship sails at dawn«,* sagte ich zur Katze.

Die Katze sagte natürlich nichts. Sie lag immer noch wie festgenagelt im Schaukelstuhl und sah zwei Männern zu, die ein Loch verputzten.

Theoretisch wußte ich, daß selbst Winnie Katz nicht teuflisch genug war, um mir den Stuck absichtlich auf den Kopf fallen zu lassen. Praktisch mußte ich jedoch einer spirituell nachlässigen Lesbe wegen zwanzig Jahre Vorhölle infolge exzessiven Konsums peruanischer Marschverpflegung noch einmal durchleben und durchleiden. In diesem Zeitraum hatte ich einen Verrückten verfolgt, der meinen flüchtigen Freund Abbie Hoffman verfolgte, der mittlerweile vor über zehn Jahren zu Jesus gegangen war. Das modernde Laub der Vergangenheit zusammenzuharken ist lästige Gartenarbeit. Ob man zwei Stunden oder zwanzig Jahre lang harkt, man modert schneller als das Laub.

Vinnie und Gepetto waren längst weg, als Rambam ins Loft zurückkam. Das Loch in der Decke hatte sich während seiner Abwesenheit nicht verändert. Der einzige Unterschied war, daß das Loft nun die düstere Atmosphäre einer verlassenen Baustelle in der Bronx angenommen hatte, im ganzen Wohnzimmer standen und lagen nämlich Leitern, Gerüste, Planen und Werkzeug verstreut.

»Was glauben die denn, wo sie hier sind?« sagte Rambam. »In der verdammten Sixtinischen Kapelle?«

»Du hast die Typen schließlich ausgesucht.«

»Ich habe die Typen nicht ausgesucht«, sagte Rambam aufgebracht. »Joe-die-Hyäne hat die Typen ausgesucht.«

»Was mich auf ein anderes kleines Problem bringt«, sagte ich. »Hat Joe-die-Hyäne eine Tochter?«

»Hat Joe-die-Hyäne eine Tochter?« sagte Rambam ungläubig. »Hat der Papst ein komisches Hütchen auf? *Natürlich* hat Joe eine Tochter. Deswegen hat er dir doch die Espressomaschine da geschickt. Du hast sie bei dem Überfall vor der Bank in der Christopher Street gerettet, schon vergessen? Ist dir jetzt die letzte Hirnzelle durchgebrannt?«

»Vinnie und Gepetto meinen, Joe hat gar keine Tochter.«

Rambam war ausnahmsweise um eine Antwort verlegen. Automatisch goß er sich einen Jameson Irish Whiskey in ein herumstehendes Glas, nahm es mit ans Fenster und starrte schweigend auf die dunkel werdende Straße hinab. Ich wollte auf seiner Wellenlänge bleiben und goß mir auch einen anständigen Jameson erst ins alte Stierhorn, das ich oft als Schnapsglas benutzte, und dann hinter die Binde. Ich wartete auf ein Wort von Rambam, aber anscheinend hatte ihm die Katze die Zunge gefressen.

»Was machen wir jetzt?« sagte ich schließlich. »Wie überprüft man so etwas?«

»Sehr vorsichtig«, sagte Rambam.

3

IM LAUF DER NÄCHSTEN TAGE wurden Vinnie, Gepetto, die Katze und ich fast schon eine kleine Familie. Wir machten ständig Espressopause, freuten uns aufs gemeinsame Mittagessen, und am Donnerstag, als die beiden Handwerker freinahmen, um Mussolinis Geburtstag oder so zu feiern, fehlten sie der Katze und mir richtig. Vielleicht hatte die Anwesenheit anderer Menschen im Loft die gewöhnlich dort herrschende Einsamkeit spürbarer gemacht. Vielleicht lag es auch einfach an der entfremdeten Seele des Privatdetektivs, der in ewiger Vergeblichkeit die Geheimnisse des Lebens in der großen Stadt zu ergründen suchte.

Die Arbeit machte Fortschritte, und zwar im Tempo einer Gartenschnecke, die eine große Sonnenblume überquerte. Es gab aber auch Momente unbeschwerter Heiterkeit, etwa als die Lesbentanzschule genau in dem Moment in Fahrt kam, als Gepetto oben auf der Leiter stand und ein bißchen Putz aufbringen wollte. Als sich sein Spachtel gerade einem kaputten Teil der Decke näherte, regnete ihm der Putz ins Gesicht, und plötzlich sah er wie ein wütender italienischer Pantomime aus.

»Gottverfluchte Buschlutscher!« brüllte er. »Kinky, Mann, sorg dafür, daß dieser Scheiß ein Ende hat, oder wir verlieren Boden.«

»Ich ruf sie ja schon jeden Tag an«, sagte ich. »Was soll ich denn noch machen?«

»Möchtest du, daß *wir* etwas unternehmen?« fragte Vinnie mit einer plötzlich kindlichen, bösen Ernsthaftigkeit, die ich irgendwie beunruhigend fand.

»Nein, nein«, sagte ich. »Ich halte mich im Umgang mit den blöden Lesben lieber an diplomatische Gepflogenheiten.«

»Dann sagt gefälligst nichts Schlechtes über Lesben«, rief Gepetto von seiner Leiter herab. »Ich steh nämlich auch auf Muschis!«

Alle lachten, bis auf die Katze natürlich, die auf dem Küchentisch lag und starr geradeaus stierte. Aus vielerlei Gründen fand sie die Bemerkung nicht gerade komisch.

Als Freitag morgen angerollt kam, wachte ich auf und mußte zu meinem Verdruß feststellen, daß der ganze am Mittwoch, vor Mussolinis Geburtstag oder so, aufgebrachte Gips wieder auf dem Fußboden direkt unter dem Loch lag.

»Vielleicht verlieren wir wirklich an Boden«, sagte ich zur Katze.

Die Katze sagte natürlich nichts. Sie saß auf dem Fensterbrett und wartete auf die Ankunft von Vinnie und Gepetto.

»Rambam hat mir zugesichert, daß wir für die Arbeit den Israeli-Rabatt berechnet kriegen, und da können wir wirklich von

Glück reden, im Moment furzen wir beide nämlich nicht gerade in Seide.«

Die Katze warf mir einen kurzen verächtlichen Blick zu. Wie alle Katzen war sie im Grunde ihres Herzens – falls Katzen Herzen haben – ein humorloser, verklemmter Spießer. Wie alle Menschen war ich im Grunde meines Herzens – falls Menschen Herzen haben – pervers, provokant, paranoid, von der Menschheit Schmutz überzogen und stand mir ewig selbst im Wege.

»Ich weiß, daß du das erschreckend homophob findest, aber diese blöden Lesben haben mir schon zwei Stunden meines Lebens geraubt und mich zwanzig Jahre zurück in eine Zeit geschickt, die ganz einfach die Hölle war. Ganz zu schweigen von der Hölle, die ich durchmache, wenn ich ihr Treiben da oben mit anhören muß.«

Gleichsam als Zeichen des Himmels setzte unmittelbar über uns das Stampfen und Poltern der Lesbentanzschule wieder ein. Vielleicht lag es an meinem kleinen Kater, daß ich den Lärm noch unerträglicher fand als sonst. Die Katze sah mit ihren Ampelaugen zu mir herüber, und hätte ich es nicht besser gewußt, hätte ich schwören können, daß sie lächelte.

»Eins kann ich dir sagen«, sagte ich grimmig. »Dieser gottverfluchte Krach muß ein Ende haben, oder ich werde ...«

Ich kam nicht dazu, der Katze mitzuteilen, was ich gegen den Krach da oben zu tun gedachte, weil unsere Sinne auf einmal von einem Krach auf der Straße heimgesucht wurden. Ich ging zum Fenster und sah, daß Vinnie und Gepetto ihren Transporter durch eine Phalanx parkender Müllwagen manövriert hatten, auf dem Fußweg standen und nach dem Puppenkopf brüllten. Ich ging zum Kühlschrank und sah, daß mich der Puppenkopf immer noch anlächelte. Ich erwiderte sein Lächeln nicht. Ich nahm ihn, machte das Fenster auf und warf ihn auf die gefrorene Tundra der Vandam Street hinab.

Vinnie und Gepetto fischten gleichzeitig nach dem Puppenkopf, was Vinnie über den Bordstein stolpern und Gepetto auf dem vereisten Fußweg ausrutschen ließ. Es war nie sonderlich ratsam, fallende Italiener auszulachen, zumal wenn sie für Joedie-Hyäne arbeiteten, also verkniff ich es mir. Dafür sah ich voller Schadenfreude, wie der kleine Puppenkopf auf dem Fußweg zwischen ihnen Bruchlandung machte.

»Das sollte dir das widerliche Holzgrinsen endlich mal von der Backe putzen«, sagte ich.

Sofort bereute ich die Bemerkung. Welcher Teufel war denn da in mich gefahren? Es ist ein schlechtes Zeichen, wenn der beste Freund, den man auf der Welt hat, ein kleiner schwarzer Puppenkopf ist, aber das war jetzt schon seit Jahren so. Und plötzlich ließ ich es zu, daß Winnie Katz und ihre gottverfluchte Heidentruppe einen Keil in die beständigste und heldenmütigste Freundschaft meines Lebens trieb.

»Ich liebe diesen kleinen Negerpuppenkopf«, sagte ich zur Katze, »und soweit ich es beurteilen kann, liebt er mich auch. Möge er sein heroisches, stoisches Lächeln beibehalten, bis alle Tauben New Yorks nach Hawaii geflogen sind. Vergebung ist der Helden Zier.«

Die Katze sah mich an, wie man einen Menschen ansah, der sich gerade als ehemaliger Psychiatriepatient entpuppt hatte. Das Mitleid in ihren Augen war zum Ersticken.

»Möge der Puppenkopf lächeln, bis alle Katzen New Yorks nach Hawaii geflogen sind«, sagte ich.

Die Katze sagte natürlich nichts. Es gab auch fast nichts zu sagen, und hätte jemand es gesagt, wäre es wegen der Lesbentanzschule nicht zu hören gewesen. Als Vinnie und Gepetto hereinkamen, war ich meiner Gefühle wieder halbwegs Herr, nahm den kleinen Puppenkopf entgegen und legte ihn behutsam, ja fast zärtlich auf den Kühlschrank zurück. Seine Augen waren schwarz und klar und sein Lächeln beständig und wahr.

»Willkommen zu Hause«, sagte ich. »Wie war die Reise?«

»Wie bitte?« rief Vinnie.

»Nichts«, sagte ich leicht verwirrt. Beim Gespräch mit einer Katze belauscht zu werden mag ja noch angehen, heikel wird es, beim Gespräch mit einem kleinen schwarzen Puppenkopf belauscht zu werden.

»Hier versteht man ja sein eigenes Wort nicht«, rief Vinnie und machte eine obszöne Geste zur Decke. »Wie lange geht das denn schon mit diesem Gestampfe?«

»Winnie Katz' Lesbentanzschule ist wie Gott«, sagte ich. »Der Mensch bekommt ihn nie zu Gesicht, aber man weiß immer, daß er da ist.«

»Das ist wahrhaft philosophisch«, sagte Gepetto.

4

Am späten Nachmittag, als draußen vor den Fenstern die Müllwagen knurrten, von oben die Lesben erbarmungslos polterten und stampften und Vinnie und Gepetto nach oben hämmerten, meißelten und herumkratzten, bekam ich Winnie endlich ans Telefon.

»Was ist denn nun schon wieder?« rief sie, nachdem ich meinen Namen genannt hatte.

»Wenn du schon nicht den Anstand hast, meine Anrufe zu beantworten«, sagte ich und versuchte es auf rationale und reife Weise, »dann sei doch bitte so anständig, dieses infernalische Stampfen zu lassen, um mir die Chance zu geben, meine Decke ausbessern zu lassen.«

»Wie kannst du es wagen!« kreischte sie. »Es geht hier um mein *Leben!* Es geht hier um meine *Berufung!* Ich sitze hier schließlich nicht den ganzen Tag auf dem Arsch, rauche eine Zigarre nach der anderen und spiele Privatdetektiv. Es geht hier um meine *Kunst!*«

»Immer schön geschmeidig bleiben. Ich habe dich höflich um etwas gebeten, und du machst hier auf Knallcharge und willst mir den Kopf abreißen.«

»Von wegen Charge«, sagte sie. »Chargen sind Männer. Für die hast du wahrscheinlich noch andere Bezeichnungen.«

»Kritiker«, sagte ich. »Wir nennen sie ›Kritiker‹.«

»Also die Kritiker haben über meine Arbeit in den höchsten Tönen geschwärmt. Für meine letzte Tanz-Performance habe ich in der *Times* eine hymnische Besprechung erfahren.«

»Welche war das? *Der Nußknacker?*«

»Sehr witzig.«

»Könnt ihr also bitte mal eine Weile Pause machen? Nur bis die Handwerker fertig sind?«

»Bist du nicht ganz frisch? Hier geht's um eine Ballettprobe. Die setz ich nicht mal aus, wenn mir der Himmel auf den Kopf fällt.«

»Darum geht es ja gerade. Er fällt schon.«

»Dein Ständer auch, Bangbüx. An die Arbeit, Mädchen!«

Bevor sie auflegte, hörte ich noch, wie die Musik wieder loswummerte, ungefähr zwei Takte danach ging das Stampfen wieder los, und das Loft dröhnte alsbald wie ein Tamburin.

»Ihr Huren!« schrie ich in den toten Hörer. »Ihr fiesen, geistig minderbemittelten Buschpiloten!«

»Genau, Kinky, zeig's ihr!« rief Vinnie. Gepetto schlug zur Unterstützung mit seiner Kelle gegen das obere Ende der Aluminiumleiter.

»Killt die Lesbyterianer!« grölte er.

Die Katze sah zur Decke hoch. Dann sprangen ihre Augen von Gelb auf Grün um, und eine frostige feline, feminine Furie starrte mir tief in die Seele. Ich konnte mir unschwer denken, mit welcher Seite der Decke sie sympathisierte.

Abends glich das Wohnzimmer einer Stadt nach einer Bombardierung. Die Katze und ich waren die einzigen Bewohner des Trümmerfeldes und wußten, daß wir irgendwie durchhalten mußten. Für die Katze war mein Dschihad gegen Winnie Katz sichtlich traumatisierend. Sie fraß eine große Portion Putenhäppchen in heller Soße, die Vinnie ein paar Tage später in Form getrockneter Katzenkotze, die exakt die Form von General Augusto Pinochets Schnurrbart hatte, aus seinem Werkzeugkasten kratzen mußte. Ich dagegen rauchte endlose Ketten wiederbelebter Zigarren, lief auf den schmalen Trampelpfaden durchs Wohnzimmer endlos hin und her und unternahm endlose und stets erfolglose Versuche, telefonisch in New York eine Menschenseele zu finden, die mich in meinem Selbstmitleid unterstützen konnte. Auch trank ich genug Jameson Irish Whiskey, um in Regionen wegzutreten, wo kein Nachtbus mehr fuhr.

Die Village Irregulars, wie mein lockerer Kreis treuer Freunde getauft worden war, waren an jenem schicksalhaften Freitagabend zur Cinderellazeit nicht verfügbar. Ratso, Gewohnheitstier und mein farbenprächtiger Flohmarktfreund, war weg und spielte sein traditionelles Mitternachtseishockey. McGovern, unerschrockener Reporter und mein irischer Lieblingsdichter, trank um diese Zeit garantiert einen großen Wodka McGovern, entweder im Bistro an der Ecke oder im Monkey's Paw. Mick Brennan, Starfotograf und Störenfried, war bestimmt in seiner Dunkelkammer und masturbierte wie ein Affe, oder er war in der Stadt unterwegs und demonstrierte, warum er von manchen Leuten »Giftzwerg« genannt wurde. Rambam war bei einer geheimnisumwitterten Ermittlung und hätte nicht mal reagiert, wenn man ihm gesagt hätte, seine Großmutter sei gegrillt worden. Stephanie DuPont, das Objekt meiner zerstörten amerikanischen Träume, hatte garantiert ein Techtelmechtel mit einem dreißigjährigen Investmentbanker mit Zehnzentimeterschwanz. Nur ich war anscheinend zu Hause, und selbst da war ich mir nicht ganz sicher. Ein Zuhause kann ganz schön öde werden, wenn man nicht weit genug weg ist, um es zu vermissen.

»Man kämpft nicht gegen die Welt, sondern gegen sich selbst«, sagte ich zur Katze. »Stephen Crane, 1896. Und als Hinweis für alle, die in der Schule immer geschlafen haben: Von dem ist das Buch *Die rote Tapferkeitsmedaille.*«

Die Katze schlief gerade unter meiner Schreibtischlampe, die sie oft als private Heizlampe nutzte, sehr zu meinem Verdruß in den seltenen Fällen, wo ich dort zu arbeiten hatte. Ein guter Privatdetektiv braucht eigentlich gar keinen Schreibtisch, bestenfalls jedenfalls nur, weil man ohne Schreibtisch nicht weiß, wo man beim Warten auf den nächsten Fall die Beine hinlegen soll. Ich hatte also die Beine auf den Schreibtisch gelegt, meine Hand umschloß das alte Stierhorn, und meine blutunterlaufenen Augen versuchten herauszufinden, ob sich in den archäologischen Ruinen, die ich einst als meine Decke angesehen hatte, schon Troglodyten eingenistet hatten. Die Katze schlief weiter.

»Emily Dickinson starb 1886«, sagte ich. »Ihr einziger Freund war ein Hund namens Austin.«

Die Katze schlief weiter. Nur ihr linkes Ohr zuckte kurz, aber entschieden, leicht gereizt quasi beziehungsweise diffus verärgert. Vielleicht hatte sie einen Floh im Ohr. Vielleicht einen, der aus dem Loch in der Decke gefallen war.

»F. Scott Fitzgerald wurde 1896 geboren. Er war auch nicht gerade ein glücklicher Amerikaner. Ernest Hemingway machte sich über seinen relativ kleinen Penis lustig, und er war meistens pleite und immer bedröhnt. Vielleicht wohnte er unter einer Lesbentanzschule. Er starb einsam in Malibu, was zwar weniger romantisch ist als ein Tod in der Gosse, aber als Wohnort gar nicht so schlecht, wenn es einen nicht stört, eine Million für ein Haus am Strand zu bezahlen, das wie eine x-beliebige Garage aussieht.«

Ich war langsam ernsthaft zugeballert, bei der Katze schlug keine Therapie an, und das Loch in der Decke schien langsam das Ausmaß des Lochs in meinem Leben zu erreichen. Ich zündete mir jedoch eine frische Zigarre an, goß mir einen frischen Jameson ins Stierhorn und schrieb Winnie Katz auf meinem Big-Chief-Block makabre Drohbriefe. Mir mußte keiner sagen, daß es ungesund war, mit einer schlafenden Katze Konversation zu machen. Zum Glück war keiner da, der mir das sagen konnte.

»1889 starb Pater Damien unter den Leprakranken auf Molokai. Van Gogh brachte sich ein Jahr später zum Abdecker. Zwei Jahre zuvor hatte er einen Hut mit brennenden Kerzen drauf getragen, um *Das Nachtcafé* und die *Sternennacht* zu malen. Dagegen war nichts einzuwenden. Ungefähr zur selben Zeit wurde Oscar Wilde wegen Sodomie vor Gericht gestellt und verurteilt. Später wurde ihm nur noch mangelndes Abstandhalten zur Last gelegt, aber da war's dann schon zu spät. Er ging in einem Nachtcafé zu Jesus, das dem von van Gogh mit Kerzen auf dem Hut gemalten ziemlich ähnlich war. Und Damien war Zimmermann, genau wie Jesus. Wenn die Jungs es in den flüchtigen Stunden ihres Wahnsinns bloß mal geschafft hätten, sich zu treffen und anzufreunden. Haben sie ja vielleicht. Aber die Welt entließ sie zu den Sternen wie eine schlafende Katze.«

Ich brachte das Licht um und ging wie die Katze schlafen.

5

AM SAMSTAG MORGEN WACHTE ICH mit einem scheußlichen Kater auf, während jemand an die Loft-Tür hämmerte. Auch in meinem halbbewußten Traumzustand hatte ich eine ziemlich klare Vorstellung davon, wer das sein konnte.

»Kinkstah! He, Kinkstah! Ich bin's, Kinkstah! Mach auf!«

Klar, das war Ratso. Unklar war nur, wie er ohne den Puppenkopf ins Haus gekommen war. Noch im alten Sarong aus Borneo, der infolge meiner morgendlichen Monsterlatte einem Kindheitsgartenzelt glich, stolperte ich zur Tür und zitierte unterwegs alle Welt von Shakespeare bis Bukowski. In Null Komma nichts war Ratso in der Wohnung, rieb sich die Hände wie ein Insekt und musterte die Nachkriegslandschaft meines Wohnzimmers.

»He, Kinkstah!« schrie er mit seiner Nagerstimme in einer Lautstärke, die mir in den Ohren weh tat. »Du hast ja gar nicht erzählt, daß du ein Oberlicht einbauen läßt!«

Ich setzte mich langsam und hielt mir den Kopf. Ich schloß die

Augen, sah ein paar von van Goghs Sternen vor mir und schickte ein Stoßgebet zum Himmel, Ratso möge wieder fortgehen. Es wurde nicht erhört.

»Klasse Idee, Kinkstah! Kriegt die Wohnung mal ein bißchen Licht.«

»Ratso«, sagte ich, »wir sind im dritten Stock. Dies ist inklusive Parterre ein fünfstöckiges Haus. Wie zum Geier soll ich da ein Oberlicht einbauen lassen?«

»Leicht wird es nicht«, sagte er.

»Nein, allerdings nicht.«

»Warum machst du's dann?«

»Ich mache es, damit Leute, die mich am frühen Samstagmorgen aus dem Bett werfen, einen Gesprächseinstieg haben und dadurch die Etikette gewahrt bleibt. Außerdem hoffe ich, daß das Oberlicht die infolge der schwindenden Ozonschicht schädlichen Sonnenstrahlen bündelt und der Gesundheit von Leuten, die hereinschneien und dumme Fragen stellen, bleibende Schäden zufügt. Apropos, wie bist du überhaupt ins Haus gekommen?«

»Eine Lesbe ist gerade vorbeigekommen und hat mir die Tür aufgehalten«, sagte Ratso. »Sehr zuvorkommend. Irgendwie süß. Freundlich.«

»Lad sie doch mal ein.«

Ich ging zur Espressomaschine und legte mit ihr einen Kavaliersstart hin. Kurz darauf gurgelte und zischte sie und summte eine ganz anständige Annäherung an Roger Millers »England Swings«. Dank der Geräusche der Espressomaschine und Ratsos kurzem Schweigen ging es mir schon viel besser. Als Rita Jo und ich vor vielen Jahren zusammen nach London gereist waren, war »England Swings« unser Song gewesen. Rita Jo war Miss Texas des Jahres 1987. Während ich, wie mein Freund Don Imus oft betont, die Miss Texas des Jahres 1967 war. Ich hatte mich ein paar Tage zuvor mit Rita Jo unterhalten und ihr gestanden, daß ich sie immer noch liebte. »Mein Leben hat ein Loch«, hatte ich gesagt, aber nicht das Dach gemeint. »Steck eine Zigarre rein«, hatte sie vorgeschlagen. Nichts dauert ewig, dachte ich und zapfte zwei Tassen heißen, bitteren Espresso. Nicht einmal »England Swings«.

»Okay«, sagte Ratso, »dann baust du eben kein Oberlicht ein. Dann bleibt nur eine Erklärung für dein Tun.«

»Und die wäre, mein lieber Ratso?« sagte ich und hielt ihm eine Tasse Espresso hin.

»Du machst eine Performance«, sagte er.

Ratso setzte sich aufs Sofa und rückte die Waschbärmütze zurecht, an der noch der Kopf mit den zugenähten Augen baumelte. Er trug seine lachsfarbenen Hosen, die alten roten Schuhe, die einst jemandem gehörten, der sich längst auf den Weg über den Regenbogen gemacht hatte, und einen schleimfarbenen Kaschmirpullover, der ganz schick hätte aussehen können, hätte ihn nicht quer über der Brust die Aufschrift »Tod allem Yuppie-Abschaum« geziert.

Ich ließ Ratso kurz allein und ging ins Schlafzimmer, um mir etwas nicht ganz so Anzügliches anzuziehen. Die Katze war aufgewacht, und der Anblick eines Ratsos, der auf dem Sofa saß und Espresso trank, ließ sie nicht gerade in Begeisterungsstürme ausbrechen. Ratso hatte der Katze nie etwas getan, aber sie verabscheute ihn, was sogar so weit ging, daß sie in gar nicht so ferner Vergangenheit einen Nixon in einen seiner alten roten Totenschuhe abgedrückt hatte. Jetzt machte sie ein paar Schritte ins Wohnzimmer, peitschte ein paarmal heftig mit dem Schwanz, drehte sich um, ging ins Schlafzimmer zurück, sprang aufs Bett und schlief wieder ein.

»Keine schlechte Idee«, sagte ich.

Bald darauf hatte ich den dritten Espresso und die erste Zigarre des Tages in der Mache und war ganz in die Arbeit vertieft, der Katze eine Dose Les Cuisinés mit Lachs und Forelle an Gemüsesauce zu servieren, als ich vom Wohnzimmer her einen Aufschrei hörte. Ich drehte mich um und sah Ratso, der an meinem Schreibtisch stand und den Big-Chief-Block hochhielt.

»Um Himmels willen!« rief er. »Ist das eine Morddrohung?«

Ich paffte lakonisch meine Zigarre und versuchte, den Anschein eines Mannes zu erwecken, der eine Katze fütterte. Genau das hätte nicht passieren dürfen. Zum einen ging es Ratso nichts an. Zum anderen würde ich mich in Grund und Boden schämen, wenn Ratso herausfand, daß ich im Rausch dem Lesbentanzhauptmann Morddrohungen geschrieben hatte. Ratso würde es sofort in der ganzen Welt herumerzählen, und jedermann, der es hörte, würde mich für verrückt erklären. Für fast so verrückt wie einen Menschen, der Kerzen auf dem Hut trug.

»›Du hast in mein Leben ein Loch gemacht‹«, las Ratso vor. »›Das sollst du mir bitter bezahlen, selbst wenn es mein Ende bedeutet.‹«

Ich gab die vorgeschützte Ruhe auf, sprang zum Schreibtisch und riß Ratso die »Morddrohung« aus der Hand. Meine heftige Reaktion schien ihn zu verblüffen, und ich versuchte mit einiger Verspätung, ihn von der Spur abzubringen.

»Bloß ein Fall, an dem ich gerade arbeite«, sagte ich und bemühte mich mit passablem Erfolg um Gleichgültigkeit. Ich faltete den belastenden Zettel zusammen und steckte ihn cool und hoffentlich wie nebenbei in die Tasche.

»Muß ja ein Mordsfall sein«, sagte Ratso.

»Komm, wir gehen zu Big Wong's«, sagte ich.

Ratso gegenüber Chinatown zu erwähnen war ein Trick, der immer zog. Die Vorstellung, mit jemandem essen gehen zu dürfen, der höchstwahrscheinlich die Rechnung begleichen würde, war ein Trick, der bei Ratso immer zog. Er war ein gutherziger Mensch, aber in puncto Rechnungen waren seine Spendierhosen immer in der Reinigung.

Und so sahen wir uns kurz darauf gegen die Kälte eingemummelt die Mott Street in Richtung Big Wong's Restaurant hinablaufen. Ruck, zuck waren wir von den freundlichen Kellnern auf ihre traditionelle fernöstliche Weise begrüßt worden: »Oooh-lah-lah! Oooh-lah-lah! Kee-kee! Chee-chee!«

Die genaue Definition von »Kee-kee« und »Chee-chee« hat in der Vergangenheit einige gutmütige Debatten ausgelöst. Die beiden Begriffe können Koseworte sein oder sich auf gewisse Aspekte unserer Identitäten beziehen. Die Kellner konnten Ratso und mich auch für ein Schwulenpärchen halten, oder aber wir beide waren die Zielscheibe langanhaltenden und bösartigen anti-okzidentalistischen, vielleicht sogar antisemitischen Hasses. Dessen ungeachtet, ist Ratso unbeirrt der Ansicht, das Schwein vom Grill in diesem Lokal sei absolute Killerbiene. Dummerweise spricht er es immer wie »Schwan vom Grill« aus. Aber die Kellner, muß man dazusagen, sprechen »Schwan« genauso aus wie Ratso. Meines Wissens ist das der einzige Beleg, daß eine Begegnung von Ost und West je zu so etwas wie einer gemeinsamen Basis geführt hat.

»Laß mal die Morddrohung rüberwachsen«, sagte Ratso und

fiel begeistert über sein Lieblingsgericht her, Schwan vom Grill mit Rührei auf Reis.

»Ratso, ich ermittle da in einem sehr vertraulichen Fall. Er könnte auch sehr gefährlich werden. Bei einem solchen Fall habe ich einfach kein gutes Gefühl, mich dir anzuvertrauen. Ich könnte dir allerdings etwas von diesem Sauergemüse, Tintenfisch und tausendjährigem Ei anvertrauen.«

»Was soll denn das auf einmal, Kinkstah? Ich hab bei praktisch jedem Fall mitgemacht, den du je übernommen hast. Brich dir mal keinen ab, Sherlock. Wenn ich nicht Watson bin, wer dann?«

Ratsos Feststellung entsprach der Wahrheit. Er begegnete meinen Ermittlungen stets mit uneingeschränkter Loyalität und charmanter Naivität und war in der Vergangenheit fast immer mein Partner und Vertrauter gewesen. Rambam allerdings auch. Und McGovern natürlich. Seit einiger Zeit sogar Stephanie DuPont, die attraktiver und mondäner war als Ratso, ganz zu schweigen davon, daß sie in seiner lächerlichen Waschbärmütze nicht mal tot überm Zaun hätte hängen mögen.

»Du bist ein prima Watson, Ratso, aber ...«

»Dann zeig mir den Scheißzettel.«

Eigentlich gab es keinen Grund, Ratso den Zettel nicht zu zeigen, außer daß es eben bloß Quatsch mit Soße war, den ich selbst im Vollrausch fabriziert hatte und der mir jetzt peinlich war, zudem brauchte ich keinen Ratso, der mich herumschubste wie einen kleinen roten Apfel.

»Sieh dich um, Ratso«, sagte ich.

Ratso sah sich um und erblickte ein Meer von Chinesengesichtern, die sich allesamt über Gerichte beugten, die leckerer aussahen als unsere.

»Und?« sagte er.

»Deshalb kann ich ihn dir nicht *hier* zeigen«, sagte ich, und plötzlich kam mir ein Gedanke. »Hier ist zuviel los. Aber in ein paar Minuten geh ich im Keller auf den Lokus. Du wartest hier genau drei Minuten, dann folgst du mir, und ich zeige dir den Zettel. Dann kommen wir zeitversetzt ...«

»Du kommst immer zeitversetzt ...«

»... vom Lokus zurück und treffen uns wieder hier am Tisch.«

Er war einverstanden, und kurz darauf verließ ich das Hinterzimmer von Big Wong's und Ratsos Gesichtskreis. Aber statt links zum Lokus hinabzugehen, ging ich schnurstracks aus dem Restaurant und bedeutete den Kellnern, Ratso säße noch hinten. Das war auch für sie neu, und ich hörte, wie sie halblaut lachten und »Kee-kee« und »Chee-chee« murmelten, während ich scharf nach links abbog und die Mott Street zur Canal hochlief. Ich hielt das erstbeste Taxi an, fuhr in die Vandam Street zurück, und das Herz mir im Leibe entbrennte.

Wenn mein Plan aufging, würde Larry »Ratso« Sloman zum ersten Mal in der Geschichte der Menschheit eine Rechnung begleichen.

6

DAS GANZE WOCHENENDE ÜBER HÖRTE ich nichts von Ratso, also durfte ich annehmen, daß der Plan aufgegangen war, oder aber er war auf dem Lokus vom Big Wong's einen autoerotischen Erstickungstod gestorben. Ich weidete mich nicht direkt am Erfolg meiner Machenschaften, aber er machte mir klar, wie leicht ein einfallsreicher General seine ahnungslosen Truppen manipulieren konnte. Eigentlich nutzt man die Menschen ja nicht aus, wenn man sie zum Wohle der Menschheit benutzt.

»Jeder Jesus braucht seinen Judas«, sagte ich an jenem schicksalhaften Samstagabend zur Katze, »und jeder Sherlock braucht seinen Watson. *Wer* dieser Watson jedoch ist, bleibt Diskussionen und Mutmaßungen überlassen. Alles könnte sich schließlich zum Guten wenden, und die legendäre ›Morddrohung‹ könnte sich im Lauf der Dinge als nützlich erweisen.«

Ich zeigte der Katze den Drohbrief, worauf sie ihn mit äußerster Konzentration zu prüfen schien. Dann gähnte sie und schlief wieder ein.

Doch ach, ein neuer Plan nahm vor meinem inneren Auge Gestalt an, ein weit grandioserer und weitreichenderer Plan, als bloß Ratso reinzulegen und ihn eine Rechnung begleichen zu lassen. Ich hatte den Eindruck, der Plan ließe sich in die Tat umsetzen und könnte großen Spaß machen. Jede bahnbrechende Strategie birgt natürlich Risiken, aber auf die war ich gefaßt. Im Grunde war ich schon seit einigen Jahren auf alles gefaßt.

Und so saß ich am Schwanzende eines öden Wochenendes voll substantieller Leere an meinem Schreibtisch, rauchte eine Zigarre und trank einen Becher Kona-Kaffee, legte aber nicht mehr die Beine hoch. Mein Leben hatte ein Ziel bekommen. Was der Sache ein ganz anderes Gesicht gab, wie es in Hollywood immer heißt. Falls mein kleines Projekt das Jesuskindlein zum Lächeln brachte, sogar zwei. Das erste Gesicht war das, was ein für allemal die schlammigen tiefen Wasser der Frage klären würde, welches Mitglied der kleinen, aber feinen Truppe der Village Irregulars den idealen Watson abgäbe. Dieses Problem zu lösen konnte für zukünftige Ermittlungen von entscheidender Bedeutung sein.

Ich paffte die Zigarre vielleicht etwas gönnerhaft, als ich kurz überlegte, welcher meiner Freunde wohl welche Eigenschaften eines wahren Watson mitbrachte. Ratso hatte natürlich das Loyalität-und-Naivität-Terrain für sich gepachtet. Aber auch McGovern war von wild entschlossener Loyalität und verfügte vielleicht sogar über noch mehr kindliche Unschuld als Ratso, dessen Naivität für einen Erwachsenen schon ganz beachtlich war. Und er hatte noch eine weitere Eigenschaft beizusteuern. Er war ein guter Mensch. Ein anständiger Mensch. Das wog schwer, fand ich, weil Anstand zum wahren Wesen eines Watsons gehörte, mithin eine Eigenschaft war, die Ratso natürlich völlig abging.

»Wir können also nachgerade nicht erwarten, daß jedermann ein erwachsener Van-Halen-Fan ist«, sagte ich zur Katze, die aus unerfindlichen Gründen plötzlich aufmerksam zu lauschen schien. »Das wäre auch gar nicht wünschenswert. Wäre es nämlich der Fall, dann wäre die Welt ein tragischer und nicht zuletzt ziemlich öder Ort. Das ist sie natürlich auch so, wenngleich das allerdings nicht Van Halens Schuld ist. Das ist Michael Boltons Schuld. Wie dem auch sei, Ratso und McGovern haben beide diese wunderbare Dr.-Watson-artige, Peter-Pan-verlorene-Jungen-artige, zum Verrücktwerden unschuldige Einstellung zum Leben, bei der man immer das Gefühl hat, sich an der eigenen Kotze verschluckt zu haben.«

Die Katze sagte natürlich nichts, schien aber plötzlich ganz gespannt meine Stirn zu mustern.

»Nicht böse sein, ja?«

Ich goß mir einen frischen Becher Kaffee ein und wollte ihn gerade auf dem Schreibtisch abstellen, als sich ein Gipsbröckchen von der Decke löste und zur großen Freude und Erregung der Katze genau in den Becher fiel.

»Das ist ein Gotteszeichen«, sagte ich zur Katze, klaubte den Gips aus dem Becher und führte diesen an die Lippen. »Vielleicht verschafft es mir auch einen gewissen Kitzel.«

Ich verschwieg der Katze, daß ich in Wirklichkeit nicht glaubte, der Gips im Kaffee sei ein Gotteszeichen. Das ganze verdammte Wochenende lang hatte die Lesbentanzschule mit nur wenigen Unterbrechungen geprobt, weshalb ich damit rechnen mußte, daß noch mehr Gips herabfallen würde.

Die Tatsache, daß er in meinen praktisch antiken IMUS-IN-THE-MORNING-Becher gefallen war, hielt ich für das Werk der Beelzegöre, die ihr Böses womöglich als sterblicher Moriarty verkleidet auf den Planeten kotzte, als ich gerade über das im Grunde freundliche Wesen des Menschen in Gestalt von Dr. Watson nachsann. Ich nahm es indes als Zeichen, meine glorreiche Suche fortzusetzen.

»Auch Rambam und Stephanie sind aussichtsreiche Kandidaten für die Stelle eines Watsons. Beide sind sehr effizient und mit dem Lauf der Welt vertraut. Beide sind alles andere als unschuldig und gehen an einen Fall auch nicht mit etwas heran, was auch nur von fern mit Naivität zu verwechseln wäre. Beide verfügen jedoch über Charme. Stephanie könnte in der Nase bohren und besäße immer noch einen hypnotisierenden Charme, allerdings darf bezweifelt werden, daß sie in ihrem Leben je in der Nase gebohrt, gerülpst, gefurzt, gepißt, gekotzt, gevögelt oder einen Nixon abgedrückt hat. Ich habe all das getan. Natürlich nie alles auf einmal.«

Die Katze verzog die Nase, eine unverkennbare Geste des Ekels. Obendrein zuckte sie auch noch ein bißchen mit den Schnurrhaaren und gab ein hochexpressives angeekeltes Miauen von sich. Ein derartiges felines Benehmen konnte mich nicht überraschen. Katzen waren nun einmal von neurotischer Reinlichkeit und Hygiene, genau wie Stephanie DuPont. Wenn sie nicht damit beschäftigt waren, alles zu verschlafen, waren sie damit beschäftigt, so zu tun, als wäre nichts passiert. Katzen waren wie Frauen, nur gingen sie – mit wenigen Ausnahmen –

keine sexuellen Beziehungen mit Männern ein. Katzen waren also wie Lesben.

Das brachte mich zum zweiten und möglicherweise erfreulicheren Aspekt meines Plans. Er würde Spaß machen. Aber es war spät geworden, Cinderellazeit lag längst hinter uns, und ich hatte das ganze Wochenende über kaum Schlaf gefunden. Meine Erschöpfung lag zum Teil sicher daran, daß ich ungeheure Energien darauf verwendet hatte, der Katze auseinanderzusetzen, welche Methode mein Wahnsinn hatte. Zum Teil ging mein Streß zweifellos auch auf die Härte meiner Arbeit zurück, obwohl ich zugeben mußte, daß mein Laufzettel momentan schneeweiß war. Hauptsächlich waren jedoch Winnie Katz und ihre prachtvolle Lesbentanzschule schuld daran, daß meine Augen momentan in den Schnee gepißten Löchern glichen.

Aus einer ganzen Reihe von Gründen hatte ich es der Katze gegenüber nicht erwähnt, aber wenn ich mich nicht irrte, würde es schon bald Winnie Katz sein, die an Schlafmangel litt. Sie tat mir fast leid. Ich selbst schlief in jener Nacht den tiefen Schlaf der Selbstgerechten. Ich träumte von Jeanne d'Arc, die meinen schwarzen Cowboyhut trug. Sie hatte Kerzen auf dem Hut und Sterne in den Augen. Und sie tanzte.

7

DAS HAUS NR. 199B IN DER VANDAM STREET, wo die Katze und ich wohnten, war ein altes, umgewandeltes Lagerhaus, das schon bessere Zeiten erlebt hatte. Manchmal beschleicht mich das Gefühl, auch ich hätte schon bessere Zeiten erlebt. Aber noch stehen wir beide. Wie lange die Decke es aushalten wird, daß Winnie und ihre Mädchen ständig von oben darauf herumstampfen und Vinnie und Gepetto unaufhörlich von unten daran herumhämmern, weiß keiner so genau. Sie hatte mich schon mal in die Zange genommen, und es schmeckte mir gar nicht, daß das Scheißding noch mal einstürzen konnte und dann womöglich mich, die Katze und wahrscheinlich auch Vinnie und Gepetto unter sich begraben würde.

»O Menschheit!« sagte ich zur Katze, als wir am Fenster standen und auf die Handwerker warteten.

Die Katze sagte natürlich nichts.

Viele Menschen haben jetzt schon lange Zeit nichts gesagt, dachte ich und pulte eine halbgerauchte kubanische Zigarre aus dem Aschenbecher in Form des Staates Texas, der auf dem Schreibtisch stand. Mein Sozialleben, sogar das mit den Village Irregulars, war in letzter Zeit entschieden dürftig gewesen. All das würde sich ändern, sagte ich mir und lächelte den kleinen schwarzen Puppenkopf oben auf dem Kühlschrank an. Der Puppenkopf sah mir tief in die Augen und erwiderte das Lächeln. Ein so schlichter, aufrichtiger und menschlicher Blickwechsel war im heutigen New York selten geworden. Die Stadt brauchte entweder weniger Menschen oder mehr Puppenköpfe.

Nachdem ich mir die halbgerauchte Zigarre – »Nach der Auferstehung wildeln sie mehr«, wie Churchill mal bemerkte – angezündet hatte, kippte ich mir einen Espresso hinter die Binde und holte McGovern aus dem Bett und an den Hörer.

»Spring seitwärts!« rief ich, als er endlich abnahm.

»Wie unangenehm«, sagte McGovern.

»›Ein schöner blauer Tag ist angebrochen. Denk nach! Willst ungenutzt du ihn verstreichen lassen?‹«

»Wie unangenehm«, sagte McGovern.

»Vielerlei Dinge kommen uns unangenehm vor, McGovern, und bei näherer Betrachtung erkennen wir später, daß sie nicht nur unangenehm waren, sondern wahrhaft scheußlich.«

»Beispielsweise ein Anruf, wenn man grade ein Ei legt?«

»Wohl habe ich die Abwesenheit deines sonst so irritierenden Goj-Optimismus gespürt. Als Detektiv hätte ich die Natur deiner gegenwärtigen Umstände erahnen sollen.«

»Jetzt kennst du sie, also mach hinne. Unter Verstopfung leiden in New York nur die Straßen.«

»Ruf zurück, wenn du mit deinem Nixon fertig bist«, sagte ich.

Es sprach für McGoverns Sanftmut, daß sich der große Mann nicht einmal aufregte, wenn er auf halber Kackstrecke ans Telefon mußte. Nixonius interruptus ist in unseren hektischen Zeiten gar nicht so selten, und wenn wir ehrlich sind, begegnen die wenigsten von uns dieser Situation mit der Anmut und Würde eines McGovern. Okay, für einen Vierteldollar findet man auch ein Münzklo.

Als Vinnie hereinkam und mir den Puppenkopf zuwarf, hatte

McGovern noch immer nicht zurückgerufen. Um Punkt halb elf kam die Lesbentanzschule unmittelbar über mir in Fahrt. Rund fünf Minuten später kratzten und klopften Vinnie und Gepetto in ihrem eigenen Rhythmus auf die Decke ein wie Primitive bei einem heidnischen Ritual. Das war der öde zeitliche Rahmen, in dem sich McGoverns Rückruf bewegte.

»Schieß los«, sagte ich, nachdem ich den linken Hörer abgehoben hatte. Ich hatte zwei rote Telefone auf dem Schreibtisch stehen, beide gleich weit entfernt von der Katze, die meistens in der Mitte lag. Beide Apparate hingen am selben Anschluß. Wenn sie klingelten und die Katze war gerade anwesend, geriet diese manchmal in heftigsten Aufruhr. Ich dagegen nahm die ganze Sache mit einem Körnchen Marschverpflegung. Ich war natürlich auch nicht exakt gleich weit entfernt von den beiden klingelnden roten Hörern.

»Ich bin fertig«, sagte McGovern.

»Welch ein Segen.«

»Kannste laut sagen. Sag mal, was ist das denn für ein Krach bei dir? Man sieht ja das eigene Wort nicht vor Augen.«

»Bloß ein paar Lesben, ein paar Italiener und ein paar Müllwagen.«

»Sollte man gar nicht glauben, daß ein paar Lesben, Italiener und Müllwagen so einen Krach machen können. Klingt ja fast wie New York.«

»Dafür fehlen noch ein paar Juden, ein paar Sirenen ...«

»Dafür fehlen noch ein paar *Millionen* Juden ...«

»Ach, McGovern, das häßliche Haupt des Antisemitismus erhebt sich wieder, was?«

»Freu dich, daß sich überhaupt was hebt.«

»Hör mal«, sagte ich leicht gereizt, »ich möchte eine wichtige Sache mit dir besprechen. Können wir uns zum Mittagessen treffen?«

»Klar, ich bin trocken wie 'ne Nonnenfotze.«

»Okay. Gary-Cooper-Zeit im La Lobotomy?« sagte ich und bezog mich dabei auf ein kleines französisches Lokal, das von einem Griechen geführt wurde und in Wirklichkeit La Bonbonnière hieß.

»Bis dann«, sagte McGovern. »Verrätst du mir noch in groben Zügen, worum es geht?«

»Nein«, sagte ich und legte auf.

Wenn das Stampfen, Kratzen und Poltern überhandnahm, blieb ich dem Wohnzimmer so fern wie möglich und verbrachte meine Zeit eher am Schreibtisch, lungerte im Schlafzimmer oder auf dem Lokus herum oder lief im engen Gang der Küche auf und ab. Das war wohl auch ganz vernünftig, schränkte aber meine Bewegungsfreiheit ziemlich ein, zudem hätte ich gern mal in aller Ruhe ein paar Worte mit Vinnie gewechselt. Im Loft dieser Tage in aller Ruhe ein paar Worte mit jemandem zu wechseln entsprach dummerweise dem Flüstern in einem U-Bahnhof. So wie hier alles zitterte und bebte, war das Loft ja vielleicht ein U-Bahnhof. Ich fahre nämlich nie U-Bahn. Hat Willie Mays allerdings auch nie gemacht, also muß ich kein schlechtes Gewissen haben. Wenn die eigene Wohnung an einen U-Bahnhof erinnert, sollte man beim Taxifahren bleiben. Das ist zwar teurer, aber man lernt viele interessante Menschen kennen, die aus Ländern kommen, die mit »I« anfangen.

»Vinnie«, sagte ich, als er zu einer Espressopause in die Küche kam, »ich will ja niemandem zu nahe treten, würde aber wegen der Espressomaschine doch gern mal was klären.«

»Ich höre«, sagte Vinnie mißtrauisch.

»Joe hat sie mir vor zehn Jahren zukommen lassen, nachdem ich seine Tochter bei einem Überfall vor einer Bank gerettet hatte.«

»Schöne Geschichte.«

»Es ist keine Geschichte. Es ist die Wahrheit.«

»Paß auf«, sagte Vinnie. »Ich verrat dir jetzt mal was, aber das bleibt unter uns, weil in der Sache der Wurm steckt, und nach der ganzen Arbeit an deiner Decke möchte ich nicht, daß du in die Wurmfutterbranche einsteigst.«

»Das würde sich in der Tat kaum rentieren.«

»Eigentlich nicht«, sagte Vinnie mit einem Lächeln, das nie seine Augen erreichte. »Bist du dir sicher, daß das zehn Jahre her ist?«

»Ja. Warum?«

»Weil hier ein paar Zahlen nicht zusammenpassen, und in dieser Branche könnte das jemandem nicht in den Kram passen. Also, Joe hatte nämlich tatsächlich eine Tochter, aber da gibt's ein kleines Problem.«

»Und das wäre?«

»Drei Jahre, bevor du sie vor der Bank gerettet hast, ist sie gestorben.«

8

La Lobotomy beziehungsweise La Bonbonnière, wie die meisten Leute es nannten, hatte vielleicht einen französischen Namen, gehörte aber zu den besten Fettbuden im Village. Charles, sein griechischer Chef und Chefkoch, war ein freundlicher Zeitgenosse und widmete sich seiner Arbeit mit einer Hingabe, die in New York, wenn nicht in ganz Amerika, selten geworden ist. Obwohl McGovern in der Jane Street wohnte, nur einen halben Block vom La Lobotomy entfernt, verspätete er sich zu unserem kleinen Spachteltermin. Es war aber nicht die Großkotzverspätung eines vielbeschäftigten Managers, sondern mehr die modische Verspätung einer Marilyn Monroe. Marilyn und McGovern hatten mehr gemeinsam als nur ihre Neigung zum Zuspätkommen. Beide hatten erkannt, daß alle große Liebe hoffnungslos ist. Sie hatte immer ein Bild des von ihr verehrten Abe Lincoln auf dem Nachttisch. McGovern hatte keinen Platz auf seinem Nachttisch oder anderen horizontalen Flächen seiner Wohnung, weshalb er ein Foto der von ihm verehrten Carole Lombard an der Wand neben dem Kamin angebracht hatte. McGovern und Marilyn gehören zu jenen besonderen Menschen, die insgeheim glauben, Ritter und Hofdamen zu sein, die im falschen Jahrhundert auf die Welt gekommen sind. Vielleicht haben sie damit sogar recht. Sie sind unheilbare Träumer mit reinen Neigungen, und sie wissen, daß man sich mit den Toten leicht verabreden kann. Sie sind geistig nekrophil, haben sich aber mit ihren Partnern nie vereinigt und werden es auch nie tun. Man liebt lieber die Toten, als den Traum zu zerstören, sagte ich mir, als Charles mit dem Kaffee kam. Die Tische im La Lobotomy sahen plötzlich aus wie die in van Goghs *Nachtcafé*. Marilyn, Abe und Carole waren natürlich schon gegangen. McGovern war noch nicht gekommen. Geschickt neigte Charles die Kanne mit der linken Hand und schenkte mir über den Handrücken Kaffee ein.

»Schöne Rückhand«, sagte ich.

Unmittelbar darauf traf McGovern ein, winkte Charles freundlich zu und setzte sich mir gegenüber an den kleinen Tisch. Er war ein großer Mann mit einem großen, schmucken Kopf und einem lauten Lachen, das drinnen oft zu laut wirkte. Er hatte Massenmörder wie Richard Speck, Lieutenant Rusty Calley und Charles Manson interviewt. Er hatte auch jahrelang die Klatschkolumne in den *Daily News* betreut. Ich hatte ihn mal gefragt, welche Arbeit er schwerer fände, und er hatte geantwortet: »Die Klatschkolumne ist echt mörderisch.«

»Mein lieber Watson«, sagte ich nun, »du fragst dich bestimmt, warum ich dich sprechen wollte.«

»Charles«, sagte McGovern, »gibt's bei dir noch Frühstück?«

»Für euch?« sagte Charles. »Aber immer.«

»Auf mich warten zwei Eier«, sagte McGovern. »Außerdem ein hoher Stapel Pfannkuchen, ein großer Orangensaft und Kaffee. Ach ja, und als Beilage Schinken.«

»Das häßliche Haupt des Antisemitismus«, sagte ich.

»Ißt du nichts, Kink?«

»Nein, McGovern. Ich faste, bis in der Welt Friede und Freiheit herrschen.«

»Dann möchte ich bitte zwei Portionen Schinken«, sagte McGovern.

Das kleine Lokal füllte sich kurz mit McGoverns lautem beschwingtem irischem Lachen, worauf mehrere Gäste einen Augenblick lang den großen Mann mit dem großen Kopf anstarrten. Dann gab ich meine Bestellung auf. Und dann kamen wir zur Sache.

»Ich arbeite gerade an einem neuen Fall«, sagte ich mit Verschwörermiene. »Ich habe bisher mit niemandem darüber gesprochen, und das wird vermutlich auch so bleiben. Du wirst gleich verstehen, warum ich bei der Sache unbedingt eine weiße Weste behalten muß.«

»Bei deiner Weste verstehe ich das jetzt schon«, sagte McGovern.

McGovern spielte auf die ziemlich schäbig aussehende, aber hocheffiziente Nichtjagdweste an, die ich bei kaltem Wetter oft trug. In den kleinen aufgenähten Schlaufen steckten statt Patronen ein halbes Dutzend halbgerauchte Zigarren.

»Sei dem wie ihm wolle, McGovern. Also, ich hab's dir nie

gesagt, aber ich glaube, du hast das Zeug zu einem perfekten Watson. Du bist von den Village Irregulars der einzige, dem ich vertrauen kann, wenn mein Leben auf dem Spiel steht. Und genau jetzt brauche ich dich, Watson.«

»Keine Zeit«, sagte McGovern. »Ich hab in zwei Stunden einen Zahnarzttermin.«

»Was ist wohl wichtiger? Die Zähne oder die Wahrheit?«

»Kommt drauf an, wem man die Zähne rauszieht«, sagte McGovern und lachte. »Und wer mit der Wahrheit rausrückt. Außerdem habe ich immer gedacht, Ratso wäre dein auserwählter Dr. Watson.«

Charles brachte unser Essen, schenkte uns Kaffee nach, und ich merkte, daß die Angelegenheit mehr Feingefühl erforderte als erwartet. Wenn McGovern einschnappte, konnte das tagelang anhalten, und dann war mein kleiner Plan im Eimer. Ich beschrieb ihm Ratso freundschaftlich, aber leichthin.

»Ratso ist Ratso«, sagte ich. »Er wird weder seine Garderobe je wechseln noch seine sorglose, naßforsche New Yorker Haltung ablegen, außerdem ist er absolut außerstande, einen Kriminellen zu erkennen oder sich in ihn hineinzuversetzen. Er besitzt mehr als zehntausend Bücher über Hitler, Jesus und Bob Dylan. Sollte ich je einen Fall lösen müssen, bei dem es um Hitler, Jesus und Bob Dylan geht, wäre er ein überragendes Traumteam in einer Person. Was alles andere angeht, ist er leider nur ein farbenprächtiger alter Freund. Nein, McGovern, du könntest es sein, der die Ehrenbezeichnung Watson verdient hat.«

Ich trug ziemlich dick auf, und McGovern schien das alles recht nüchtern aufzunehmen, was einiges heißen will, McGovern konnte nämlich jeden unter den Tisch trinken. Er war der einzige mir bekannte Mensch, nach dem man einen Drink benannt hatte. Ich wußte nicht genau, ob er nur mitspielte oder ob er mir die Geschichte abkaufte, aber es wurde Zeit, schwere Geschütze aufzufahren.

»Was hältst du davon?« sagte ich theatralisch und zog den Zettel, den ich im Rausch an Winnie Katz geschrieben hatte, aus der Innentasche meiner Weste.

McGovern nahm den Zettel, las ihn, und ich bekam – nicht zum ersten Mal – ein schlechtes Gewissen, weil ich, und nicht zum ersten Mal, merkte, wie vertrauensvoll er mir begegnete.

Nachdem er den Zettel durchgelesen hatte, riß er die Augen so ehrfürchtig auf wie ein Kind.

»Jesus, Maria und Josef!« sagte er.

»Dysfunktionale Familie, wenn du mich fragst.«

»Ist der echt?«

»Meine Klientin glaubt, daß dem so ist.«

»Wer ist deine Klientin?«

»Winnie Katz.«

Meine anfängliche Welle des Schuldgefühls, McGovern derart zu hintergehen, war fast völlig am Strand der Bedenkenlosigkeit verlaufen. Meine Anrufe bei den Village Irregulars am Wochenende waren allesamt unbeantwortet geblieben. Sie führten ihr eigenes Leben, und nur wenn es ihnen gerade mal in den Kram paßte, halfen sie mir. Wie oft war ich nicht in Einsamkeit ertrunken, und nie waren sie für mich dagewesen. Jetzt würde ich mich mal austoben und Winnie unter Umständen gleichzeitig etwas von den Unannehmlichkeiten heimzahlen, die sie mir jahrelang bereitet hatte. Die ganze Angelegenheit war einfach und schmerzlos und außerdem interessant für jemanden, der seit langer Zeit davon träumte, Anwärter auf die Rolle Watsons vorsprechen zu lassen. Ich war gespannt, ob jemand kommen würde, und zwar nicht im sexuellen Sinne.

»Du kannst dir denken, warum es für mich schwierig ist, ermittlungshalber ihre Insel Lesbos heimzusuchen. Aber jemand wie du, Watson – wenn ich dich so nennen darf –, hat die ganze Macht des vierten Standes hinter sich. Du könntest vorgeben, an einem fundierten Feature über Winnie und ihre modernen Ballettechniken zu arbeiten.«

»Eine meiner leichtesten Übungen«, sagte McGovern, der sich zunehmend für das Projekt zu erwärmen schien.

»Aber du mußt als verdeckter Ermittler arbeiten. Keine direkten Fragen zum Zettel, zur Ermittlung oder zu meiner Mitarbeit. Die Morddrohung und der oder das, was dahintersteckt, haben Winnie massiv traumatisiert. Deine Aufgabe ist es also, dich in ihre Mitte einzuschmeicheln, ohne dir anmerken zu lassen, daß du von dem Fall weißt oder mit mir in Verbindung stehst. Wenn sie dahinterkommt, was du da oben wirklich vorhast, könnte sie dichtmachen, und dann erfahren wir gar nichts mehr.«

»In ihre Mitte einschmeicheln ...«, sagte McGovern anzüglich.

»Es handelt sich da um *Lesben,* McGovern.«

»Es ist doch aber wohl nichts dagegen einzuwenden, wenn ich mir deren Mitte mal *anschaue,* oder?«

»Nicht das geringste«, sagte ich und mußte bei der Vorstellung grinsen, wie McGovern Winnies Hausbar plünderte und ihre jungen Schützlinge begaffte.

»Ich bin dabei, Sherlock«, sagte er mit träumerischem Gesichtsausdruck.

»Eins noch«, sagte ich. »Diese Untersuchung könnte ziemlich lange dauern ...«

»Keine Angst. Ich glaube, die Arbeit wird mir gefallen.«

»Ich wollte nur vorschlagen, daß du dich, bevor du mit der Sache durch bist, an Mick Brennan wendest, damit er noch alle Kursteilnehmerinnen fotografiert ...«

»Brennan?« sagte McGovern. »Du kannst doch nicht im Ernst Brennan da raufschicken. Der versaut doch ...«

»Das ganze Schürzenjagdrevier? Ja, daran hatte ich auch schon gedacht. Aber wir brauchen gute, scharfe Fotos von allen da oben. Grundsätzlich ist jeder verdächtig. Da lauern tiefe Wasser, Watson.«

»Du hast recht. Also, ich werde diese tiefen Wasser mal ausloten, und dann hole ich Brennan. Egal, was für ein Ekelpaket hinter dieser Morddrohung steckt, wir kriegen ihn.«

»Oder sie«, sagte ich.

»Natürlich.«

»Und denk bitte daran, daß alles, was wir hier besprochen haben, ganz und gar unter uns bleibt. Sei ruhig eine Nervensäge, wenn's sein muß, aber laß dir niemals anmerken, daß du integraler Bestandteil der Ermittlung bist. Es könnte deiner Gesundheit schaden, und ich habe keine Lust, den vertrauenswürdigsten Watson zu verlieren, den ich je gehabt habe. Wann kannst du anfangen?«

»Von jetzt auf gleich.«

»Und dein Zahnarzttermin?«

»Welcher Zahnarzttermin?«

9

ALS ICH AM KALTEN, grauen Nachmittag durch die Straßen vom Village nach Hause ging, besserte sich meine Laune mit jedem Schritt. Das alles hatte etwas von Tom Sawyer, fand ich. Man überläßt es anderen, die Leute zu nerven, die einen nerven. Und ganz wie Tom Sawyer hatte ich keine Skrupel, McGovern und die anderen Village Irregulars für mich in Aktion treten zu lassen. In der Watson-Abteilung hatten sie eigentlich alle längst Rost angesetzt. Bis auf Rambam vielleicht, der mir die Hilfe von Vinnie und Gepetto beschafft hatte, war es verdammt lang her, daß einer von ihnen dem Kinkster irgendwie unter die Arme gegriffen hatte. Und ich schickte sie ja schließlich nicht ins Tal des Todes, sagte ich mir, schirmte eine halbgerauchte Zigarre, die ich aus einer der Nichtjagdwestenschlaufen gezogen hatte, gegen den Wind ab und zündete sie an. Mit jeder ins Land gehenden Jagdsaison mochte ich meine Nichtjagdweste mehr, Jäger dagegen immer weniger. In meiner geistigen Entwicklung hatte ich jetzt die Phase erreicht, wo Jagdunfälle ein todsicheres Zeichen dafür waren, daß Gott, Buddha, Allah oder L. Ron Hubbard uns behüteten.

Ich hatte natürlich nichts dagegen, einen potentiellen Killer zu jagen oder das »Ekelpaket« zur Strecke zu bringen, das Winnie Katz die Morddrohung geschickt hatte. Fröhliches Jagen, dachte ich. Wenn McGovern bloß wüßte, daß der Übeltäter gerade die Vandam Street entlanggging, eine halbgerauchte kubanische Zigarre paffte und nach Art eines Wald- und Wiesenserienkillers in sich hineingrinste. Andererseits: Wie zerknirscht konnte man überhaupt sein, wenn man seine treuen Truppen auf einen Einsatz schickte, der in der Invasion einer Lesbentanzschule bestand? Was war gegen eine kleine Ersatzbefriedung einzuwenden, um den Ennui eines weiteren Winters in der Stadt zu überwinden? Die tat doch keinem weh. Jeder heißblütige Amerikaner mußte sich die Finger danach lecken, eine solche Mission in Angriff nehmen zu dürfen, dachte ich und trat im Foyer in den Lastenaufzug mit der einsamen kahlen Glühbirne. Es war von geradezu kosmischer Paradoxie, daß sich heterosexuelle Männer in diesem Lande mehr für Lesben als für normale Frauen interessierten, immer vorausgesetzt, solche Fabelwesen wie heterosexuelle Männer und normale Frauen existierten überhaupt noch.

Als ich ins Loft kam, klingelten gerade die Telefone, und die Lesben stampften an der Decke. Von der Katze, Vinnie und Gepetto war nichts zu sehen. Ungefähr beim fünften Klingeln nahm ich den linken Hörer ab.

»Schieß los«, sagte ich.

»Kinkstah!« sagte eine unverkennbare Nagerstimme. »Ich war gestern in Woodstock, deswegen konnt ich nicht zurückrufen. Was geht ab, Kinkstah?«

»Rats, es ist dringend. Können wir uns heute nachmittag um fünf im Monkey's Paw treffen? Es geht um die Morddrohung.«

»Meinst du die Morddrohung, die du mir auf dem Lokus vom Big Wong's nicht gegeben hast?«

»Es war zu riskant, Ratso. Da hab ich's mir kurzfristig anders überlegt. Du hast doch wegen der Rechnung hoffentlich keine Scherereien bekommen?«

»Keine Angst«, sagte Ratso und lachte in sich hinein. »Ich hab mich drum gekümmert. Ab sofort kannst du dort anschreiben lassen.«

»Man sollte deine Genialität nie unterschätzen, Watson. Dann sehen wir uns um fünf im Paw?«

»Du erkennst mich an der Waschbärmütze, den grünen Cowboystiefeln und dem roten gebatikten Ubangikaftan.«

»Der reinste Wäscheständer«, sagte ich.

Nach einer Weile tauchte aus dem Nichts die Katze auf, und kurze Zeit später kehrten Vinnie und Gepetto von einer ausgedehnten Mittagspause zurück. Bald darauf zog ich mich zu einem kurzen Powerschlummer ins Schlafzimmer zurück. Im Nu war es an der Zeit, Ratso im Monkey's Paw zu treffen. In einem ausgefüllten Leben hatte die Zeit manchmal die seltsame Gewohnheit, im Stechschritt an einem vorbeizumarschieren.

»Und Zeit ist der Liebe Lohn«, sagte ich zur Katze, während ich mir ein paar Zigarren für unterwegs schnappte. »Ein Jammer, daß wir pleite sind.«

Die Stukkateure hatten mittlerweile Feierabend gemacht, und kaum etwas ließ erkennen, daß sie irgendwie vorankamen. Die Katze hatte sich unter ihrer privaten Heizlampe auf meinem Schreibtisch zusammengerollt. Träge schlug sie ein Auge auf und beobachtete mich, wie ich den Mantel anzog, den Hut aufsetzte und zur Tür ging.

»Du hast die Verantwortung«, sagte ich.

Vielleicht war das so. Vielleicht legte die Lesbentanzschule, die seit meinem Erwachen aus dem Powerschlummer still gewesen war, deshalb wieder los, fast wie ein Chor in der griechischen Tragödie, der mir keinen eigenen Abgangsspruch gönnte. Vielleicht war das Stampfen an der Decke nicht das Werk Sterblicher. Vielleicht war es ein großartiges, ewiges Naturschauspiel wie die Winde oder die Gezeiten. Vielleicht war es wie bei Don Quijote eine riesige Windmühle, die ich nur besiegen konnte, indem ich entweder den Verstand verlor oder indem ich gewann. Aber gab es das Stampfen auch, wenn niemand im Loft war, der es hören konnte? Aus diesem Grund übergab ich der Katze wohl auch die Verantwortung. Ich schloß die Tür, und die Katze schloß wahrscheinlich das Auge.

Mein Bärchenfeudel hatte kaum meine Halbe Guinness berührt, deren Schaum ansehnlicher war als der, den meine Bekannten meist vor dem Mund haben, da legte sich mir eine schwere Hand auf die Schulter, und ich hörte eine laute, schrille Stimme, die eine vertraute Tätowierung in mein linkes Trommelfell nadelte.

»Kinkstah!« sagte Ratso. »Was trinkste denn, Kinkstah?«

»Guinness«, sagte ich. »Das Getränk, das die Iren davon abgehalten hat, die Weltherrschaft an sich zu reißen. Was ein Glück ist, denn was wollte man schon groß mit ihr anfangen, wenn man sie an sich gerissen hätte.«

»Also ich würde Christianne Amanpour nageln und im Sky Rink nicht mehr um zwei Uhr morgens Eishockey spielen, sondern wann ich will.«

»Nicht gerade edle Wünsche oder Ziele, aber zweifellos legitimer Natur, lieber Ratso. Welches Getränk würde wohl die Juden davon abhalten, die Weltherrschaft an sich zu reißen?«

»Ist doch keine Frage«, sagte Ratso und zog sich einen Barhocker heran. »Stilles Mineralwasser.«

Ratso legte offenbar Wert darauf, den teuersten Wein zu bestellen, den es im Monkey's Paw gab, und ihn so lange im Glas zu schwenken, daß ich dabei fast wahnsinnig wurde. Zum Glück war der teuerste Wein im Monkey's Paw nicht sehr teuer.

»Hoffentlich ist das kein französischer Wein«, sagte ich. »Ich boykottiere nämlich gerade alle französischen Erzeugnisse.«

»Warum?«

»Weil sie Gänse an den Füßen aufhängen und aus Stolz und Arroganz vor ein paar Jahren im halben Südpazifik Atombomben gezündet haben.«

»Dafür haben sie den tahitischen Diktator Baby Doc Duvalier bei sich aufgenommen«, sagte Ratso.

»Es gibt nur einen Franzosen, den ich wirklich bewundere. Zwei, wenn man Jeanne d'Arc mitzählt.«

»Die zählt nicht«, sagte Ratso.

»Dann gibt es nur einen Franzosen, den ich wirklich bewundere. Und das ist der größte Franzose aller Zeiten.«

»Wenn ich bedenke, daß du Detektiv bist«, sagte Ratso, »überspringe ich Voltaire, Victor Hugo und Gauguin mal und komme gleich zu Kommissar Maigret. Hab ich recht, Sherlock?«

»Nah dran, Watson, ziemlich nah dran. Aber bekanntlich ist Kommissar Maigret lediglich Simenons fiktionales Konstrukt. Simenon gehört zu meinen drei Lieblingsbelgiern, natürlich immer abgesehen von den Waffelbäckern. Die beiden anderen sind Pater Damien und Hercule Poirot, der wiederum Agatha Christies fiktionales Konstrukt ist. Na ja, vielleicht sind wir ja alle nur fiktionale Konstrukte in einer perversen Komödie, die nie ein großer Kassenschlager wurde. Vielleicht vergeuden wir deshalb unser Leben mit der Suche nach einem Sinn, den es nicht gibt, und einer Wahrheit, die wir nicht erkennen würden, wenn es sie gäbe.«

»Wie wär's mit noch einem Guinness für den Kinkster?« rief Ratso dem Barkeeper zu. »Und ich nehm noch ein Glas von diesem exzellenten Wein. Kommt der aus Frankreich?«

»Scheißt der Papst in den Wald?« brummte der Barkeeper.

»Dann kommt er wohl nicht aus Frankreich«, sagte ich.

»Schade«, sagte Ratso. »Er hat so ein blumiges Bouquet. Also, was ist jetzt mit der blöden Morddrohung?«

»Ach, Watson. Dir entgeht aber auch gar nichts.«

Da der Zettel Ratsos katzengleiche Neugierde ja bereits schon zuvor angestachelt hatte und da er sich möglicherweise schon seit über zehn Jahren für meinen wahren Watson hielt, war es kinderleicht, ihn zum Mitmachen bei meinem kleinen Abenteuer zu überreden. Wir studierten an der Bar verstohlen den Zettel, auch als uns der Barkeeper noch eine Runde einschenkte.

»Egal, wer das geschrieben hat, er meint es ernst«, sagte Ratso. »Der muß total krank sein.«

»Keine voreiligen Schlüsse, Ratso. Der Zettel könnte genausogut von einer Frau geschrieben worden sein. Möglicherweise von einer Exfreundin von Winnie.«

»Vielleicht ist das dann sogar von einer Exfreundin von mir«, sagte Ratso. »Im Lauf der Jahre hat es einige Schnallen gegeben, die meinetwegen die Seiten gewechselt haben.«

»Wie ist es nun bloß möglich?« sagte ich.

Ich hielt Ratso im wesentlichen dieselbe spirituelle Aufmunterungsrede wie McGovern beim Mittagessen. Er sei der ideale Dr. Watson. Er sei unter den Village Irregulars der einzige, auf den ich mich wirklich verlassen könne, wenn ein Leben an einem seidenen Faden hänge. Er habe die idealen kommunikativen Fähigkeiten, den Scharfsinn, den Einfallsreichtum und die Sensibilität, ganz zu schweigen von der Ausdauer, die es erfordere, um in Winnies geheimnisvoller und exklusiver Domäne die Lage zu sondieren.

»›Die Lage sondieren‹ – das gefällt mir«, sagte Ratso. »In ein, zwei Tagen bin ich soweit. Ich denk mir eine bombensichere Methode aus, um bei Winnie reinzuplatzen, ohne daß sie Verdacht schöpft. Das ist etwas, was Howard Stern und ich gemeinsam haben, ehrlich. Als Ghostwriter seiner beiden Bücher hab ich ihn nämlich ganz gut kennengelernt. Er ist von Lesben ganz besessen. Und ich verrat dir mal ein kleines Geheimnis. Ich auch. Lesben machen mich total an.«

Wieder tat mir Winnie Katz fast leid. Fast. Wie ich aus eigener Erfahrung wußte, kannte Ratso bei seinen Auftritten als ungern gesehener Gast keine Gnade. Möglicherweise war sogar das seine starke Seite. Ich konnte jedenfalls sicher sein, daß er sie wieder einmal erfolgreich zum Einsatz bringen würde.

»Denk dran«, sagte ich, »Kein Wort zu Winnie oder sonst wem, weder über die Ermittlung noch über die Morddrohung. Du sollst einfach nur möglichst viele Einzelheiten über sie und ihre Mädchen beschaffen. Mich kennt Winnie, da kann ich sie also schlecht selbst bespitzeln. Der Job erfordert einen gründlichen und engagierten Maulwurf.«

»Geht in Ordnung, Sherlock. Vielleicht kann ich sogar was aufnehmen, was Howard dann im Radio verwenden kann.«

»Gut möglich, Watson, gut möglich.«

»Und jetzt red endlich«, sagte er. »Wer ist der größte Franzose aller Zeiten?«

»Na, Le Pétomane natürlich. Der Typ ist von 1892 bis 1914 im Moulin Rouge als Kunstfurzer aufgetreten. Er konnte zarte und aggressive Töne von sich geben, wie eine Kanone, eine Opernsängerin oder eine gutgespielte Posaune, und er konnte sogar Melodien furzen. Le Pétomane hat regelmäßig sogar große Stars wie Sarah Bernhardt ausgestochen, und zahllose Fachleute haben seine Vorstellungen besucht, darunter sogar der König von Belgien. Am Ende hat er immer mit dem Arsch eine Kerze ausgeblasen. Sein richtiger Name war Joseph Pujol, und gestorben ist er 1945 im Alter von achtundachtzig Jahren.«

»Ob es über diesen Le Pétomane Bücher gibt?«

»Dann könntest du der größte Experte der Welt für Hitler, Jesus, Bob Dylan und Le Pétomane werden.«

»Klasse Idee, Sherlock. Ich werde dem mal nachgehen. Vorerst möchte ich jedenfalls einen kleinen Toast auf Le Pétomane ausbringen.«

Ratso beugte sich auf dem Barhocker zu mir herüber, bis mich seine Waschbärmütze fast an der Schulter berührte. Dann brachte er einen fast gespenstischen, lang anhaltenden Sopranfurz hervor, auf den mehrere Paare in der Nähe nicht gefaßt gewesen waren. Ratso ignorierte natürlich ihre entsetzten und angewiderten Blicke.

»Meinst du, so könnte er sich angehört haben?« fragte er mich und setzte sich wieder gerade hin.

»Nah dran, Watson«, sagte ich. »Ziemlich nah dran.«

10

DIE SACHE NIMMT zunehmend Gestalt an, dachte ich, während ich am Dienstagmorgen in einem Dim-Sum-Restaurant in Chinatown auf Rambam wartete. Das Lokal war so groß und so voll wie die Grand Central Station, und wenn die Mädchen mit ihren Wägelchen voller Hühnerfüße vorbeikamen und einem ins Ohr schrien, war es auch fast genauso laut. McGovern und Ratso waren natürlich ein Kinderspiel gewesen im Vergleich zu den Anforderungen, die sich bei Rambam stellten. Rambam war ein Ermittler mit Gewerbeschein, der einige Zeit im Nimmerland der Bundesbehörden verbracht hatte, und was die kriminelle Psyche anging, wußte er definitiv, wo der Bartel die Post holte. Während Ratso und McGovern grundsätzlich an das Gute im Menschen glaubten, kannte Rambam das menschliche Wesen, wie es wirklich war: Le Pétomane, der die Kerzen auf van Goghs Hut ausfurzte.

Ich saß zusammen mit einer chinesischen Großfamilie an einem großen runden Tisch, einschließlich der Großeltern und entzückender Kleinkinder, die wie freche kleine Kaulquappen aussahen. Kleine Asiatenkinder hatten den Kinkster noch nie gestört. Nur blonde arische kleine Lords gingen mir prinzipiell tierisch auf den Keks. Vielleicht hing das Ganze ja mit den Jahren im Friedenskorps in Fernost zusammen, aber für mich waren kleine Chinesenkinder mit glänzenden Augen immer die Söhne und Töchter, die ich nie haben würde. Andererseits, vielleicht hatte ich sogar Söhne und Töchter, die irgendeinen Teil Südostasiens unsicher machten. Wer wußte das schon, und wer wollte das schon wissen?

»Schon mal einen echten Cowboy gesehen?« fragte ich die Kinder.

Anscheinend nicht, sie schlugen nämlich die Hände vors Gesicht und kicherten. Vielleicht murmelten sie ihren Eltern auch *ang-mo* zu. *Ang-mo* bedeutet bekanntlich »rothaariger Teufel«.

Die Familie sprach offensichtlich nur wenig oder sogar gar kein Englisch, also lächelten wir uns nur an, nickten uns zu, und ich bestellte *shu mai* und eine große Schüssel schwarze Weinbergschnecken, die jeder im Restaurant zu lutschen schien. Siebenhundert Chinesen konnten unmöglich alle in Regionen weggetreten sein, wo kein Nachtbus mehr fuhr. Hoffentlich kam Rambam bald, ich hatte nämlich keine Lust, der einzige rothaarige Teufel in dem ganzen blöden Restaurant zu sein.

Als ich endlich seine wohlgeformte, muskulöse und vertraute Gestalt sah, die sich durchs Gewimmel schlängelte, befielen mich der Mission halber, mit der ich ihn betrauen wollte, leise Zweifel. Es schmeckte mir nicht, ihn an der Nase herumzuführen; schließlich hatte er mir ein paarmal das Leben gerettet, einmal sogar mit der beherzten Anwendung des Heimlich-Handgriffs beim Sonntagsbrunch in einem Hotel in Kerrville, Texas, wo ein alter Mann Klavier spielte und gottesfürchtige kleine Kirchgänger und ihre Angehörigen so taten, als wäre nichts geschehen, während anderthalb Meter weiter ein Mann am Ersticken war. Dummerweise war ich dieser Mann gewesen. Ich hatte die *Houston Chronicle* gelesen, während ich ein Hochrippen-Steak aß. Beim Blättern fand ich ein kleines Bild von Kirk Douglas, ein kleines Bild des Footballspielers The Boz und dann plötzlich ein großes Bild von mir. Wie man sich denken kann, bekam ich sofort eine große Klappe und schluckte vor Aufregung schnell einen großen Bissen Hochrippe, um Rambam das Bild zeigen zu können.

Während ich bewundernd das große Bild von Kinky ansah, merkte ich, wie sich das Fleischstück in der Kehle festsetzte und zwar so, daß ich weder sprechen noch japsen konnte, ja ich brachte nicht einmal das handelsübliche Röcheln eines Erstikkenden heraus. Wenn man das nicht mehr herausbringt, kann man davon ausgehen, daß man gerade am Ersticken ist. Als erstes dachte ich natürlich an Mama Cass. Als zweites, daß ein Erstickungstod, der zustande kommt, weil man so aufgeregt ist, daß das eigene Bild in einer Zeitung größer ist als die von Kirk Douglas und Brian Bosworth, einen für immer und ewig der eigenen Eitelkeit in die Falle gehen läßt. Dieser Umstand ist dann das einzige, woran sich die Leute später noch erinnern, wie an Mama Cass und ihr Schinkensandwich oder Nelson Rockefeller, der seine Sekretärin nagelt. Den Leuten ist es scheißegal, wer man ist oder was man für ein Leben geführt hat – wenn man vor Begeisterung, daß das eigene Foto größer ist als die von Kirk Douglas und Brian Bosworth, erstickt, dann ist das eine Nachricht, die hängenbleibt. Rambam hatte zum Glück einen Erste-Hilfe-Kurs absolviert und konnte erfolgreich den Heimlich-Handgriff anwenden, was zur Folge hatte, daß ein großes Stück angekauter Hochrippe sieben Meter durch den Raum schoß und auf dem Tisch eines gottesfürchtigen gutgekleideten Kirchgängerpaars und mehrerer blonder arischer Kindern landete, die sich allesamt soviel Mühe gegeben hatten, die Nahtoderfahrung am Nachbartisch zu ignorieren, daß sie den geheimnisvollen Gegenstand für einen Meteoriten hielten.

Wie konnte ich Rambam gegenüber guten Glaubens bitten, betteln und barmen, bei meinem lustigen kleinen Streich mitzumachen? Ganz einfach, wie sich herausstellte. Zum einen hatte ich die Dinge schon ins Rollen gebracht und bezweifelte, daß selbst das Pentagon angesichts des fortgeschrittenen Standes der Operation die Macht oder die Mittel gehabt hätte, McGovern oder Ratso am Bruch von Winnies Hausfrieden zu hindern. Der Gedanke, die Village Irregulars – eine Winnie Katz völlig unbekannte Bande exzentrischer Individualisten, die kaum fehlerfrei stehen konnten – tobten ungehindert durch ihr prachtvolles, privates, properes Lesbenparadies, war außerdem so komisch, daß ich mich fast an meinen Hühnerfüßen verschluckt hätte. Ein Glück, daß Rambam endlich meinen Tisch erreicht hatte.

»Möchtest du ein paar Hühnerfüße?« fragte ich ihn. »Die sind wahrscheinlich der Grund, daß meine Triglyceride über vierhundert gestiegen sind.«

»Bei fünfhundert solltest du verkaufen«, sagte Rambam.

Er schenkte den drei Generationen der Chinesenfamilie ein Nicken und Lächeln, und sie nickten und lächelten zurück. Ich wollte Rambam bitten, irgendwo in Winnies Atelier eine elektronische Abhöranlage zu installieren, so daß wir alles überwachen konnten, was da oben vor sich ging. Das war natürlich illegal, gehörte für mich aber in die Sparte harmloser Spaß. Ich würde nicht nur Zeuge des eigentümlichen Pandämoniums werden, zu dem es in der Folge der Infiltration durch die Village Irregulars kommen mußte, sondern vielleicht auch endlich erfahren, was da oben eigentlich wirklich vor sich ging. Als heißblütiger amerikanischer Heterosexueller hatte ich schon oft gedacht, daß ein Gutteil der Geschehnisse nichts mit Tanzen zu tun hatte.

»Zunächst mal: Hast du das Opfer schon befragt?« wollte Rambam wissen, nachdem ich ihm erklärt hatte, worum es ging.

»Natürlich«, sagte ich. »Aber Winnie war wegen der Morddrohung und der ganzen Sache ziemlich durch den Wind, und sie möchte nicht, daß jemand davon erfährt. Du bist jemand.«

»Verstehe«, sagte Rambam. »Wenn Winnie meine Klientin wäre, würde ich wie jeder anständige Privatermittler auf einer Befragung bestehen. Aber da du mein Klient und mein Freund bist, werd ich dir mal glauben.«

»Dafür lege ich die öffentliche Hand ins Feuer«, sagte ich.

»Hast du Winnie gefragt, ob sie einen Verdacht hat?«

»Sie ist völlig paranoid. Für sie ist jeder verdächtig.«

»Das ist doch mal ein Anfang. Hast du nach verschmähten heterosexuellen Anbetern gefragt? Nach verschmähten Anbetern? Neidischen Kollegen? Vermietern? Geschäftspartnern?«

»Sie hat keine Ahnung«, sagte ich. »Die Sache macht sie völlig fertig, wie du dir denken kannst. Wir können uns nur auf ihr Gefühl stützen, daß sie in Lebensgefahr ist – und auf den Zettel hier.«

Während Rambam den Zettel las, dachte ich kurz, wie einem eine Lüge doch immer leichter von den Lippen ging, je öfter man sie erzählte. Hier lauerte kein gefährlicher Übeltäter im Verborgenen. Der einzige Übeltäter war ich, und meine einzige Übeltat war ein harmloser kleiner Scherz, den ich einer Frau spielte, die mich nicht nur jahrelang um den Schlaf gebracht hatte, sondern sich jetzt auch weigerte, einen Teil der Verantwortung für den Schaden zu übernehmen, den sie meiner Decke und meiner Person zugefügt hatte. Ein bißchen Rache fand ich da ganz okay.

»Graphologie ist die Kunst der Handschriftenanalyse«, sagte Rambam, immer noch über den Zettel gebeugt. »Keine sehr exakte Wissenschaft, aber ich habe vor einiger Zeit einen ausgezeichneten Graphologen kennengelernt. Dem werde ich den Zettel mal zeigen und ihn fragen, was ihm dazu einfällt.«

»Ist das wirklich nötig?« sagte ich und griff nach dem Blatt, aber Rambam gab es nicht her. »Die Absicht dahinter ist doch offensichtlich.«

»Du wirst erstaunt sein, was der Graphologe alles über den Menschen aussagen kann, der diesen Zettel geschrieben hat«, fuhr Rambam fort.

»Glaub ich gern«, sagte ich, »aber ich muß den Zettel behalten. Er ist unser einziges konkretes Beweisstück, und das muß ich vielleicht irgendwann der Polizei aushändigen.«

»Okay«, sagte Rambam, »dann machen wir eine Kopie davon.«

»Ich mache Kopie jetzt«, sagte der chinesische Kellner, der seit fünf Minuten hinter uns stand. »Habe Fotokopiermaschine in Hinterzimmer.«

»Hier«, sagte Rambam, gab dem Kellner den Zettel und blickte dem Mann nach, während dieser im rückwärtigen Teil des Restaurants verschwand.

»Du hast gar nicht erwähnt, daß du Charlie Chan um Amtshilfe ersucht hast.«

»Im Moment wüßte ich bloß gern, ob Steve Rambam Mittel und Wege kennt, Winnie Katz' Loft zu verwanzen.«

»Kein Problem«, sagte Rambam. »Ich könnte mich als der Mann von den Stadtwerken ausgeben, der den Gasometer ablesen möchte.«

»Wär ja nicht das erste Mal«, sagte ich. »Auf die Weise hast du uns doch damals bei den Nazis auf der Upper East Side reingebracht.«

»Und wenn das bei Nazis klappt, sollte es auch bei Lesben klappen«, sagte Rambam.

»Das entbehrt nicht einer gewissen Unlogik«, mußte ich zugeben. »Und wenn die Wanze an Ort und Stelle ist – kann ich dann alles mithören, was da oben vor sich geht?«

»Ich stell dir den Empfänger mitten auf den Scheißschreibtisch zwischen die roten Telefone. Den kannst du dann jederzeit anstellen, um dir ›Das Schlupfloch der Sapphoschwestern‹ reinzuziehen.«

»Klasse«, sagte ich. »Wie lange brauchst du?«

»Wenn alles glatt abläuft, bin ich am Wochenende fertig.«

»Mann, heute ist Montag. Was dauert denn da so lange?«

»Ich muß vorher noch ein paar andere Fälle unter Dach und Fach bringen. Fälle, bei denen ich, wie man hinzufügen könnte, für meine Arbeit bezahlt werde. Aber der eine davon ist praktisch schon in trockenen Tüchern. 'N Typ, der das eigene Lagerhaus abgefackelt hat, um die Versicherungssumme abzugreifen. In der Branche nennt man das einen jüdischen Blitzschlag.«

»Jüdischer Blitzschlag?« sagte ich. »Das hab ich immer für einen Witz gehalten.«

»Ist aber keiner«, sagte Rambam. »Mit solchen Fällen hab ich am laufenden Band zu tun. Das komische ist nur, daß jüdische Blitze immer wieder an derselben Stelle einschlagen. In einem fernen, verzauberten Feenreich, wo die meisten Menschen, so wie du einer bist, noch nie gewesen sind.«

»Und wie heißt das?«

»Wir nennen es Brooklyn«, sagte Rambam.

11

Mir war nicht wohl bei dem Gedanken, daß Rambam im Besitz einer Kopie meiner im Rausch entstandenen Morddrohung war, aber das ließ sich nun nicht mehr ändern. Wenn man einen Privatdetektiv engagiert, besteht immer die Gefahr, daß er zu ermitteln anfängt. Immerhin hatte er behauptet, bei der Graphologie handele es sich nicht um eine sehr exakte Wissenschaft. Ich hatte also keine Angst, daß mich der Zettel irgendwie belasten könnte. Wenn es bei der als Kindsmörderin unter Verdacht stehenden Patsy Ramsey nichts ergab, sagte ich mir, warum sollte es dann beim Kinkster etwas ergeben? Nur eine Nebensache hatte ich nicht mit Rambam besprochen, weil ich sie völlig vergessen hatte, als Charlie Chan plötzlich angeboten hatte, den Zettel zu kopieren. Es ging um meine Neugier, ob sich die Tochter von Joe-die-Hyäne vor zehn oder vor dreizehn Jahren auf den Weg über den Regenbogen gemacht hatte, im zweiten Fall hätte ich sie nämlich nicht vor der Bank retten können beziehungsweise nur vor einer Filiale der Ersten Geistlichen Hosea-&-Hiob-Sparkasse. Die Diskrepanz war interessant, betraf aber kleine Fische. Momentan wollte ich größere an die Angel bekommen, und der nächste war womöglich teuflisch schwer einzuholen.

Von Stephanie DuPont hatte ich seit der Vorwoche, als mir die Decke auf den Kopf gefallen war, nichts mehr gehört und gesehen. Sie hatte mich mitten im Wohnzimmer von Gipsbrocken umgeben gefunden und war nach oben gelaufen, um mir Brandy zu holen. Als sie jedoch sah, daß ich gehfähig und bis auf ein paar blaue Flecken am Ego unverletzt war, machte sie sich hurtig daran, wieder von der Bildfläche zu verschwinden. Soviel zum Thema häusliche Krankenpflege.

Mit Rambam, Ratso, McGovern und Brennan hinter sich hatte Sherlock es so gut wie noch nie. Wenn ich jetzt noch mit Andeutungen der häßlichen homophoben heterosexuellen Verschwörung gegen die arme kleine Lesbe Winnie das leidenschaftlich feministische Bewußtsein von Stephanie wachrütteln konnte, sprang auch sie vielleicht ins Boot.

»His Kinkyship sails at dawn!« schrie ich jedem zu, der es an jenem Nachmittag hören konnte.

Dummerweise konnten Vinnie, Gepetto und die Katze es

hören, weil die Lesbentanzschule gerade eine Pause einlegte. Inzwischen galt ich den beiden italienischen Stukkateuren, die von meinem Ränkespiel ja nichts wußten, als gutmütiger Exzentrinker, der auf einem anderen Planeten kochte. Die Katze wußte das natürlich schon seit Jahren. Genau das sollten sie schließlich von mir denken.

»Hi, Schnuffelchen«, sagte ich, als ich kurz darauf Stephanie ans Telefon bekam.

»Hallo, Arschgesicht«, sagte sie.

»Danke, daß du mich letzte Woche gefunden hast. Wenn ich gestorben wäre, hätte die Katze echt Trübsal geblasen.«

»Und da sag noch einer, du kriegst nie einen geblasen.«

»Wer sagt denn das, meine züchtige arische Göttin?«

»Ich, mein geiles jüdisches Chia-Tierchen.«

»Okay«, sagte ich, »wie wär's, wenn wir heute abend zusammen essen gingen?«

»Wie wär's, wenn ich deinen Schwanz in den Mixer stopfte?«

Dafür, daß Stephanie DuPont noch so jung war, konnte sie einem schon ganz schön die Klöten weichkloppen. Aber sie war komisch. Sie war wunderbar. Und sie war schöner, als ein schiffbrüchiger Seemann sich träumen lassen konnte. Ein Herz aus Gold pochte unter ihrer frostigen Schale, wo kaum ein Schürfender ihre kaltschnäuzige Blizzardnatur überlebt hätte. Ich war verrückt, pervers, töricht, romantisch, egozentrisch, dumm und schlau genug, zu glauben, meine Karte könne mich zur Hauptader führen.

»Um acht?« sagte ich. »Im Derby?«

»Bis dann, Arschgesicht«, sagte Stephanie. »Im Gegensatz zu dir muß ich noch arbeiten.«

Ich mußte zugeben, daß Vinnie und Gepetto Fortschritte machten. Ich machte natürlich auch Fortschritte. Sollte mit Stephanie heute abend alles klappen, hatte ich vier Agenten im Einsatzgebiet, wenn Rambam am Wochenende den Sender installiert kriegte. Dann konnte ich mich zurücklehnen, die Beine hochlegen, und mir anhören, wie Winnie eine volle Breitseite mit den besten Empfehlungen des Kinky abbekam. Ich konnte es kaum erwarten, wie McGovern versehentlich Winnies Lieblingsmöbel demolierte. Oder wie Brennan, nach eigener Aussage ein »gescheiterter Gigolo«, eines von ihren Mädchen zutiefst beleidigte und damit einen häßlichen, unfeinen und langen, möglicherweise aber sehr scharfzüngigen Schreikampf auslöste. Oder wie der grotesk gekleidete Ratso alles und jeden im Haus zu verschlingen trachtete, um dann, wenn die Götter uns gewogen waren, seine beachtlichen Furzkünste zu demonstrieren. Und ich sah schon vor mir, wie Winnie und jeder einzelne ihrer Schützlinge beim Anblick von Stephanie DuPont sofort und vergeblich ins Sabbern kamen.

»Alles in allem dürfte das eine Woche werden, die Winnie nicht sobald vergessen wird«, sagte ich zur Katze. Die Katze sagte nichts. Sie hob nur blasiert den Kopf und starrte an die Decke. Kurz darauf legte die Lesbentanzschule wieder los.

Mit einer schönen Frau redet man auf eine besondere Weise, und wenn man sich darauf nicht versteht, kann man sein blaues Wunder erleben. Man muß ihr zeigen, daß man für die Reize ihrer Schönheit zwar durchaus empfänglich ist, daß es im Leben jedoch noch andere Dinge gab, die einen so für sich einnahmen, daß man zu dem Menschen wurde, der man heute ist. Man lebt nicht dank ihrer Schönheit, und doch weiß man sie zu schätzen. Man lebt, um der erste Mensch zu werden, der den Lake Stupid umrundet, um ein staatliches Bildhauerstipendium zu bekommen, mit dem man ein wolkenkratzergroßes Skrotum erschafft, um alle möglichen Tiere auf der Welt abzuknallen und ihre Köpfe mit den eigenen Träumen auszustopfen, um ein Standup-Tragöde zu werden, um den großen armenischen Roman zu schreiben, um in die Wildnis zu gehen oder in die Vorstadt, bis man das Zeitliche segnet oder sich anziehen und den Müll runterbringen muß, was so ziemlich auf dasselbe hinausläuft, um das Freundschaftsbrot der Amischen zu backen oder um viele Kriege und Fußballspiele für Jesus zu gewinnen. *Dafür* lebt man, und wenn die schöne Frau Glück hat, darf sie eines Tages vielleicht ein *Teil* davon werden. Wichtig ist, ihr immer wieder klarzumachen, daß man noch andere Interessen hat.

»Hast du schon mal von Le Pétomane gehört?« fragte ich Stephanie, als wir uns an den gemütlichen kleinen Tisch setzten.

»Nein«, sagte sie, »aber ich bin mir sicher, daß du es falsch aussprichst.«

»Kaum«, sagte ich. »Bei der Aussprache bin ich mir ziemlich sicher. Nur die Bedeutung kenne ich nicht.«

»Nie sollst du sie erfahren. Und wer war Le Pétomane?«

»Der französische Furzmeister um die Jahrhundertwende.«

»Ach du Schande«, sagte Stephanie. »Und dafür hab ich mir die Beine rasiert?«

»Ich hab mir dafür den Hintern rasiert.«

»Friedman, hast du nichts Besseres zu tun, als hanebüchene Geschichten zu erfinden, von denen jungen Frauen schlecht wird?«

»Ach, Virginia, du zynisches kleines Mädchen. Ich habe Le Pétomane nicht erfunden. Es hat ihn wirklich gegeben. Er konnte den Klang von Instrumenten nachahmen und mit dem Arsch erkennbare Melodien von sich geben. Er starb 1945, ein Jahr nach meiner Geburt. Ich finde es echt schade, daß ich nie bei einer seiner berühmten Vorstellungen im Moulin Rouge dabeisein konnte.«

»Anscheinend sind alle seine Gaben auf dich übergegangen.«

»Angeblich konnte er mit dem Anus eine ganze Gallone Wasser aufsaugen, um es über eine Entfernung von bis zu zehn Metern in einem gewaltigen Strahl wieder auszuspeien.«

»Friedman! Ich warne dich ...«

»Guten Abend, Madam«, sagte der Kellner. »Was darf ich Ihnen zu trinken bringen?«

Wir hatten bereits die Hälfte vom Karnickelfutter hinter uns und warteten auf die großen haarigen Steaks, als Stephanie verkündete, sie wolle im Herbst das Jurastudium aufnehmen. Da sich die meisten Menschen zu Berufen hingezogen fühlen, für die sie denkbar ungeeignet sind, war es herzerfrischend zu sehen, daß eine Klötenklopperin wie sie Juristin werden wollte. Es war geradezu perfekt.

»Toll«, sagte ich. »Dann kannst du mir ja erst recht bei meinen Ermittlungen helfen. Rambam sagt immer, der Hauptunterschied zwischen Privatdetektiven und Anwälten würde darin bestehen, daß der Anwalt seine Ermittlungen ›Fälle‹ nennt und der Privatdetektiv seine Fälle ›Ermittlungen‹. Außerdem verdient der Anwalt natürlich viel mehr Geld.«

»Mir geht es nicht ums Geld«, sagte Stephanie. »Ich will für die Rechte der Frauen kämpfen.«

Ich hätte mich fast an meinem Babyeisbergsalat verschluckt, erholte mich aber schnell wieder. Mein Leben mußte unter einem Glücksstern stehen. Das war mehr als perfekt. Das war das reinste Kismet.

»Dann solltest du dir vielleicht mal das hier anschauen«, sagte ich und zog wieder mal das alte durchgeknallte despektierliche Dokument heraus, das John Jameson and Son kürzlich Winnie Katz geschrieben hatten.

Nachdem Stephanie das Schreiben verschlungen hatte, als wäre es das Hauptgericht, sagte sie: »Dir ist doch klar, daß das das Werk eines wahren Psychopathen ist, oder, Arschgesicht?«

»Keine Vorverurteilung bitte«, sagte ich, leicht bestürzt ob der bei allen bislang übereinstimmend heftigen Reaktionen auf den Brief. »Winnie hat ihn mir gebracht. Sie ist richtig erschüttert, dabei handelt es sich unter Umständen bloß um einen harmlosen Streich.«

»Harmloser Streich, so siehst du aus. Damit solltest du sofort zur Polizei gehen.«

»Das möchte Winnie nicht«, sagte ich schnell. »Sie möchte, daß das Ganze mit äußerster Diskretion behandelt wird. Deshalb glaube ich auch, daß sie mehr weiß, als sie mir verraten will.«

»Vielleicht redet sie bloß nicht gern mit einem, der so wie du auf Brutpflege gepolt ist. Geht mir übrigens genauso.«

»›Brutpflege‹«, sagte ich. »Gut zu wissen, daß du bei den ganzen Modewörtern der Homos auf dem laufenden bist. Ich hätt ja gar nichts gegen Brutpflege. Hat bisher bloß noch nicht geklappt ...«

»Wenn du weiter Geschichten von Le Pétomane erzählst, wird es das auch nie.«

»Ich versuche aus Leibeskräften, das lesbische Ethos zu begreifen und nachzuempfinden«, sagte ich. »Schwanz und Eier hab ich schon an der Garderobe abgegeben.«

»Schade, daß du dort nicht auch deine Zunge abgegeben hast.«

»Die Ablage war schon voll.«

»Und deinen kitschigen Hut hättest du ruhig auch abgeben können.«

»Das ist die einzige Gemeinsamkeit zwischen Juden und Cowboys. Beide tragen auch drinnen ihre Hüte.«

»Du dürftest dabei allerdings der einzige beschnittene Cowboy der Welt sein.«

»Stimmt. Und die Vorhaut hab ich Fidel Castro geschickt,

damit er sie anbauen kann, um daraus kleine Diktatoren zu züchten.«

»Das fällt jetzt aber unter Sparscherz. Und wie willst du Winnie nun helfen?«

»Weiß ich nicht«, sagte ich und heuchelte Müdigkeit und Frustration. »Lesben sind bei Männern so mißtrauisch, daß ich wirklich nicht weiß, wo ich anfangen soll. Ich habe so wenig Zugang zu Winnies Welt, daß ich nicht mal die üblichen Verdächtigen ausmachen kann.«

»Aber ich vielleicht!« sagte Stephanie aufgeregt und ließ die blauen Augen funkeln. »Winnie will schon seit Jahren, daß ich ihrer Tanzklasse beitrete.«

»Du wärst bereit zu einer Reise zu fremden Welten, um neues Leben und neue Zivilisationen zu erforschen? Das könnte gefährlich werden.«

»Ha!« sagte Stephanie. »Gefährlich? Warum sind bloß alle Männer solche Weicheier?«

»Weil wir die Raten für unsere aufblasbaren Hoden Jahrgang 1957 nicht mehr bezahlen können. Dann nimmst du in Zukunft also bei ihr Tanzstunden?«

»Morgen werde ich dort Mitgliedin. Das kann witzig werden. Natürlich erstatte ich dir regelmäßig Bericht, Sherlock.«

»Sehr gut, Watson. Oder soll ich dich Irene Adler nennen?«

»War das nicht die Spionin, die Sherlocks Herz gebrochen haben soll?«

»Das hast du ja schon hinter dir. Wir sind eine kleine Firma, aber immer offen für Geschlechtsumwandlungen. Willst du nicht zur Abwechslung Watson sein? Streck dich nach der Decke!«

»Nur wenn sie dir auf den Kopf fällt«, sagte sie.

Kurz darauf hatte ich über zwei großen haarigen Steaks und einer Flasche Château de Katzpiß das Gefühl, daß nun auch die letzten Würfel gefallen waren. Ich schärfte Stephanie ein, die Morddrohung und die Ermittlung gegenüber Winnie oder den anderen Mädchen nicht zu erwähnen. Auch schlug ich ihr vor, erst mal abzuwarten, bis alle warm geworden waren und sich ihr öffneten.

»Dergestalt werden wir vielleicht einst das dunkle Geheimnis der Schwestern Sapphos erfahren, Watson.«

»Schön zu hören«, sagte Stephanie. »Aber vergiß nicht, was

mein Vater mir einst eingetrichtert hat, als es um ähnlich seltsame Umstände wie diese ging.«

»Was hat er denn gesagt? Ich suche stets bei meinen Altvorderen nach Weisheit und Rat.«

»Dummerweise gehört er nicht zu deinen Altvorderen. Du bist älter als er, Arschgesicht.«

»Das ist jetzt wirklich dumm. Aber Weisheit und Rat kann ich ja trotzdem bei ihm suchen. Seine Tochter bist du doch, oder?«

»Allerdings, Spatzenhirn. Und vergiß das ja nie.«

»Gut. Und welch weltliche Weisheit hatte dein alter Herr dir nun mitzuteilen?«

»Etwas, das mir zugute gekommen ist, seit ich ein kleines Kind war ...«

»Du bist heute noch ein kleines Kind ...«

»Mein Vater hat mich auf den Schoß genommen ...«

»Noch so eine dysfunktionale Familie ...«

»... und gesagt: ›Schatz, wo du auch bist und was du auch tust ...‹«

»Spul ruhig zum Showdown vor.«

»›Vergiß nie ...‹«

»Ich flehe dich an.«

»›... daß man in einem chinesischen Restaurant keine Margarita bestellt.‹«

12

NUR WENIGE MENSCHEN WUSSTEN, daß Winnie größten Wert auf ihre Privatsphäre legte. In ihrem Loft wie in ihrem Leben gab es nicht nur keinerlei Spuren der Männerwelt, im allgemeinen ließ sich auch nicht sagen, sie toleriere heterosexuelle Frauen. Angesichts der Vorstellung, eine so lärmende und widerliche Bande wie die Village Irregulars könne auf unbestimmte Zeit rücksichtslos durch ihre unberührten Weidegründe toben, war ich fast bereit, in meinem Hauptbuch »Bilanz ausgeglichen« zu vermerken.

Man mag sich wundern, daß ich als heißblütiger amerikanischer Heterosexueller über fleischliche oder anderweitige Kenntnisse bezüglich Winnies Privatleben verfüge. Das hat jedoch einen ganz einfachen Grund. Vor einigen Jahren, in einem früheren Leben, wie man so sagt, schwankte Winnie ein winziges bißchen, und ich tat, was jeder heißblütige amerikanische Heterosexuelle in meiner Stellung, die nicht die eines Missionars war, getan hätte. Ich versuchte, Winnie von ihrer schändlichen Schürzenjägerei auf den rechten Weg zurückzubringen. Ohne großen Erfolg, wie man sieht.

Seit oder eher wegen jener grauen Vorzeit war das Verhältnis zwischen Winnie und mir zunehmend gespannt gewesen, und bis zum Zeitpunkt, da ich dies schreibe, hatten diese Spannungen immer mehr Ähnlichkeit mit einem riesigen Schließmuskel gewonnen, der droben am Sternenzelt umherirrte und sich nach Kräften mühte, Gottes gesammelten Müll auf der Erde zu verklappen.

In den letzten Jahren hatte ich Winnies Bau genau dreimal besucht, zweimal um die Katze abzugeben, die zu hüten Winnie inzwischen nicht mehr bereit war, und einmal zu einem kurzen Gespräch, als ich dringend zum Schädel-TÜV mußte. Es war kein angenehmes Gespräch gewesen. Es war auch der Verbesserung meiner rasant verfallenden Psychohygiene nicht förderlich gewesen. Daher ist das Verhältnis zwischen Winnie und mir leicht getrübt, uns fehlt die erfüllende Harmonie, und da wir in New York wohnen, wollen wir es auch so lassen.

»Mach die Scheißtür auf!« schrie eine Stimme aus dem Flur.

Man brauchte nicht den Rat eines Professor Higgins einzuholen, um den wohl einzigartigen Tonfall von Mick Brennan zu erkennen.

Mick war als Sohn irischer Eltern in England zur Welt gekommen, und vielleicht lag es daran, daß seine politische Einstellung ziemlich konfus war. Diese Verworrenheit hatte mit der Zeit zugenommen und zeitweise sogar dazu geführt, daß er alle Welt haßte. Dummerweise verstand ich seinen Gemütszustand oft besser, als mir lieb war.

»Mach endlich die Scheißtür auf!« schrie Brennan wieder.

Seine Bemerkungen erzeugten bei der Katze eine gewisse Mißbilligung, und Vinnie und Gepetto veranlaßten sie dazu, mit der Arbeit kurz innezuhalten. Mich brachte die Störung vielleicht weniger aus dem Gleichgewicht als die anderen. Ich mußte nur die Beine vom Tisch nehmen.

»Was machst denn du, Kumpel?« fragte Mick, als er den

Stand der Bauarbeiten sah. »Willst du *Das Tagebuch der Anne Frank* nachspielen?«

»Kann sein«, sagte ich.

»Davon hab ich vor ein paar Jahren übrigens eine Aufführung in Dublin gesehen.«

»Vom *Tagebuch der Anne Frank?* Wie war's denn?«

»Fürchterlich, Kumpel. Die Schauspieler waren unter aller Kanone. Als die Deutschen reinmarschiert sind, hat das ganze Publikum im Chor ›Sie ist auf dem Dachboden!‹ geschrien.«

»Ich selbst hab übrigens bis vor kurzem keinen Dachboden gehabt«, sagte ich, »und ich möchte auch absolut nicht wissen, was da drin oder da drüber ist.«

»Gut so«, sagte Brennan, »mit McGovern als Chef deiner Geheimoperation wirst du nämlich auch nicht die Bohne erfahren. Der schafft es da oben doch bestenfalls, deinen Nachbarn massiv auf die Zehen zu treten.«

»Na komm schon, Mick, etwas mehr solltest du McGovern schon zutrauen.«

»*Du* kannst ihm ja soviel zutrauen, wie du willst, Kumpel. *Ich* habe den Mann bereits in Aktion gesehen. Ich weiß ja nicht, was du ihm da erzählt hast, aber der Kerl hält sich für James Bond in göttlicher Mission. Der redet schon davon, da oben sein Zelt aufzuschlagen, als wäre er ein Spion im Kalten Krieg oder so. Du kannst dir doch denken, daß der nach spätestens zehn Minuten den ganzen Alk weggesoffen und alle Perlen angebaggert hat.«

»Mist«, sagte ich und mimte beherrschte Verärgerung. »McGovern ist erst seit drei Tagen im Einsatz und riskiert schon, daß die ganze Aktion auffliegt? Ich muß ja verrückt gewesen sein zu glauben, er könnte einen vertrauenswürdigen Watson abgeben.«

»Watson?«

»Wie bei Sherlock Holmes«, sagte ich und wies auf den Porzellankopf auf meinem Schreibtisch.

»Verstehe«, sagte Brennan beklommen und sah sich nach Anzeichen der Zurechnungsfähigkeit oder Unterstützung um.

Vinnie und Gepetto gipsten weiter. Die Katze schlief weiter unter ihrer Heizlampe. Mann, dachte ich, Brennan war der ideale Fuchs zur Bewachung des Hühnerstalls über mir. Ich sah schon eine moderne Version von David und Goliath vor mir, wenn

McGovern außer Rand und Band geriet und Brennan ihn zu besänftigen versuchte. Bei einer solchen Schlacht gab es keine Vermittler. Die konnte tagelang toben. Bis alle Philister aus Judäa geflohen waren. Ich goß Brennan und mir einen Jameson ein und bot ihm dann den fast immer leeren Klientenstuhl neben dem Schreibtisch an. Wir kippten den Whiskey.

»Mick«, sagte ich in vertraulichem Ton, »hat McGovern etwas von dem Zettel erwähnt?«

»Hat nichts von 'nem Zettel gesagt, Kumpel. Hat nur die ganze Zeit getönt, wie streng geheim die Kiste ist, aber wenn McGovern was geheimhalten will, ist das meistens schlimmer, als wenn sonstwer es zum Fenster rausschreit.«

»Er begegnet dem Fall in der Tat mit einzigartiger Naivität.«

»Und das Fiasko schnappt schon nach den Hacken der Naivität.«

»Du hast den Mann wahrlich durchschaut. Es könnte reiner Zufall sein, aber vielleicht hat McGovern unbewußt auf den einzigen gesetzt, auf den ich mich wirklich verlassen kann.«

»Noch 'ne Runde, Kumpel?« fragte Brennan und rutschte unbehaglich hin und her.

»Klar.«

Ich schenkte uns beiden nach. Bevor wir uns die Gurgel vergoldeten, brachte ich einen kleinen Toast aus.

»Auf Freunde, auf die man sich verlassen kann«, hob ich an.

»Darauf will ich trinken«, sagte Brennan, worauf wir den Whiskey kippten. »Aber ich trinke ja sowieso auf alles.«

Der zweite Whiskey hatte mein Zäpfchen so ziemlich lahmgelegt. Während ich darauf wartete, daß mir die Stimmbänder nicht mehr in den Ohren dröhnten, holte ich einmal mehr die zerknitterte, wettergegerbte Morddrohung, die bisher immer gewirkt hatte, aus der Tasche. Auf ein siegreiches Pferd sollte man auch ein zweites Mal setzen.

»Das ist der Zettel, den die Frau über mir vor einer Weile bekommen und mir gebracht hat. Die Sache hat sie verständlicherweise ziemlich traumatisiert.«

»Und du hast den nicht zufällig selbst geschrieben, Kumpel?« sagte Brennan, und glockenhell perlte sein perverses Lachen.

»Mick«, sagte ich und erbleichte aus Leibeskräften, »ich bin Privatdetektiv.« Das war natürlich nicht ganz wahr. Für die

Village Irregulars war ich ein Privatdetektiv. Für die Katze war ich ein Privatdetektiv. Nur für einen Privatdetektiv war ich kein Privatdetektiv. Für Männer wie Kent Perkins in L.A. oder Rambam war ich bloß ein Amateur, der in ihrer Branche herumschwänzelte. Dasselbe ließ sich natürlich auch von Miss Marple sagen, allerdings war der Ausdruck »herumschwänzeln« bei ihr nicht ganz angebracht.

»War doch bloß 'n Scherz, Kumpel«, sagte Brennan und untersuchte den Zettel dann eingehender. »Das ist eindeutig das Werk eines ganz schön zwielichtigen Drecksacks.«

Wieder spürte ich den Drang, den Zettel zu rechtfertigen, konnte es mir aber gerade noch verkneifen. In jedem von uns steckt wohl ein Stück Idi Amin und ein Stück Mutter Teresa. Wir sollten dankbar sein, daß die beiden nie Kinder miteinander hatten.

»Ich brauche dich, Watson«, sagte ich leicht theatralisch. »Ich brauche dich. Ich habe es Winnie Katz versprochen, die leitet die Lesbentanzschule da oben ...«

»McGovern hat was in der Richtung angedeutet.«

»Glaub ich gern. Also, ich habe ihr versprochen, diesen Zettel niemandem gegenüber zu erwähnen und nichts zu unternehmen. Aber ich finde, ich muß einfach etwas tun. Sie könnte in Lebensgefahr schweben.«

»Solange McGovern da oben ist, schwebt jeder in Lebensgefahr.«

»Du bist der ideale Watson, Mick. Du kannst McGovern im Auge behalten, du kannst mich auf dem laufenden halten, und Winnie muß dabei noch nicht einmal merken, daß das Wild auf ist. Sollte es Scherereien geben, bist du derjenige, der damit bestimmt fertig wird.«

An der Stelle mußte ich grinsen. Wenn es auf der Welt einen größeren Störenfried als Mick Brennan gibt, bin ich ihm nie begegnet. Gott hatte Brennan zu uns Menschen geschickt, um den Frieden zu stören; Mick hatte darin ein Leben lang Erfahrungen gesammelt, und jetzt war er Branchenführer.

»Hinaus mit dem alten Watson«, sagte ich und drückte Mick fest die Hand, »hinauf mit dem neuen!«

»Okay, Kumpel. McGoverns erster Interviewtermin ist morgen nachmittag. Ich begleite ihn ganz unschuldig mit der Kameraausrüstung. Wer weiß, vielleicht krieg ich ja ein Bärchen vor die Linse.«

»So gefällst du mir, Watson!«

»Eins noch, Sherlock. Muß ich dich Sherlock nennen?«

»Ganz wie du lustig bist, Watson. Würde es dir denn was ausmachen?«

»Eigentlich nicht«, sagte Brennan. »Es klingt bloß so furchtbar schwuchtelig.«

13

»MORGEN STEIGT DIE CHOSE!« rief ich morgens um zwei der Katze zu. »Zu den Waffen!«

Die Katze zeigte nicht die geringste Spur Neugier, warum ich zu so unpassender Zeit so unziemlich pubertäre Begeisterung an den Tag legte. Sie hatte das natürlich schon oft erlebt, schien aber die Hoffnung nicht aufzugeben, eines Tages würde ich wenigstens rudimentäre Reife entwickeln. Ich gab die Hoffnung nicht auf, die Katze würde eines Tages rudimentären Humor entwickeln. Weil wir uns ein Leben lang falschen Hoffnungen hingaben, wurden Katzen und Menschen so oft enttäuscht.

»Die Spieler sitzen in den Startlöchern«, fuhr ich manisch fort und durchmaß den unvermüllten Teil des Wohnzimmers. »Wie wäre da an Schlaf zu denken? Ich bin nervös wie eine Katze, wenn du die Wendung erlaubst. Ich bin aufgeregt wie Le Pétomane am Vorabend einer seiner großen Vorstellungen im Moulin Rouge.«

Die Katze tat nicht einmal so, als könnte sie mein Hochgefühl teilen. Zum einen war sie nie ein Fan von Le Pétomane gewesen. Wie hundert Prozent aller modernen Frauen fand sie Furzen nicht lustig. Wie hundert Prozent aller Katzen fand sie auch nichts anderes lustig.

»Mußt du eigentlich immer so ein Spielverderber sein?« fragte ich rhetorisch. Es mußte eine rhetorische Frage sein, weil die Katze mir nämlich auf dem Schreibtisch bewußt den Rücken zudrehte. Wenn man glaubt, Katzen wüßten nicht, wann man in Regionen weggetreten war, wo kein Nachtbus mehr fuhr, man unter Whiskey oder Drogen stand, irrt man sich. So gut wie immer, wenn ich auf dem Zahnfleisch ging, hatte die Katze ihr

Mißfallen auf genau dieselbe Weise zum Ausdruck gebracht. Das weiß ich, weil Katzen neurotisch neugierige Wesen sind. Wenn man das einzige ist, was sich im Raum bewegt, wollen sie das sehen. Wenn eine Katze dasitzt und einem den Rücken zudreht, beweist das die eigene Umneblung und/oder Umnachtung besser, als wenn man bei den Bullen auf dem Strich balanciert oder sich von Woody Allens Schädelschrumpfer analysieren läßt.

»Genau, ich gönne mir hier einen kleinen Spaß«, sagte ich zum Rücken der Katze. »In einer Woche wird sich die Medusa da oben wünschen, nur die zwölf biblischen Plagen hätten sie heimgesucht. Aber sie hat es nicht besser verdient. Bei dem Tempo, das Vinnie und Gepetto vorlegen können, haben die bestimmt noch bis zum nächsten Purim zu tun. Und es könnte ziemlich häßlich werden, wenn ich Joe-der-Hyäne wegen der Handwerkerkosten die Leviten lesen müßte.«

Nach der Reaktion der Katze zu urteilen, hätte ich mich auch mit Sherlock Holmes' Porzellankopf unterhalten können. Nicht nur mochte sie Vinnie und Gepetto und wünschte sich zweifellos, die beiden würden ewig bleiben, mir war auch, als würde sie in dem harmlosen Streich, den ich Winnie spielen wollte, leichte Rachsucht spüren. Auch ich fragte mich mittlerweile manchmal, ob ich nicht zu weit gegangen war. Hatte ich so viele Räder ins Rollen gebracht, daß wir versehentlich darunter geraten konnten?

»Ich weiß, woran du denkst«, sagte ich zur Katze. »Einer Lesbe den Stuhl wegzuziehen ist nicht gerade gandhimäßig. Es ist, als wollte man Davy Crockett Tischmanieren beibringen. Oder sich über Kathie Lee Gifford lustig machen. Oder Don Imus einen Wodka McGovern anbieten. Oder McGovern losschicken, um einer Lesbe den Stuhl wegzuziehen. Oder Liebenden unter einem Unstern die Welt wegziehen.«

Die Katze drehte sich um.

»Ich weiß, in einer Welt, wo alles vor die Hunde geht, hat man's als Katze nicht leicht«, sagte ich. »Sherlock ist auch einsam. Schau ihn dir an. Schau mich an. Wenn es einen echten Watson in diesem Nike Village gibt, das wir die Neunziger nennen, müssen wir ihn so schnell wie möglich finden. Wenn nicht, müssen wir uns einer weit schwierigeren und ungewisseren Herausforderung stellen. Dann müssen wir ihn in uns finden.

Und das wird nicht leicht sein. Das Gewebe des judäo-christlichen Lendentuchs ist ziemlich zerschlissen. Mann, wenn nicht Richard Gere wär, wär ich doch längst Buddhist geworden.«

Die Katze war inzwischen fest eingeschlafen und träumte möglicherweise von Porsches, Bayous, Igeln, Flamingos und einem beschaulichen kleinen Garten unter südlicher Sonne. Rund siebenundzwanzig Minuten später gesellte ich mich im Garten zu ihr.

14

ALS ICH AM HELLEN und frühen Donnerstagmorgen aufwachte, war es schon Mittag. Gary-Cooper-Zeit. Die Telefone klingelten, und Vinnie und Gepetto hämmerten an die Loft-Tür. Auf dem Weg zur Tür nahm ich den Hörer ab, und ohne mir anzuhören, wer dran war, rief ich bloß »Immer sachte mit den jungen Bräuten!« in den Hörer und warf ihn dann auf den Schreibtisch, wo die Katze saß und ihn höchst aufmerksam musterte.

»Wir wissen ja, daß du gern ausschläfst«, sagte Vinnie, als ich aufmachte, »und haben uns gesagt, wir lassen dich mal in Ruhe.«

»Eins-a-Timing«, sagte ich.

»Ja«, sagte Gepetto. »Eine vorbeikommende Lesbe hat uns ins Haus gelassen.«

»Eins-a-Timing«, sagte ich.

Als ich zum Schreibtisch zurückkam, saß die Katze immer noch da und lauschte dem quiekenden Hörer wie der Hund auf dem alten Logo der Radio Corporation of America.

»Das ist nicht die Stimme deines Herrn«, erklärte ich ihr schroff. »Du hast keinen Herrn.«

»MIT ... MIT ... MIT ...«, sagte der Hörer, als ich ihn ans linke Ohrläppchen hielt.

»MIT ... MIT«, erwiderte ich.

MIT reimte sich auf SHIT und bezeichnete die Man-in-trouble-Hotline, die McGovern und ich vor einigen Jahren nur für uns beide eingerichtet hatten, die bislang aber keinerlei Nutzen gehabt hatte. Wir hatten sie uns ausgedacht, nachdem McGovern den Fernsehbericht über einen Mann gesehen hatte, der in einer Wohnung in Chicago gestorben war. Weil dieser Mann keine

Freunde oder weil er vielleicht nur unfähige und unberechenbare Freunde wie die Village Irregulars gehabt hatte, merkte niemand, daß er sich auf den Weg über den Regenbogen gemacht hatte. Seine Leiche lag in der Wohnung aufgebahrt, bis sie die Konsistenz einer Feinkost-Froschpastete erreicht hatte. Damit keinem von uns etwas ähnlich Unerfreuliches widerfuhr, hatten wir also die Man-in-trouble-Hotline eingerichtet. Da McGovern und ich weder Gattinnen noch inhäusige Geliebte hatten, weder Zimmermädchen noch Kinder, Pförtner, Büros, Bosse, Kegelbrüder oder gar die Fähigkeit, ein Minimum an Ordnung in das Chaos unseres Lebens zu bringen, fanden wir es ganz vernünftig, einander von Zeit zu Zeit den Puls zu fühlen. McGovern war dabei natürlich im Vorteil. Seine Leiche konnte von keiner Katze angefressen werden.

»Ich kann diesen Mistkerl Brennan nicht finden«, rief McGovern. »Heute nachmittag hab ich den ersten Interviewtermin mit Winnie. Ich hab ihr erzählt, daß die Londoner *Times* einen dreiteiligen Bericht über ›Die Geschichte der Tanzkunst‹ bringt. Sie ist Feuer und Flamme. Und auf einmal geht Brennan auf Tauchstation.«

»Notfalls kannst du doch ohne ihn anfangen. Wer leitet die verdeckte Ermittlung denn?«

»Ich.«

»Na also, Watson. Von wo aus rufst du eigentlich an?«

»Aus einem Hightechbedarfsladen namens ›I Spy‹. Ich will mir ein kleines Aufnahmegerät besorgen, das man am Körper verbergen kann.«

»Du denkst mit, Watson! Wo du schon mal da bist: Kannst du mir ein neues Vergrößerungsglas mitbringen?«

»Zum Rapport komm ich dann vorbei, Sherlock.«

»Moment noch, Watson. Es könnte ratsam sein, nur noch zu telefonieren. Es wäre wenig hilfreich, wenn eine vorbeikommende Lesbe dich in mein Loft gehen sieht.«

»Niemand sieht ›Den Schatten‹«, sagte McGovern. »Aber ›Der Schatten‹ weiß alles.«

»Fabelhaft, Watson«, sagte ich zu ihm und legte auf.

»Krankhaft, Watson«, sagte ich zu mir und wühlte in Sherlocks Kopf nach einer frischen Zigarre.

Ich zündete mir die erste Zigarre des Tages an, ging zur Espressomaschine und legte mit ihr einen Kavaliersstart hin. Sie zischte und gurgelte und fing gerade an, eine ganz anständige Version von *Happy Talk* aus *South Pacific* zu summen, als wieder die Telefone klingelten. Alles schien auf einen hektischen Tag hinzudeuten, aber nichts ist unmöglich; man muß nur delegieren können. Ich ging zum Schreibtisch, setzte mich, paffte ein paarmal päpstlich an der Zigarre und hob den linken Hörer ab.

»Schieß los«, sagte ich.

»Houston, wir haben ein Problem«, sagte Mick Brennan. »Ich kann diesen blöden McGovern nicht finden.«

Ich zwinkerte der Katze zu und paffte einige Augenblicke lang friedlich an der Zigarre. Man nennt sie nicht ohne Grund die Village Irregulars, dachte ich.

»Der ist in der Stadt in einem Fachgeschäft für Spione und besorgt sich ein kleines Hightech-Aufnahmegerät, das man am Körper verbergen kann.«

Brennan lachte geraume Bruchteile einer Sekunde. Gutmütig stimmte ich in sein Lachen ein. In meiner Position wäre es ein tragischer Fehler gewesen, Partei zu ergreifen.

»An McGoverns Körper könnte man gut und gern ein großes altmodisches Tonbandgerät verbergen«, sagte Brennan. »Sogar eine riesige Satellitenschüssel, die Signale aus dem Weltall auffängt, würde sich an seinem Körper verbergen lassen.«

»Watson, Watson«, sagte ich und bemühte mich um die gebührende Herablassung, »das paßt ja gar nicht zu dir, mein guter Watson.«

»Also langsam klingst du echt schwuchtelig, Kumpel.«

»Was glaubst du, was dich erwartet, Brennan?« sagte ich und rang kurz nach Fassung. »Da oben schwirrt eine ganze Tanzschule voller Schwuchteln herum.«

»Das sind aber weibliche Schwuchteln. Die lispeln nicht, wenn sie ›Sherlock Holmes‹ sagen.«

»Ach, Watson, wie stets entgeht deinem scharfen Verstand nur wenig in dieser blinden, gleichgültigen und trivialen Welt.«

»Scheiß auf die blinde, gleichgültige und triviale Welt«, sagte Brennan. »Ich hab die ganze Scheißausrüstung zusammen und will endlich los. Was zum Geier soll ich damit denn jetzt machen, außer sie vielleicht McGovern in den Arsch zu rammen, wenn ich den Sack finde?«

»Warum fängst du nicht einfach ohne McGovern an, Watson? Morgenstund hat Gold im Mund.«

»Oder Blei im Arsch, Kumpel.«

»Wie morbid, Watson. Das paßt gar nicht zu dir.«

»Morbid wird's erst, wenn ich diesen beschissenen McGovern zu fassen kriege«, sagte Brennan.

Bevor ich ihm noch ein paar ermutigende Piepser durchgeben konnte, hatte er aufgelegt. Anscheinend lief alles nach Plan. Nach früheren Erfahrungen zu urteilen, waren allein Brennan und McGovern Kräfte, mit denen man zu rechnen hatte. Wenn solche Kräfte zusammenstießen, kam es meist zu einer ausgedehnten und denkwürdigen Explosion. Im Team hätten sie bei der Boston Tea Party glatt gegen die guten Manieren verstoßen.

Ich ging zur Espressomaschine, stimmte pfeifend in ihr Liedchen ein und zapfte mir eine Tasse der heißen, bitteren, schwarzen Flüssigkeit ab, die den Römern geholfen hatte, die Welt zu erobern. Vinnie und Gepetto, zwei Nachfahren jener alten Rasse, kamen zur ersten von rund siebenundzwanzig Espressopausen zu dem großen glänzenden Dingsbums.

»Hab in letzter Zeit gar nicht mehr soviel von oben gehört«, sagte Vinnie.

»Keine Angst«, sagte ich. »Das wird sich ändern.«

15

DER ERSTE TEXAS JEWBOY war Jesus Christus. Texas war da natürlich noch nicht erfunden worden, existierte aber bestimmt schon zur Zeit der langen, heißen und staubigen Wanderungen der Israeliten, außerdem ist die spirituelle Atmosphäre gleich, ob man nun in Bethlehem eine Krippe oder in Dallas ein Hotelzimmer sucht. Und man muß den treuen, eifrigen und manchmal etwas exzentrischen Jüngern Jesu nur Cowboyhüte aufsetzen und bunte Tücher um den Hals schlingen, schon sehen sie alle aus wie Gabby Hayes und benehmen sich auch so.

Das soll keineswegs das Verdienst des großen Gabby Hayes schmälern, der zu seiner Zeit überarbeitet, untervögelt und unterschätzt war und nach seiner Zeit von seinen kleinen Brüdern Ira, Isaac und Woody überflügelt wurde, von seiner Schwester Helen ganz zu schweigen. Selbst seine uneheliche Stieftochter Purple Haze, die bei einem seltsam flüchtigen Abenteuer mit Josephine Baker in Waco, Texas, gezeugt worden war, sollte ihren Vater in den Schatten stellen. Roy Rogers hatte Gabby übrigens immer eingeschärft, welche Freuden es mit sich brachte, die von Menschenhand geschaffenen willkürlichen Schranken zwischen den Rassen der Erde zu durchbrechen.

»Wir sind alle Gottes Kinder«, soll Roy gesagt haben. »Du mußt die alte schwarze Eiche spalten, Kumpel.«

»Bist du dir sicher, daß das recht ist?« hatte Gabby gefragt.

»Obligatorisch, Junge, obligatorisch«, hatte Roy auf seine gutgemeinte, wenn auch leicht herablassende Art geantwortet.

Aber um auf Jesus zurückzukommen, was wir ja alle dann und wann tun, sollte festgehalten werden, daß man als König der Juden zwar alle möglichen Vergünstigungen genießt, sich gleichzeitig aber doch eine gewisse öde Verantwortung aufbürdet. Manchmal wird das sogar zugeknöpften Typen wie Jesus zuviel und führt zu Gefühlsausbrüchen wie beim letzten Abendmahl, wo er dem Kellner zugerufen haben soll: »Getrennte Rechnung, bitte!«

Der einzige Jünger, der Jesus schließlich gelinkt hat – mal abgesehen von Paulus' Werbefuzzi-Ansatz –, war Judas, der keinerlei Ähnlichkeit mit Gabby Hayes hatte, Wiener Schnitzeln aus dem Wege ging, Streichholzbriefchen aus diversen Edelrestaurants sammelte und Andrew Cunanan auf schon unheimliche Weise wie aus dem Gesicht geschnitten war, wenn er natürlich auch kein Versace-Jackett trug.

Diese Informationen mögen dem einen oder anderen befremdlich vorkommen, sind aber das reine Evangelium. Das weiß ich, weil ich Jesus persönlich gesprochen habe, kurz nachdem er ein Telefonat mit Jerry Falwell beendet hatte und kurz bevor er den *Promise Keepers* per Konferenzschaltung ein Satelliteninterview gab. Jesus hat mir gesagt, und daraus beziehe ich große innere Kraft, daß er nur der erste in einer langen Reihe jüdischer Störenfriede in der Geschichte war. Während seine Jünger nach seinem Tode kräftig herumjüngerten, reichte er die Fackel insgeheim Spinoza, Freud, Karl und schließlich Groucho Marx weiter.

Dieser erste Schwung jüdischer Störenfriede wies zwar völlig verschiedene Ansätze auf, aber er gefiel Jesus wohl. Spinoza, der zudem einen Bart wie Gabby Hayes trug, war allerdings ein Eierkopf und glaubte, alle Menschheitsprobleme ließen sich philosophisch lösen. Selbst Jesus schnallte, daß das Schmonzes war. Freud glaubte, auf alles gebe es eine freudianische Antwort, allerdings hatte er da schon jede Menge von Irving Berlins »White Christmas« geschnupft. Übrigens soll seine Schambehaarung Ähnlichkeit mit Gabby Hayes' Bart gehabt haben. Auch Karl Marx hatte einen Bart wie Gabby Hayes und behauptete steif und fest, alle Menschheitsprobleme ließen sich politisch lösen. Da mußte Jesus ziemlich lachen. »Das kannst du Gary Hart erzählen«, soll sein damaliger Kommentar gelautet haben.

Groucho war der einzige aus dieser ersten Gruppe, den ich je persönlich kennenlernte, da Maureen Orth uns auf einer Herrentoilette in New York miteinander bekannt machte. Groucho stand damals kurz vor dem Übertritt ins Shalom Retirement Village, aber als wir einträchtig nebeneinander standen und pißten, schimmerten sein alter Witz und seine Weisheit noch durch.

»Ich habe schon alle getroffen, die ich treffen wollte«, sagte er. »Ich kann dir nur einen guten Rat geben: Geh zurück nach Texas.«

Zu gegebener Zeit folgte ich seinem Rat. Vorher mußten wir aber unsere Echsen fertig zur Ader lassen und uns dreimal rituell die Hände waschen. Beim Verlassen der Herrentoilette kam es zu einem weiteren Konversationsschnipsel. Eigentlich eine Kleinigkeit, aber im Laufe der Jahre habe ich oft darüber nachdenken müssen und darf sagen, daß meine Einstellung zur Sterblichkeit des Menschen und zu seinem Zweck auf Erden davon tiefgreifend beeinflußt wurde.

»Wohin des Weges?« fragte ich Groucho.

»Ich will nach Hause, um meiner Frau den Knüppel zwischen die Beine zu werfen«, sagte er.

Der zweite Schwung jüdischer Störenfriede der Letzten Tage, die direkte Nachfahren des Heiligen Geistes waren, auch wenn ihnen das vielleicht nicht bewußt war, bestand aus Jack Ruby, Lenny Bruce, Abbie Hoffman und Joseph Heller. Jack Ruby war ein buntes Huhn, das mich davon abhielt, mein ganzes erstes Studienjahr zu verschlafen, indem er Lee Harvey Oswald abmurkste, der kurz zuvor Präsident Kennedy abgemurkst hatte und zwar vom dritten Stock des Texas Cookbook Suppository Building aus, das damals in Dallas oder Bethlehem lag, ganz wie man will. Jack Rubys größte Leistung war es jedoch, zusammen mit Bill Monroe zu den letzten treuen Freunden von Hank Williams gehört zu haben. Ruby glaubte, die höchste Pflicht des Menschen bestehe in regelmäßigen Besuchen seiner burlesken Nachtclubs in Dallas, und damit könnte er unabsichtlich dazu beigetragen haben, die Probleme der Menschheit zu lindern.

Lenny Bruce' Lebensweise machte ihn vielleicht zum wahrhaftigsten Nachfolger Jesu, den die Welt je gesehen hat. Er war hager, er war Jude, er wurde verkannt, und er verstand voll und ganz, daß Leiden adelte. Noch sein Tod setzte Lennys bewußte Kampagne fort, ein kryptisches, christusmäßiges Leben zu führen. Jesus wurde ans Kreuz genagelt und starb zwischen zwei Dieben, Dismas und Barabbas. Bruce starb mit einer Spritze im Arm auf einer Toilette. Zwischen der Gosse und den Sternen, der Windmühle und der Welt, dem Klo und dem Kreuz war der spirituelle Abstand noch nie besonders groß.

Abbie Hoffman, der siebte vom Gott der Hebräer erwählte Jewboy, war dazu auserkoren, den Großteil seiner Jahre die politische, kulturelle und spirituelle Wüste Amerikas zu durchwandern. Er war der Clownprinz der himmlischen Schule und gehörte wie Lenny zu den ersten Amerikanern, die sich buchstäblich ins Sternenbanner hüllten, lange bevor dies garderobetechnisch in Mode kam. Es ist kein Zufall, daß er Abraham hieß. Es ist auch kein Zufall, daß sein leiblicher Sohn »america« getauft wurde. Aber in vielerlei Hinsicht kann Abbie heute als der verrückt gewordene, charismatische und doch idealistische Vater jener Reste einer auffälligen Empfindsamkeit gelten, die wir die Sechziger nennen. Er kam am 4. Juli zur Welt, aber sein Geist erfährt seine Auferstehung, wann immer und wo immer jemand Autoritäten in Frage stellt. Abbie trug manchmal auch einen Gabby-Hayes-Bart. Dann trug er wieder andere Verkleidungen. Und Abbie reimt sich natürlich auf Gabby.

Der Jesus sei Dank letzte den Frieden störende Jewboy auf der Liste ist Joseph Heller, der Autor von *Catch 22,* einem Buch, dem zwar weniger Menschenleben zum Opfer gefallen sind als der Bibel, das aber zumindest manchmal Menschen auf der ganzen Welt dazu angehalten hat, über den Sinn des Lebens nachzudenken. Heller funktioniert nach zwei Prinzipien: »Nichts führt zum geplanten Ergebnis« und »Jede Veränderung ist eine Verschlechterung«. Wenn man sein Leben an diesen beiden Prinzipien ausrichtet, kann eigentlich nichts schiefgehen, und wenn doch, merkt man es wahrscheinlich nicht. Viele religiöse Autoritäten halten Joseph Heller für den einzigen lebenden direkten Jünger Jesu. Ich schreibe das in gutem Glauben, aber Bibelforscher haben jüngst auch mindestens zwei konkrete Beweise für diese These vorgelegt. Erstens: Hellers strubbelige weiße Haare haben verblüffende Ähnlichkeit mit denen eines kleineren biblischen Propheten namens Mauschel, der prophezeit hat, Juden würden niemals Golf spielen. Zweitens: Der Name »Joseph Heller« hat die gleichen zwei ersten Initialen wie Jesus H. Christ. Hellers Platz in der Geschichte wird natürlich von der Tatsache untergraben, daß er keinen Bart wie Gabby Hayes hat.

Es gibt noch weitere Juden, die im Lauf der Jahre das zersetzende Gebräu menschlicher Geschichte umgerührt haben, aber sie fallen mir gerade nicht ein. Die meisten von ihnen sind auch längst ausgefallen, umgebracht von wohlmeinenden fanatischen Christen wie Ihnen – wenn auch nur dem Namen nach verwandt –, die glaubten, Gottes Werk zu tun, wenn sie die Kreuzzüge, die Inquisition und den Holocaust sponserten. Alan Dershowitz behandelt dieses Thema kurz in einem seiner neueren Bücher. Es heißt *Der verschwindende amerikanische Jude* und hat viele von uns fälschlich hoffen lassen, es sei autobiographisch.

Jesus wollte jedoch nie, daß so etwas geschieht. Er ist ein guter jüdischer Junge. Er will bloß, daß die Menschen nett sind. Er hat weder Zeit noch Lust, sich mit Politikern, Generälen, *Christian Athletes,* gottesfürchtigen kleinen Kirchgängern, Fernsehpredigern oder Leuten auseinanderzusetzen, die beim Rundfunk anrufen und aus der Heiligen Schrift zitieren, oder mit Herden von Gläubigen, die die Bibel lesen, damit sie die Abschlußprüfung schaffen, oder mit Frater Oralingus, Frater Analingus, Billy Graham, dir, mir oder sonst einem herumziehenden Spinner, der sich von den Früchten des Landes nährt. Nur zu einer Gruppe von Menschen spricht Jesus regelmäßig. Das sind die Insassen der Nervenheilanstalten. Und die wollen es uns erklären, aber wir hören ihnen nie zu.

So was geht einem alles durch den Kopf, wenn man genug kubanische Zigarren raucht und dreiundfünfzig Jahre lang die Beine hochlegt. Gefährliche Gedanken, zumal ein paar davon sich durchaus als wahr erweisen könnten.

16

»ARSCHGESICHT.«

»Schieß los.«

»Das ist ja so was von abgeschmackt; kannst du dich am Telefon nicht mal wie ein normaler Mensch melden?«

»Warum?«

»Weil ich dir dann vielleicht zeigen würde, wie ich in dieser sexy schwarzen Strumpfhose aussehe.«

»Residenz Friedman. Mit wem habe ich bitte die Ehre?«

»Zu spät, Arschloch. Ich geh jetzt über den Flur. Wenn ich nach meiner Rückkehr noch heterosexuell bin, meld ich mich.«

»Sei bitte vorsichtig, Stephanie. Es lohnt sich nicht ...«

Aber sie hatte schon aufgelegt. Ich sah an den sich in Zeitlupe bewegenden Gestalten von Vinnie und Gepetto vorbei in den grauen Spätnachmittag hinaus und betrachtete das, was das frivole kleine Unterfangen anging, mit gemischten Gefühlen. Angenommen, Stephanie wurde wirklich lesbisch? So etwas war schließlich schon vorgekommen, möglicherweise sogar unter identischen Umständen. Was war, wenn sich mein kleiner Racheplan als Rohrkrepierer herausstellte und jemand verletzt oder verhaftet wurde? Was war, wenn sich die Aktion als ein so erfolgreiches Desaster herausstellte, daß Winnie ihren Lebensunterhalt verlor, einen Nervenzusammenbruch erlitt und von stämmigen kessen Vätern in weißer Schwesterntracht in die Klapsmühle abtransportiert wurde? Na ja, vielleicht gefiel es ihr da ja. Vielleicht aber auch nicht. Vielleicht würde sie dort die Sandsäcke des Irdischen abwerfen, und für den Rest meines Lebens würde ihr Blut an meinen Fingern kleben, ich würde in der schrecklichen, mit Schuldgefühlen beladenen Stille des Lofts dahinvegetieren und mir sehnlichst wünschen, etwas Menschliches und Wirkliches wie eine Lesbentanzschule würde sie durchbrechen. Vielleicht verlor ich alle meine Freunde, wenn diese entdeckten, daß ich sie mit der Morddrohung zum Narren gehalten und jedem einzelnen von ihnen vorgegaukelt hatte, er oder sie sei mein idealer Watson. Vielleicht gab es ja keinen idealen Watson. Vielleicht gab es überhaupt keinen Watson. Vielleicht gab es nur mich, die Katze und den Puppenkopf. Vielleicht arbeitete der Rest der Welt ohne Netz.

»Schieß los«, sagte ich, nachdem ich robotergleich den linken Hörer abgehoben hatte.

»Kinkstah!« sagte die laute, vertraute, nervende Stimme. »Ich hab's!«

»Was hast du, Ratso? Den Sackschoner eines toten Catchers?«

»Wenn das hier vorbei ist, brauch ich vielleicht einen.«

»Wenn das hier vorbei ist, brauchen wir vielleicht alle einen. Ich hab ziemlich viel zu tun, Watson. Was gedachtest du mir denn mitzuteilen?«

»Ich habe einen Plan! Wie ich als verdeckter Ermittler in die Lesbentanzschule reinkommen kann!«

»Das ist ja großartig, Rats. Wie denn?«

»Das möchte ich vorläufig noch für mich behalten.«

»Watson, du bist der Inbegriff der Diskretion. Du bist beherrscht, vorsichtig und wahrscheinlich auch verstopft wie nur was. Also wie zum Geier sieht dein Plan aus?«

»Ich mein's ernst, Sherlock. Ich möchte das für mich behalten, bis ich weiß, daß es auch wirklich funktioniert.«

»Wahr gesprochen, Watson! Vorsicht ist die Mutter der Porzellankiste, hab ich nicht recht?«

»Ich wußte, daß du mich verstehen würdest, Sherlock.«

»Es gibt womöglich ein internationales Lesbenkartell, das in eben diesem Moment mittels fortgeschrittener Satellitentechnik unser Telefongespräch abhört. Aber auch wenn nicht, kann man heutzutage niemandem trauen, Watson. Auch nicht seinen besten Freunden.«

»Ich wußte, daß du mich verstehen würdest, Sherlock.«

»Ich hingegen werde dich nie verstehen, Ratso. Das macht immerhin einen Teil deines Charmes aus.«

»Wenn es in der Tanzschule attraktive Lesben gibt, bin ich vielleicht länger weg. Ein paar von denen waren garantiert noch nie mit einem Mann zusammen. Vielleicht kann ich sie ja bearbeiten, um ihre Einstellung zu ändern.«

»Ach, Watson, du bist schnell wie eh und je, wenn es gilt, die

Chancen zu nutzen, die das Leben einem bietet. Ich bezweifle nicht, daß du sie aus ihren Lesbentrikots herauscharmieren wirst. So wie du mich in dieses Telefonat hineincharmiert hast.«

»Okay, Kinkstah! Mein geheimer Plan wird noch heute abend umgesetzt. Drück mir die Daumen.«

»Ich drück dir die Daumen.«

Nachdem ich aufgelegt hatte, sagte ich zur Katze: »Daumendrücken allein reicht da nicht. Wenn eine Lesbe, die was auf sich hält, eines haßt, dann einen ungehobelten, lauten, schräg angezogenen und ätzenden Schwachkopf wie Ratso, der sich für den Don Juan von Lower Manhattan hält. Ich seh's schon vor mir, wie er so einen kessen Vater mit Werkzeuggürtel hartnäckig umzirzt.«

Die Katze sagte natürlich nichts zu meinen provokanten Bemerkungen. Sie wußte, daß ich oft voreilige und unüberlegte Kommentare abgab, wenn ich gerade mit Ratso telefoniert hatte. Sie wußte auch, daß ich mein hartes Urteil über den Möchtegern-Watson revidieren würde, eben weil er etwas besaß, wofür es nur ein Wort gab: Charme. Ratso besaß echten Charme. Dummerweise besaß er ein einfach unausstehliches Charmevermittlungssystem, und wenn der Charme dann wirkte, war man schon für immer und ewig abgestoßen.

Die Katze haßte Ratso und machte daraus auch nie ein Hehl. Sie hegte diesen Haß, seit Ratso das erste Mal ins Loft gekommen und als Hauspest gleich ein halbes Jahr geblieben war. Es war irrational, wie ich ihr immer wieder klarzumachen versuchte, aber so war es nun mal. Die Katze mochte den Halbitaliener Rambam, und sie mochte Vinnie und Gepetto. Möglicherweise stand sie ja auf Italiener. Sie tolerierte McGovern, ignorierte Brennan, und Stephanie DuPont hätte sie wahrscheinlich gemocht, wenn die nicht die beiden kleinen Hunde gehabt hätte, Pyramus und Thisbe, deren lautes, schrilles und unaufhörliches Bellen und Jaulen aller Welt das Gehirn eispickelte.

Was zwischenmenschliche Beziehungen angeht, kann man keiner Katze ihren Willen lassen und gleichzeitig erwarten, viele Freunde auf der Welt zu behalten. Katzen sind wie Lesben. Sie sind Gewohnheitstiere, und Männer erhaschen nur selten Einblicke in die seidene Funktionsweise ihres Geistes. Wenn Menschen jedoch je wahrhaft schön sind, dann liegt das daran, wer und was sie sind, und das sollte man niemals zu ändern versuchen. Laßt Katzen Katzen sein. Laßt Ratten Ratten sein. Laßt Lesben Lesben sein. Laßt Hündchen Hündchen sein. Und laßt uns beten, daß sie nie alle auf einmal am selben Ort sind. Und sollte diese wahrhaft schreckliche Situation doch einmal eintreten, so laßt uns wenigstens hoffen, daß Vinnie und Gepetto bis dahin mit der Arbeit an meiner Decke fertig sind.

Ich wollte mir gerade eine Spätnachmittagspause von meinem hektischen Tag im Büro gönnen, als die Telefone wieder klingelten. Ich paffte friedlich an meiner Zigarre und ließ sie eine Weile klingeln. Ich hatte die Dinge ins Rollen gebracht, und nur ein Eingreifen Gottes, Buddhas, Allahs oder Pat Robertsons konnte sie jetzt noch aufhalten. Außerdem, sagte ich mir, sollte in New York grundsätzlich niemand glauben, man würde Däumchen drehen. Krumme Dinger sind okay, Däumchen tabu. Nachdem mir die Zwillingshörer das Innenohr so gut wie weggeblasen hatten, nahm ich den linken Hörer ab und pflanzte ihn mir an den Kopf.

»Kirche der Verklärung Christi«, sagte ich. »Father Friedman am Apparat.«

»Fick dich ins Knie, Father Friedman«, sagte eine rauhe Stimme, die ich als die Rambams erkannte.

»Welch harter Ton für einen Mann der Kirche.«

»Der richtige Ton für kein großes Kirchenlicht.«

»Als ob du mir da das Weihwasser reichen könntest.«

»Na klar, 'nen ganzen Weiher voll. Paß auf, ich konnte den Fall mit dem jüdischen Blitzschlag schneller abschließen als gedacht und schlage deshalb vor, daß ich schon heute abend vorbeikomme, um Winnies Loft zu verwanzen.«

»Meinst du nicht, daß sie mißtrauisch werden könnte, wenn du abends kommst?«

»He«, sagte Rambam, »der Gasmann schläft nie.«

Als Vinnie und Gepetto ein paar Stunden später gerade Feierabend machen wollten, kam Rambam mit einer Taschenlampe, einem Klemmbrett und einem irrwitzig aussehenden Meßgerät im Gürtel ins Loft. Er trug eine Stadtwerke-Mütze, ein Stadtwerke-Hemd und grinste spitzbübisch.

»Wußte gar nicht, daß du für die Stadtwerke arbeitest«, sagte Vinnie zu ihm.

»Tu ich auch nicht«, sagte Rambam.

»Ich werd dir mal was verraten«, sagte Gepetto. »Wir gehören auch nicht zur Internationalen Bruderschaft der Elektriker.«

»Und unser Kinky ist auch kein echter Detektiv, also ist hier wohl nur die Katze koscher«, sagte Rambam mit anzüglichem Grinsen.

»Soso«, sagte Vinnie, ließ ein paar Cannoli auf der Arbeitsfläche liegen und wandte sich mit Gepetto zur Tür.

»Wo hast du denn das komische Gerät da am Gürtel her?« fragte ich Rambam, nachdem die beiden Handwerker verschwunden waren.

»Das ist eine Leihgabe vom Sittendezernat«, sagte Rambam.

»Vergiß bloß nicht, es zurückzubringen«, sagte ich.

»Zu deiner Information«, sagte Rambam, »das ist ein vorsintflutliches Gerät namens Phyzagometer. Das schnallt man den Straftätern um ihre Smegmaschleudern und zeigt ihnen Pornos, um zu prüfen, ob man sie auf Bewährung entlassen kann.«

»Wenn du glaubst, du könntest das an mir ausprobieren, bist du schief gewickelt.«

»Nichts läge mir ferner. Ich beabsichtige deinen Obermietern einzureden, daß das der letzte Schrei in Sachen Gasleckdetektor ist. Wenn es etwas gibt, was garantiert keine Lesbe auf der ganzen Welt erkennt, dann einen Phyzagometer.«

»Klingt einleuchtend. Und wo ist der Sender für die Abhöranlage?«

»In den Pager hier eingebaut«, sagte Rambam und zeigte mir den unschuldig wirkenden Pager, den er in der Hand hielt. »Den muß ich nur unter ein Sofa oder sonst ein schweres Möbelstück werfen, wenn die lieblichen lustigen Lesben gerade mal wegsehen. Er sollte dann für ein bis zwei Wochen senden.«

Falls McGovern nicht drauftritt, dachte ich, blies ein lavendelfarbenes Rauchwölkchen in Richtung Decke und inspizierte nebenbei den Fortgang der Gipsarbeiten.

»Weißt du was«, sagte ich, »Vinnie und Gepetto machen tatsächlich langsam Fortschritte.«

»Welch ein Trost«, sagte Rambam. »Leute, die für Joe-die-Hyäne arbeiten, kann man nämlich schlecht feuern. Okay, wenn sonst nichts ist, geh ich jetzt mal hoch. Den Empfänger geb ich dir, wenn ich wieder zurück bin.«

»Immer langsam mit den jungen Bräuten, Rambam. Wenn der Sender im Pager ist, wo ist dann der Empfänger?«

»Im Phyzagometer«, sagte Rambam.

»Das sendet einem doch den Penis zur Venus!« sagte ich.

Rambam war schon halb zur Tür hinaus, als unmittelbar über uns ein Wahnsinnskrachen ertönte. Es klang, als hätte ein Kran gerade John Tesh und sein Klavier fallen lassen. Die Katze peste schutzsuchend unter den Schreibtisch. Der kleine schwarze Puppenkopf geisterte auf dem Kühlschrank herum.

»Was zum Geier war denn das?« fragte ich, war aber nicht scharf auf die Antwort.

»Sei bloß froh, daß der Phyzagometer noch nichts empfängt«, sagte Rambam. »Das hätte dir die Scheißfenster weggeblasen.«

17

WÄHREND ICH AUF RAMBAMS Rückkehr von der Loftverwanzung wartete, teilte ich Vinnies Cannoli mit der Katze und goß mir zusätzlich ein paar zünftige Drinks von dem El Jimador Tequila ein, den mein Freund Perla mir vor einiger Zeit aus Mexiko geschickt hatte. Cannoli und Tequila sind nicht jedermanns Sache. Intakten Geschmacksknospen kann dieser kulinarische Speedball Probleme bereiten. Aber für einen erfahrenen Globetrottel, der seit über zwanzig Jahren Zigarren raucht, ist die Kombination nicht nur Killerbiene, sie kann ihm auch einen ganz schönen Kitzel verschaffen.

Rambam schien oben länger zu brauchen, als ich erwartet hatte. Es konnte doch nicht lange dauern, sagte ich mir, einen Pager unter ein Sofa zu pfeffern und sich haste, was kannste aus dem Staub zu machen. Wenn man sich andererseits je gemopst und auf den Mann von den Stadtwerken gewartet hat, dann weiß man, daß das Langweilige und Frustrierende dieser Angelegenheit an die des Wartens auf eine Geliebte heranreicht, die man nie wiedersehen wird. Es ist fast so schwer, habe ich mir sagen lassen, wie das geheuchelte Aus-dem-Fenster-Schauen, wenn die Gattin weint.

»Hab ich dir schon mal erzählt, warum fast alle Großwildjäger Potenzstörungen haben?« fragte ich die Katze.

Die Katze reagierte nicht, aber es war nicht zu verkennen, daß ich ihr Interesse geweckt hatte. Ich schritt in der Küche auf und ab, rauchte eine Zigarre und wollte mich gerade eingehender zum Thema äußern, da platzte Rambam zur Tür herein.

»Hat dir deine Mutter nicht beigebracht vorher anzuklopfen?« sagte ich, nachdem die Katze und ich die Reste unserer Fassung zurückerlangt hatten.

»Nicht nach der furchteinflößenden Vision, die mir eben im Flur zugestoßen ist. Du kannst froh sein, daß ich mir nicht die Klamotten vom Leib gerissen und den Phyzagometer an mir befestigt habe, um dann auf die Straße hinauszustürzen«, sagte Rambam.

»Was könnte einen versierten Privatermittler in so heftigen Aufruhr versetzen?« stellte ich der Katze eine rhetorische Frage, weil Rambam augenscheinlich nicht zuhörte. Er folgte schnurstracks der kürzesten Verbindung zwischen der Tür und der Flasche El Jimador.

»Privatermittler *mit Gewerbeschein,* könnte ich hinzufügen«, sagte Rambam. »Im Gegensatz zu gewissen Thronfolgern von eigenen Gnaden.«

»Du machst mich nervös. Ich werde gleich den Lokusthron besteigen müssen, wenn du mir nicht augenblicklich verrätst, was passiert ist.«

»Okay«, sagte Rambam und goß sich einen großzügig bemessenen Tequila ein. »Aber setz dich lieber erst mal hin, bevor ich anfange.«

»So schlimm, ja?«

»Schlimmer als der schlimmste kokaininduzierte Albtraum, den du je gehabt hast.«

»Unmöglich!« sagte ich.

Rambam kippte sich überstürzt den Tequila hinter die Binde, worauf er wie ein prähistorischer Fisch nach Luft schnappte. Die Katze warf ihm einen strengen und mißbilligenden Blick zu.

»Ach du Scheiße«, sagte Rambam. »Wie kann man mit diesem Gaumennapalm bloß einen klaren Gedanken fassen?«

»Gar nicht!« sagte ich, ging zum Schreibtisch und setzte mich. »Wie wär's, wenn auch du dich setzt und mir alles der Reihe nach erzähltst?«

Rambam setzte sich mir gegenüber und sortierte seine in der Gegend herumliegenden Gedanken. Sein Gesicht war weißer als die Laken vom Ku-Klux-Klan. Man konnte richtig sehen, daß ihm ein ziemlicher Schreck in die Glieder gefahren sein mußte.

»Zu Frage eins«, sagte er, »wer die Morddrohung geschrieben haben und Winnie Schaden zufügen könnte, da mußt du jeden verdächtigen.«

»Standardverfahren, alter Knabe.«

»Ich fühl mich eher als Prügelknabe, wenn ich weiter diesen El Jimador trinke. Also noch mal, du mußt *jeden* verdächtigen.«

»Okay. Ich verdächtige *jeden.* Jetzt tu mal Butter bei die Fische.«

»Ich hab zwei schlechte Nachrichten für dich«, sagte Rambam, »und ich erzähl sie dir lieber früher als später.«

»Spuck's aus«, sagte ich und heuchelte dieselbe Ernsthaftigkeit wie Rambam.

»Als erstes renne ich da oben fast so einen Dragoner um, Winnies Bodyguard. Die spielt da Rausschmeißer à la Joe Louis. Grob, unfreundlich, und sie hat was dagegen, daß man reinkommt. Ich sag ihr, ich arbeite für die Stadtwerke, was die Montur eigentlich auch dem letzten Schwachkopf klarmachen müßte, und ich müsse unverzüglich den Hauptmieter sehen, weil im Haus ein Gasleck vermutet wird. Mit dem Sprüchlein kommt man normalerweise auch beim Papst rein, aber die Amazone will nichts davon wissen. Sagt einfach nur: ›Ms. Katz darf nicht gestört werden. Sie wird gerade von der Londoner *Times* interviewt.‹ Darauf ich: ›Meinetwegen kann sie vom *Bulletin der Buschlutscher* interviewt werden, Lady, wenn es hier ein Gasleck gibt und ich es nicht finde, fliegt der ganze Laden in die Luft.‹«

»Das hast du nicht gesagt.«

»Und ob.«

»Und was hat sie dann gesagt?«

»Sie hat gesagt, Zitat: ›Paß lieber auf, sonst hängt Jennifer dir die Kinnlade tiefer.‹«

»Wunderbar, Watson, wunderbar! Durch dein Geplänkel mit der Frau hast du ihren Namen herausbekommen!«

»Was hatte ich schon zu verlieren? Da war das Zimmer mit den verschlossenen Türen, hinter denen Winnie angeblich interviewt wurde, aber selbst wenn ich Alice B. Toklas gewesen wäre, hätte sie mich nicht reingelassen. Ich hab's aber immerhin geschafft, an Jennifer vorbei in den Hauptraum der Lesbentanzschule zu kommen, und dort begegnen wir dann unserer ersten schlechten Nachricht.«

»Geh mir an die Nieren, Alice.«

»Das Lachen wird dir gleich vergehen«, sagte Rambam. »Ich geh also ins Ballettstudio und seh mich nach einer geeigneten Stelle für den Sender um, und da hab ich auf einmal vielleicht zehn Mädchen vor mir, die Dehnungsübungen oder so machen. Warten wahrscheinlich drauf, daß Winnie mit ihrem großen Interview fertig wird.«

»Das ist noch keine große Neuigkeit.«

»Schlimm Ding will Weile haben«, sagte Rambam mit einem boshaften Glitzern in den Augen. »Ich bin also am Kiebitzen, da seh ich am Rand der Gruppe eine große Blondine, Typ Haare bis zum Hintern und Beine bis zum Arsch; eine griechische Göttin in schwarzer Strumpfhose. Ich seh sie nur von hinten, übrigens kein schlechter Anblick, aber trotzdem kommt sie mir irgendwie bekannt vor. Ich starr sie an, und dann hilft ihr ein Rotschopf, übrigens auch nicht zu verachten, das Bein auf der Stange zurechtzulegen. Jetzt steht die Blondine im Profil, was auch kein schlechter Anblick ist, und dann sieht sie mir direkt ins Gesicht, merkt aber natürlich nichts, weil sie mich für den Fritzen von den Stadtwerken hält. Aber es war unverkennbar. Scheiße, Mann, ich faß es nicht. Das war sie!«

»Das war wer?«

»Stephanie DuPont.«

»WAS?!«

»Tut mir leid, aber einer muß es dir ja sagen, Sportsfreund; die Chance, daß du je bei ihr landen wirst, ist ungefähr so groß wie die, daß sich dein kleiner Holzpuppenkopf je in einen lebenden Jungen verwandelt.«

»Das darf doch nicht wahr sein!«

»Leider doch. Du kannst noch froh sein, daß du nicht gesehen hast, wie glückselig sie gestrahlt hat, als ihr der Rotschopf mit dem Bein geholfen hat.«

»Ich bring die beiden um«, sagte ich nachdrücklich.

»So spricht ein wahrer Mann.«

»Die können was erleben«, sagte ich und ließ meinen Ärger in Bitterkeit umschlagen.

»Der Gedanke ist mir auch schon gekommen«, sagte Rambam. »Nur schade, daß sie es nicht mit uns erleben.«

Ich erhob mich theatralisch vom Schreibtisch, ging zur Anrichte und goß mir einen zünftigen El Jimador erst ins alte Stierhorn und dann hinter die Binde. Anschließend warf ich einen langen untröstlichen Blick aus dem Fenster in die untröstliche Nacht von New York.

»Da gibt es nun so viele Lesbentanzschulen auf der Welt«, sagte ich, »und Stephanie muß ausgerechnet dieser beitreten.«

»Kopf hoch, alter Junge«, sagte Rambam. Es war ergreifend, wie er darauf reinfiel, aber jetzt war es zu spät, ihm die Wahrheit zu sagen. Er hätte sie wohl sowieso nicht geglaubt.

»Dann zeig mir mal, wie der Empfänger funktioniert«, sagte ich schroff, um anzudeuten, daß ich mein Schicksal mit stoischem Gleichmut ertragen würde.

»Wir können den Empfänger einfach auf den Schreibtisch stellen, und du stellst ihn nach Belieben an und aus und drehst ihn laut oder leise wie ein Radio. Er ist bereits an, aber wenn sie oben Tanzmusik spielen, kann man leider nichts anderes hören.«

Rambam stellte den Empfänger auf den Schreibtisch, drehte an einem Knopf, und das Zimmer füllte sich mit einer Art dekonstruiertem Disco. Ich stellte das Gerät ab.

»Langweilig«, sagte ich.

»Klar, solange nur Musik zu hören ist, kannst du ihn natürlich aus lassen. Und wenn du dich langweilst, kannst du dir das Teil immer noch an den Schwanz schnallen, um rauszukriegen, was du wirklich von der Welt hältst.«

»Danke für den Tip. Apropos, da das heute abend ein Leitmotiv zu sein scheint, was ist die zweite schlechte Nachricht?«

»Also«, sagte Rambam, der langsam warm zu werden schien, »ich hab den Sender an Ort und Stelle und will gerade wieder die Treppe runter, da geht der Aufzug auf. Jetzt rat mal, wer da rauskommt und bei Winnie reingeht.«

»Ellen DeGeneres aus der Lesben-Sitcom.«

»So kann man sich irren. Nein, ein Mann trippelt raus, der eine lächerliche rosarote Strumpfhose bis kurz vorm Reißen über den fetten Arsch gezogen hat. Oben trägt er ein Sweatshirt mit abgeschnittenen Ärmeln, das für die Wiederwahl von Barney Frank wirbt.«

»Verarschen kann ich mich auch allein.«

»Ich verarsche dich nicht. Ich erzähle auch keinen Scheiß, was die ekelhafte Garderobe angeht. Du weißt doch, daß in jedem Aerobic-Kurs, der nur für Frauen ist, immer genau ein männlicher Schwachkopf mitmacht, oder? Ich sag mir also, dann ist das hier wohl die eine Tucke, die in der Lesbentanzschule mitmacht. Der Typ war so aufgeregt bei der Sache, daß er mich gar nicht gesehen hat. Aber als ich ihn erkannt hab, ich schwör's dir, ich hätte kotzen können.«

»Immer sachte mit den jungen Bräuten«, sagte ich. »Soll das heißen, ich kenne den Typen auch?«

»Offenbar weniger gut, als du bislang vielleicht gedacht hast.«

»Wer zum Geier war's denn?«

Rambam schien von dem Gesehenen richtig angewidert zu sein. Die Katze schien von der ganzen Menschheit richtig angewidert zu sein. Sogar ich war ein bißchen angewidert, als ich Rambams grimmige Äußerung hörte.

»Ratso.«

18

ICH GEHÖRE NICHT zu den Menschen, die sich von schlechten Nachrichten lange runterziehen lassen. Nun waren die Nachrichten natürlich auch nicht so schlecht, wie Rambam geglaubt hatte. Eigentlich waren sie ganz lustig, irgendwie herzerfrischend. Ratso hatte es natürlich mal wieder übertrieben. Und ich hätte wohl auch ohne das »glückselige Strahlen« leben können, das Rambam gesehen haben wollte, als Stephanie von diesem Rotschopf das Bein auf der Stange zurechtgelegt wurde. Sie hatte nur nicht aus der Rolle fallen wollen, redete ich mir ein, aber war das glückselige Strahlen wirklich nötig gewesen? Ich kannte Stephanie besser als die meisten anderen Menschen, und ein glückseliges Strahlen hatte ich bei ihr nur einmal gesehen. Das war vor ein paar Jahren abends bei McGovern gewesen. Wir hatten ein Chicken McGovern gegessen, das echt Killerbiene gewesen war, und ein altes Rezept von einem toten Mafioso namens Leaning Jesus gefunden, das sich als Karte herausstellte, die uns zu Al Capones vergrabenem Schatz führen sollte. Wir gingen gerade durch die glitzernden

Straßen vom Village nach Hause zurück, da zog Stephanie mich auf einmal aufgeregt am Ärmel und rief: »Und ich krieg ein Drittel ab, ja?« Das glückselige Strahlen war in ihre Augen getreten, als ich »Ja« gesagt hatte.

Wahrscheinlich war es im Leben ja ratsam, den Augen oder Motiven der Menschen nicht zu tief auf den Grund zu gehen, dachte ich. Freu dich über jedes glückselige Strahlen, das du kriegen kannst, und stell keine Fragen. Die Antworten bekommst du sowieso irgendwann zu hören, ob du nun willst oder nicht.

Momentan wartete ich jedenfalls nicht auf Antworten. Ich fühlte mich wie Machiavelli höchstpersönlich, hörte mir mit der Katze zusammen an, was uns der Phyzagometer zu sagen hatte, und frohlockte im Bewußtsein, daß alle Village Irregulars nach meiner Pfeife tanzten, sich wie Schachfigürchen bewegten und die Wellen des Schicksals für mich durchpflügten wie die treue Mannschaft an Bord eines Schiffs der Narren, das bald in einem Hafen der Schikane für Winnie Katz vor Anker gehen würde.

Seit Rambams Verschwinden war es ein seltsames, aber nicht unangenehmes Gefühl, mit der Katze allein im Loft zu sein und dem Empfänger auf dem Schreibtisch zu lauschen. Es war fast so, als lebte man irgendwo in ländlicher Abgeschiedenheit und hörte sich eine alte Radiosendung an. Genau das machten viele kleine alte Damen jetzt wahrscheinlich auch, allerdings hatte bestimmt keine denselben Sender eingestellt wie ich. Wenn man als Erwachsener noch nie jemanden bespitzelt hat, sollte man sich die günstige Gelegenheit nicht entgehen lassen. Im Moment fühlte ich mich ein bißchen wie eine kleine alte Dame und ein bißchen wie ein KGB-Agent. Es war zwar nur eine indirekte Teilhabe am Leben, aber die reichte für einen gewissen Schauer. Und indirekte Teilhabe am Leben konnte meines Wissens richtig süchtig machen. Viele Leute finden sogar, wenn man nicht indirekt am Leben teilhaben könne, warum dann überhaupt leben?

Ich selbst wäre nicht ganz so weit gegangen, konnte den Standpunkt dieser Leute aber nachvollziehen. Nach endloser Tanzmusik waren jetzt die kleinen Seufzer, subjektiven Kommentare und Privatgespräche zu hören, die Frauen oft miteinander führten, wenn sie unter sich waren. Ratso mal nicht mitgezählt.

»Mädels, ich möchte euch Roscoe Feigenbeißer vorstellen«,

konnten wir Winnie mit durchdringender Stimme sagen hören. »Gewöhnlich lassen wir aus naheliegenden Gründen keine Männer in die Tanzschule ...«

»Pst«, sagte ich zur Katze, die natürlich gar nichts gesagt hatte. Der Phyzagometer spie anzügliches, indirektes Mädchenlachen aus. Unklar war nur, ob Winnies Bemerkung oder Ratsos Reaktion es provoziert hatte.

»... aber ich habe beschlossen, für Roscoe eine befristete Ausnahme zu machen. Er ist Mitglied des Schwulen Männerchors von Manhattan ...«

An dieser Stelle erklang vereinzelter Applaus, und dann sagte Ratso: »Ich danke euch allen. Eure Energie ist einfach umwerfend.«

»Blanker Unsinn«, sagte ich zur Katze. Sie reagierte nicht, aber zu meinen Gunsten sei gesagt, daß sie auf Zynismus in egal welcher Gestalt eigentlich nie ansprach. Sie betrachtete erst den Empfänger und dann die Decke. Anscheinend fand auch sie ihre Energie einfach umwerfend.

»Roscoe erforscht hobbymäßig alternative Lebens- und Tanzstile sowie kulturelle Institutionen der Avantgarde, und ich habe ihm einen provisorischen Gasthörerstatus eingeräumt.«

»Ich dachte, *wir* wären die Gasthörer«, sagte ich.

»Hast du Bemerkungen oder Fragen zu irgendwas von dem, was du bisher gesehen hast, Roscoe?« fragte Winnie. »Du hast natürlich noch *gar nichts* gesehen.« Zweideutiges Kichern und Schlüpfrigkeiten seitens verschiedener Kursmitglieder.

»Ich glaube, ich kann jetzt schon sagen, daß ich mir hiervon reichhaltigste Einsichten verspreche«, sagte Roscoe Feigenbeißer. »Es handelt sich übrigens um mehr als nur ein Hobby. Ich habe an der University of Wisconsin in Madison Kulturelle Anthropologie studiert, und meine Abschlußarbeit behandelt Tanz als symbolische Interaktion. Ich habe Monographien über Ritualtänze bei den Salishan in Montana, den Xhosa in Südafrika und anderen Ethnien verfaßt, denen ich im Laufe meiner Reisen begegnet bin. Was ich hier heute zu sehen bekomme, zeigt eindeutig tribale Einflüsse, und das finde ich ganz außerordentlich.«

»Er hat Psychologie studiert«, sagte ich zur Katze. »Die Promotion mußte er angeblich abbrechen, weil ihn eine Spinne ins Skrotum gebissen hat.«

»Im Augenblick kann ich nur sagen, daß ihr mich echt umhaut«, sagte Feigenbeißer.

»Um den umzuhauen, bräuchte man einen Hurrikan wie dorteinst den Iniki auf Hawaii«, sagte ich zur Katze.

»Zur Zeit bin ich Mitarbeiter bei einem Projekt von Professor Richard Holmes an der New School ...«

»Meine Güte«, sagte ich.

»... er ist sehr großzügig mit seinen Tagessätzen und Zuschüssen, weshalb ich den ganzen Kurs gern in John's Pizzeria in der Bleecker Street einladen würde, wenn wir für heute fertig sind.«

»Das ist ein sehr großzügiges Angebot, Roscoe«, sagte Winnie. »Okay, Mädels, das wär's dann auch schon für heute. Ich bleibe noch hier und will versuchen, den antiken Gustav-Stickley-Tisch zu reparieren, der vorhin unter dem großen Reporter von der Londoner *Times* zu Bruch gegangen ist.«

»O nein«, sagte eine Stimme aus dem Kurs. »Soll ich nicht lieber auch hierbleiben, um dir zu helfen?«

»Vielen Dank, Stephanie. Das wäre nett. Er war immerhin ein ziemlich großer Mann, und es tat ihm auch fürchterlich leid, aber es ist nun einmal ein kleiner, zerbrechlicher Tisch. Ich fürchte, der Fall ist aussichtslos.«

»Aussichtslose Fälle braucht die Welt«, sagte Stephanie. »Ich bleibe.«

»Welch Aussichten für Winnies Bleibe«, sagte ich und zwinkerte der Katze anzüglich zu.

Die Katze wandte mir abrupt den Rücken zu, eine unverkennbare Geste äußerster Mißbilligung. Hartnäckig verharrte sie in dieser sturen Haltung und ignorierte mich vollends, indem sie Sherlock Holmes in die blaßgrauen Porzellanaugen starrte.

»Bieten sich unserer Bleibe dieselben Aussichten?« fragte ich sie im lächerlichen Versuch, ihr fragiles felines Feingefühl noch mehr zu verletzen. »Ganz so spirituell notgeil bin ich ja noch nicht, aber wenn ich weiter dieser Lesbentanzschule zuhöre, dauert's nicht mehr lange. Ein Glück, daß wir einen Phyzagometer im Haus haben.«

»Und nicht vergessen, Mädels«, rief Winnie. »Morgen ist der große Fototermin! Um drei!«

Dann hörte man Rascheln und intime Trikot-Ausziehgeräusche, wie sie im Privatmilieu einer Lesbengarderobe nicht anders zu erwarten waren. Roscoe Feigenbeißer alias Ratso mußte bereits gegangen sein. Vielleicht war es bloß Einbildung, aber das Gehörte sorgte auch bei mir für erhöhte Sinnlichkeit und eine gewisse Ambivalenz. Wie die meisten heißblütigen heterosexuellen Amerikaner hatte ich keine Ahnung von den Geheimnissen des anderen Geschlechts. Man weiß es nicht, man steckt nicht drin. Kulturell sind die Menschen heute ja so abgestumpft, daß sie jedes atemberaubende Naturschauspiel für einen Vergnügungspark halten. Ich persönlich gebe Walt Disney die Schuld daran, aber wahrscheinlich gibt es Gründe, die noch weiter reichen, bis ins kleine Herz unserer großen Gesellschaft. Teilweise neigte ich zunehmend zu der Ansicht, es gäbe Dinge, die zu kennen wir niemals trachten sollten, und zu diesen zählten womöglich die Mysterien lesbischer Liebe. Der Teil von mir, der zunehmend zu dieser Ansicht neigte, war dummerweise nicht der Teil von mir, dessen Funktionieren sich mit einem Phyzagometer messen ließ.

»Bis dann, Stephanie«, hauchte der Empfänger. »Und du hast wirklich keine Lust, nachher noch nachzukommen?«

»Nein danke, Gena. Aber noch mal vielen Dank, daß du mir an der Stange geholfen hast.«

»Hat doch Spaß gemacht. Du hast einen herrlichen Körper, und du wirst bestimmt mal eine Super- ... ähm ... Tänzerin.«

»Danke, Gena. Das ist sehr lieb von dir. Sehen wir uns dann morgen?«

»Aber hoppla! Ehrlich, du hast mir auf Anhieb gefallen, Stephanie. Schon wie du hier reingekommen bist, hat verraten, daß du die Welt bei den Eiern hast, wenn ich das mal so sagen darf.«

»Also ... Danke, Gena.«

»Soll ich dir ein Geheimnis anvertrauen, Stephanie?«

»Gern, Gena.«

»Ich wollte eigentlich nicht raus damit, aber irgend etwas sagt mir, daß du es ruhig wissen darfst.«

»Was denn, Gena?«

»Du erinnerst mich an meine Exfrau.«

19

SPÄTER NACHDEM DER EMPFÄNGER schon eine ganze Weile nichts mehr von sich gegeben hatte, liefen im Loft zunehmend die Telefondrähte heiß. Da hatte ich schon die Katze gefüttert, mir selbst ein altes Take-away-Gericht von Big Wong's aufgewärmt, dessen tausendjähriges Ei inzwischen beträchtlich gealtert war, und meine Montur für Lazarettzugänge angelegt, einen gestreiften Bademantel, der einst einem untröstlichen Exfreund einer Exmiss Texas 1987 gehört hatte. Wenn man sich als »in den besten Jahren« beschreibt, ist praktisch jeder untröstlich, also muß man das kaum dazusagen. Und hat man erst das Stadium des tausendjährigen Eis erreicht, ist einem alles scheißegal. Abgerundet wurde die Montur durch ein flauschiges Paar Pantoffeln, die die Form von Gürteltieren aufwiesen. Die hatte ich vor langer Zeit von einem Kind geschenkt bekommen, wahrscheinlich einem meiner zahllosen Patenkinder. Wenn viele Leute einen als Patenonkel ihrer Kinder haben wollen, tun sie das meist aus Mitleid, gehen aber davon aus, eines Tages würde man auf einen grünen Zweig kommen. Oder wie einmal ein berühmter Homosexueller gesagt hat: »Immer nur Pate, nie genug Patte.« Aber vielleicht konnte ich mich ja wie Groucho Marx aus dem absoluten Nichts zur bitteren Armut hocharbeiten.

Zur Zeit schien das Narrenschiff einigermaßen auf Kurs zu sein, genauer gesagt, ordnungsgemäß vom Kurs abgekommen. Mein Glaube an die Village Irregulars war ungebrochen. Gab man ihnen Zeit und Gelegenheit, konnten sie praktisch jedermann unwiderruflich in Regionen treiben, wo kein Nachtbus mehr fuhr. Ms. Winnie Katz hatte noch keine Ahnung, was ihr bevorstand. Wenn meine kleine Armee erst die Stadtmauern überwunden hatte, würden diese entweder einstürzen oder aber die Städter würden sich nichts sehnlicher wünschen als ihren Einsturz. Wie Machiavelli war ich bereit, die mir untergebenen Männer und Frauen auf ein Ziel auszurichten, das nur mir allein bekannt war, und manchmal mußte auch ich Vogelbestimmungsbuch und Fernglas zu Rate ziehen. Im Grund wollte ich, daß jeder Irregular scharf darauf blieb, der vollkommene Watson zu werden. Auch war es mein Bestreben, jeden einzelnen in der Illusion zu bestärken, er sei, seit das Wild auf war, der einzige an der Jagd beteiligte Watson. So weit, so wild. Aber die nächsten Tage hatten für meine fürstliche Macht sicherlich manche Herausforderung in petto.

Rambam hatte zwar bereits Stephanie und Ratso in Winnies Loft gesehen, war meinem großen Komplott aber noch nicht auf die Spur gekommen. Stephanie hatte bestimmt Ratso gesehen, Ratso hatte garantiert Stephanie gesehen, und eigentlich mußte Stephanie auch Rambam gesehen haben. McGovern und Brennan hatte Winnie diesmal für das große Interview mit der Londoner *Times* vielleicht in ein Nebenzimmer gelotst, aber ab morgen mußten auch diese beiden in die Rechnung einbezogen werden. Zu meinen Gunsten sprach eigentlich nur, daß die Wahrheit stets unwahrscheinlicher war als jede Erfindung. Im gegenwärtigen Fall war die Wahrheit so lächerlich, daß man sie direkt vor Augen haben konnte und trotzdem nicht ernst nehmen würde. Selbst mir fiel es nicht leicht, sie ernst zu nehmen, während ich so dastand und mich für den erwarteten Ansturm all der Watsons wappnete, die per Hörer Bericht erstatten wollten. Die Katze und ich lächelten schallend, ich fand eine frische Zigarre in Sherlocks Kopf, gab mir Feuer und wartete auf das Klingeln der Telefone. Ich mußte nicht lange warten.

»Batfon«, sagte ich und hob den linken Hörer ab.

»Kinkstah! Du hättest mich hören sollen! Diese Lesben haben mir aus der Hand gefressen!«

»Ach, Watson, ich hatte nichts anderes erwartet. Von wo aus rufst du an?«

»Aus einer Telefonzelle. Ich hab ein paar von denen zum Essen eingeladen.«

»Soso, Watson. Nun verrat mir doch, wie ist denn die Stimmung in John's Pizzeria?«

»Herrgott, Sherlock! Wir sind tatsächlich in John's Pizzeria. Verdammt noch mal, wie hast du denn das bloß wieder rausbekommen?«

»Elementar, mein lieber Watson. Wir sind doch alle Gewohnheitstiere. Ich wußte, welche Lokale für dich überhaupt nur in Frage kommen. Ich weiß, daß Chinatown zu weit weg und zu teuer ist. Ich weiß, daß Pizza ein Gericht ist, mit dem sich auch eine große Zahl unerwarteter Gäste sättigen läßt. Zudem weiß ich nicht nur, daß die meisten Krankenschwestern rauchen und die banalsten Gesundheitsrisiken mißachten, sondern auch, daß die meisten Tänzerinnen sich gern mit der ungesündesten und fettreichsten Nahrung vollstopfen, die man finden kann. Es ist gleichsam eine Binsenweisheit, daß Lesben Pizza mögen. Ich weiß, daß du dir deine Pizza am liebsten in John's Pizzeria in der Bleecker Street einpfeifst, die zudem ganz in der Nähe von Winnies Studio liegt. Zu guter Letzt weiß ich, daß Pizza billig ist, was fraglos für einen Menschen wie dich, der vorgeblich eine große Menschengruppe freihält, äußerst verführerisch ist.«

»Jetzt, wo du's erklärt hast, wird mir klar, daß ich eigentlich auch von selbst auf den ganzen Scheiß hätte kommen können«, sagte Ratso fast enttäuscht.

»Siehst du, Watson, und deswegen gebe ich meine Methoden nur so zögerlich preis. Wenn ich sie einmal jemandem erklärt habe, sagt der unweigerlich ›da wäre ich auch von selbst draufgekommen‹. Aber *derjenige wäre* eben nicht von selbst drauf gekommen. Er *ist* nicht von selbst drauf gekommen. Und oft ist er ein vorschneller, seichter und oberflächlicher Denker, kurz gesagt ein totales Arschloch, Anwesende natürlich immer ausgeschlossen, mein lieber Watson.«

»Also, mit Winnie allein hab ich noch nicht viel reden können, aber bei den Mädchen komm ich echt gut an. Ich glaube sogar, ich hab's gedeichselt gekriegt, daß *sie mich* zum Essen einladen. Lesben stehen wirklich auf Pizza, und es sieht ganz so aus, als würden sie die Rechnung begleichen.«

»Wunderbar, Watson, wunderbar! Ich wußte doch, daß wir auf dich stolz sein können.«

»Ähm, nur, da wäre noch was, was ich dir erst nicht sagen wollte, aber es ist wohl besser, wenn du es weißt. Du kennst doch Stephanie, die scharfe Blondine, die über dir wohnt, oder?«

»Ja, Watson. Und?« sagte ich mit geübter Gereiztheit.

»Na, die ist der Lesbentanzschule beigetreten.«

»WAS?«

»Tut mir leid, Sherlock.«

Ich schwieg eine angemessene Zeitspanne, goß mir einen anständigen Jameson Irish Whiskey erst in das alte Stierhorn und dann aufs Zäpfchen und blinzelte verschmitzt der Katze zu. Sie blinzelte nicht zurück. Ohne Arg blickte sie tief ins Herz jener Täuschungen, die meine Seele so mühelos wob.

»Wie gewonnen, so zerronnen«, sagte ich schließlich traurig, aber weiser.

»Keine Angst, Sherlock. Ich werde der Sache auf den Grund gehen. Ich werde herausfinden, wer Winnie auf dem Kieker hat. Außerdem glaube ich, daß ein paar von den Lesben ein Auge auf mich geworfen haben.«

»Vorsicht, Watson! In Angelegenheiten des Herzens gilt es, vorsichtig und behutsam vorzugehen. Wir müssen rationale Distanz wahren und wissenschaftlich vorgehen.«

»Ich geh ja wissenschaftlich vor, nur bei der rationalen Distanz bin ich mir nicht so sicher. Ich brauch noch ein bißchen Zeit.«

»Und Zeit ist der Liebe Lohn, Watson. Der Liebe Lohn.«

»Apropos Geld«, sagte Ratso, »ich muß jetzt zurück, um sicherzustellen, daß die Lesben auch wirklich die Rechnung begleichen.«

Kaum hatte der erste Watson aufgelegt, ließ der zweite meine roten Zwillingstelefone lautstark klingeln. Ich nahm den linken Hörer ab.

»Hauptquartier der Scientologen«, sagte ich. »Wie können wir Ihnen helfen, uns ähnlicher zu werden?«

»Das dürfte unmöglich sein, Kumpel«, sagte Brennan. »Also, was McGovern angeht, der hat schon alles verpatzt. Der Arsch hätte fast meine Deckung auffliegen lassen.«

»Das macht nichts, Watson. Mach dir wegen des antiken Tischchens keine Sorgen. War das übrigens zufällig ein Gustav Stickley? Und führt den Fototermin morgen nachmittag bitte wie geplant durch.«

»Du bist echt ein Scheiß-Sherlock-Holmes. Ich weiß, von McGovern kannst du das nicht haben, der hat nämlich momentan Pi mal Daumen acht Wodka McGoverns intus, und ich war die ganze Zeit sein Anstandswauwau und hab dafür gesorgt, daß er sicher nach Hause und ins Bett kommt. Als ich weg bin, war der schon im Koma. Für einen Tag hat er auch genug Schaden angerichtet, wie ich finde. Jetzt träumt er wahrscheinlich gerade davon, was er morgen noch alles gegen die Wand fahren kann. Also woher weißt du das mit dem Tisch und dem Fototermin? Wer hat dir das verraten? Ach übrigens, dein Kumpel Ratso ist 'ne Tunte.«

»WAS?«

»Tut mir leid, daß du's von mir erfahren mußt, aber es hätte wohl sowieso nicht mehr lange gedauert, bis du es bei einem heißen Bad oder beim gemeinsamen Zelten ...«

»Unwahrscheinlich, Watson. Sehr unwahrscheinlich.«

»Trotzdem, ich glaube, selbst Ratso dürfte nichts von dem antiken Tischchen oder dem Fototermin gewußt haben.«

»Watson, Watson, Watson. Wirst du es denn nie begreifen? Niemand hat mir erzählt, was sich heute zugetragen hat. Das antike Tischchen und der Fototermin sind die offensichtlichen Ergebnisse deduktiven Räsonierens. Was das Tischchen angeht ... War das wirklich ein Gustav Stickley? Ich habe mich eingehend mit diesem Gebiet der Antiquitäten beschäftigt, und es muß eigentlich ein Gustav Stickley gewesen sein, allenfalls noch ein Vagina de Borracho, aber die sind eher im Südwesten anzutreffen.«

»Die Nebelkrähe hat jedenfalls ihren Gustav Stickley bejammert ...«

»Aha, das bestätigt meine These, Watson. Ich habe den Lärm der Katastrophe gehört und intuitiv geahnt, daß ein großer Mann, und dafür kam da oben nur McGovern in Frage, sich auf einen kleinen, zerbrechlichen und mit ziemlicher Sicherheit alten Tisch gesetzt haben muß. Der zeitliche Abstand, bis auch sein großer, weißer, leuchtender Hintern auf die Dielen gekracht ist, hat mir verraten, daß es kein Stuhl gewesen sein kann. Weit verbreiteten männlichen Vorurteilen zum Trotz sind Lesben in Fragen der Inneneinrichtung Menschen mit Geschmack. Auch ist mir bekannt, daß ein sich selbst überlassener McGovern zielstrebig auf den wertvollsten Besitz eines Menschen zusteuert, um diesen, wenn auch ohne es zu wollen, zu Klump zu hauen.

Das mit dem Fototermin war leichter. Die mir seit langer Zeit bekannten Rhythmen auf den Resten meiner Decke haben mir verraten, daß heute kein Fototermin stattgefunden haben kann. Obwohl ich kein Fotograf bin und auch nicht den Anspruch erhebe, mich auf diesem edlen Gebiet menschlichen Strebens mit deiner Brillanz messen zu wollen, habe ich doch die Ausleuchtungsmöglichkeiten in den Lofts von Lower Manhattan einigermaßen eingehend erforscht. Ich weiß, daß du gern im Nachmittagslicht arbeitest, und nach der Zahl tanzender Füße in der

Vergangenheit zu urteilen, ist das auch die Zeit, wo Winnie alle Kursmitglieder um sich versammelt.«

»Verdammte Scheiße, das ist genial, Sherlock! Wenn ich dich mal so nennen darf.«

»Wie belieben, Watson. Wie belieben.«

»Eins noch, Sherlock. Ich glaube, ich habe schon einen Verdacht, wer Winnie Katz diese Morddrohung geschrieben haben könnte.«

»Sprich dich aus, Watson. Deine Eingebungen sind mir stets eine unschätzbare Hilfe.«

»Ich würde darauf wetten, daß das McGovern war«, sagte Brennan.

20

WER GLAUBT, MAN HÄTTE ES LEICHT als ein Sherlock Holmes, der die Fäden der Schwächen und Schrullen von fünf verschiedenen Watsons in der Hand hält, der ist schief gewickelt. Die kleinen Sünden der Menschheit sind in Watsons Charakter endemisch. Wie leicht ist es doch, Watson zu sein. Sherlock zu sein ähnelt hingegen dem Hund, der bei der Liga der Rotschöpfe, die es nicht gab, nicht bellte. Als Sherlock ist man einsamer als Sergeant Pepper. Man ist alt genug zu erkennen und jung genug zu wissen. Man ist schwach genug, Angst zu haben, und stark genug, sie zeigen zu können. Aber man resigniert zunehmend, weil man es irgendwann satt hat, alle Welt zu verdächtigen. Dann ist man scheußlich desillusioniert. Dann wird man total paranoid. Dann kommen Männer und bringen einen in die Klapsmühle, wo man am Ende mit Napoleon und einem Mann vom Uranus zusammen in einer Zelle wie ein Affe masturbiert. Und als wäre das nicht schon schlimm genug, spricht dann Jesus zu einem.

Ich mußte kurz eingedöst sein. Als ich nämlich beim Klingeln der Telefone hochschreckte, lagen meine Beine auf dem Tisch, und mit der rechten Hand umklammerte ich noch eine erloschene, halb gerauchte Zigarre. Wenn man das Gefühl hat, oft einzudösen, sind kubanische Zigarren sehr zu empfehlen, weil sie so leicht ausgehen, außerdem »wildeln sie nach der Auferstehung mehr«, wie Churchill bereits bemerkte. Winston Churchill würde dann bestimmt auch besser schmecken. Ich hakelte mir den linken Hörer heran.

»Institut für engagierten Solipsismus«, sagte ich. »Am Apparat Professor Nabelschau.«

»Also, ich hab da eine Idee«, sagte eine Stimme, die ich sofort als Rambams erkannte. »Wegen deiner Situation mit den Trampelschlampen über dir.«

»Und worum handelt es sich bei deiner Idee, o Orakel von Brooklyn?«

»Der Täter könnte aus Winnies Bekanntenkreis stammen.«

Ich nahm unwillkürlich die Beine vom Tisch, und die erloschene Zigarre fiel mir fast aus der Hand, aber mir gelang eine saubere Bergung. Daß Rambam den Täter so schnell in Winnies Nähe vermutete, das ging mir doch nahe.

»Watson, Watson«, sagte ich. »Was würde ich bloß ...«

»Spar dir deinen Watsonscheiß«, sagte Rambam eine Spur gereizt. »In der Wirklichkeit krimineller Aktivität passiert fast nichts in einem Vakuum. Egal, wer die Morddrohung geschrieben hat, wenn er es wirklich auf Winnie abgesehen hat, wird er versuchen, sein Versprechen bald in die Tat umzusetzen. Er will sie leiden sehen, also wird er die Früchtchen seines Zorns persönlich begutachten wollen. Falls der Zettel nicht nur ein schlechter Scherz ist, was in Anbetracht der Umstände ausgeschlossen werden kann, müssen wir damit rechnen, daß der Täter jederzeit in Aktion tritt.«

»Das ist ja besser als *Seinfeld«,* sagte ich.

»Alles ist besser als *Seinfeld.«*

»Nicht ganz. Wie wär's, Ratso beim Pizzaessen zuzusehen? Er hat vorhin angerufen. Er ist Pizza essen gegangen und hat ein paar von seinen lesbischen Kursgenossinnen mitgenommen. Angeblich wollten sie sogar die Rechnung begleichen.«

»Ehrlich, da geht mir echt die Düse.«

»Wenn Lesben eine Rechnung begleichen?«

»Nein. Wenn ich an deinen Freund Ratso denke.«

»Auch mich beschäftigt Ratsos Verhalten. Hat es natürlich schon immer, wenn ich's mir recht überlege. Aber er macht nicht das geringste Geheimnis aus seinem Eintritt in die Lesbentanzschule oder seinen frisch entdeckten schwulen Neigungen. Echt komisch; da glaubt man, einen Typ ziemlich gut zu kennen, und dann passiert so was.«

»Das meine ich nicht. Auf dem ganzen Scheißplaneten dürfte es keine Menschenseele geben, die sich darum schert, ob Ratso seine sexuellen Verkrustungen aufbricht, mal abgesehen von dem armen Arsch, mit dem zusammen er sie aufbricht, der tut mir echt leid. Niemand wird Ratso je outen, weil er nämlich allen egal ist. Ob der 'ne Klemmschwuchtel ist oder nicht, interessiert doch kein Aas. Wen kratzt es schon, ob am South Beach ein Typ mehr mit 'ner Eierschaukel von Versace rumläuft?«

»Verstehe«, sagte ich in übertrieben brummigem Ton. »Deswegen mußt du mir aber nicht gleich den Kopf abreißen.«

»Du verstehst offenbar nichts«, sagte Rambam. »Die Paarungsgewohnheiten eines angejahrten jüdischen Matzenkloßes spielen hier keine Rolle.«

»Jetzt laß mich mal aus dem Spiel, ja?«

Rambam lachte zum ersten Mal seit rund siebzehn Jahren. Dann beruhigte er sich etwas. Dann sagte er düster: »Ich will dir bloß was klarmachen. Ich hab's im Lauf der Jahre mit vielen Fällen zu tun bekommen. Und so, wie ich das momentan sehe, ist Ratso dein Hauptverdächtiger.« Rambam legte auf.

»Leuchtet ein, wenn man's sich recht überlegt«, sagte ich zur Katze. Die Katze sprang auf den Schreibtisch, kuschelte sich in der Mitte zusammen und schloß die Augen.

»Du willst es dir offenbar nicht überlegen«, sagte ich. »Das ist heutzutage wirklich das Blöde bei Menschen und Katzen. Sie verstehen einfach keinen Spaß. Okay, Katzen haben noch nie Spaß verstanden.«

Die Katze öffnete ein gelbes Auge, das so alt war wie die Welt. Ihr Blick bestätigte meine eben geäußerten Vermutungen. Dann schloß sie das Auge wieder, und im selben Moment erwachten die beiden Telefone erneut zum Leben, zwei klingelnde rote Geräte, die ihr humorloses, unversöhnliches Universum flankierten. Die Katze absolvierte einen doppelten Salto rückwärts à la Roger Miller und sprang vom Schreibtisch. Vor Aufregung ließ ich die Zigarre fallen, die diesmal glomm und dummerweise zwischen der gürteltierförmigen Puschelpantoffel und dem Spann meines linken Fußes steckenblieb. Haushaltsunfall Nr. 247.

Ich tat, was ich konnte, um die Zigarre zu bergen, bevor ich mir die Hühneraugen abfackelte, und um ein Haar wäre es mir auch gelungen. Dummerweise hinterließ der Unfall auf dem Gürteltier einen Brandflecken, der Ähnlichkeiten mit etwas aufwies, was man vielleicht auf einem Motelsofa in den Fünfzigern zu sehen bekommen hätte. Trotz leichter Schmerzen schnappte ich mir in letzter Sekunde den linken Hörer.

»Zentralverband Naturdarm«, sagte ich atemlos. »Gekröse mein Name.«

»Warum bist du so aus der Puste, Arschgesicht?« fragte Stephanie.

»Ich kann alles erklären«, sagte ich. »Ich war jedenfalls nicht dabei, meine eingeklemmten Geiseln zu befreien. Als die Telefone geklingelt haben, hat die Katze einen doppelten Salto rückwärts gemacht, mir ist eine brennende Zigarre in die eine Gürteltierpantoffel gefallen, die hat mir den Spann des linken Fußes verbrannt und dabei einen Brandflecken gemacht, wie du ihn vielleicht auf einem Motelsofa in den Fünfzigern zu sehen bekommen hättest.«

»In den Fünfzigern gab es mich noch nicht.«

»Nein, aber deine Augen haben die Farbe des Motel-Swimmingpools.«

»Du bist abartig, Friedman. Echt abartig.«

»Sonst was Neues?«

»Hängst da mit deiner abartigen Katze im Loft rum und guckst dir die Beschäftigungstherapie von den Typen an der Decke an. Sind die heute auch aufgetaucht?«

»Am Wochenende arbeiten die nicht«, sagte ich. »Ich übrigens auch nicht.«

»Weil du nie arbeitest. Zu deinem Glück bin ich jedoch von bestem protestantischem Arbeitsethos durchdrungen und habe den Fall so gut wie gelöst, während du auf der faulen Haut gelegen hast.«

»Ach, Watson, ich wußte doch, daß es dir gelingen würde, Licht in die Rätsel von Villa Flachbusch zu bringen.«

»Ich mag Winnie. Sie ist schräg, exzentrisch, rechthaberisch, begabt und manchmal herrschsüchtig. Sie hat eine gewisse Wesensverwandtschaft mit einem mir bekannten Itzig, aber sie pafft natürlich keine Stinkestumpen und trägt auch keinen abgeschmackten Cowboyhut. Bloß weil sie dir nichts sagt, heißt das noch lange nicht, daß sie mir nichts sagen würde. Das Ganze ist Frauensache.«

»Das ist allerdings wahr, Watson.«

»Wo wir gerade dabei sind: Diesen blöden Watsonscheiß kannst du dir in die Harnröhre jubeln.«

»Okay. Ich nehme an, Fotson kommt auch nicht in Frage.«

»Friedman, ich warne dich! Noch so ein Spruch, und ich verknack dich auf Bewährung. Dann red' ich einen Monat lang kein Wort mit dir, und du kriegst den Fall nie gelöst.«

»Wir *müssen* ihn aber lösen! Das ist das rätselhafteste Abenteuer, das mir je untergekommen ist, seit ich die verschwundenen Kronjuwelen der Queen vom Arschloch des Oberen Pavians gefunden habe!«

»Und wo waren sie, Arschgesicht?«

»Am Arschloch des Unteren Pavians!«

»Du und Ratso, ihr seid hier schon genug Arschlöcher und Popieker. Oder muß es Ratso und du heißen? Willst du wissen, wer meiner Meinung nach hinter der ganzen Chose steckt? Dein Ermittlerkumpel Rambam, der sonst immer mit einer Satellitenschüssel auf dem Schädel rumrennt. Der war heute in einer Stadtwerke-Montur da oben und hat die Mädchen ausspioniert.«

»Willst du mich verarschen?«

»Das meine ich so ernst wie Darmkrebs. Ich hab ihn natürlich sofort durchschaut, aber so getan, als würde ich ihn nicht erkennen. Ich würde dringend empfehlen, dir den mal vorzuknöpfen.«

»Ich werd mich sofort drum kümmern.«

»Themawechsel. Weißt du was? Ich krieg 'nen neuen Hund.«

»Was ist passiert? Sind Pyramus und Thisbe von einem Müllwagen im Rückwärtsgang überfahren worden?"

»Schnauze, Arschloch. Es geht um eine drei Monate alte Malteserin, die ungefähr achthundert Gramm schwer ist. Ich stell sie dir nächste Woche mal vor. Du solltest sie wenigstens einmal kennenlernen, schließlich bezahlst du sie halb.«

»Und wieviel ist die Hälfte von dem Hündchen im Schaufenster?«

»Fünfhundert Dollar.«

»Fünfhundert Dollar! Das sind fünf Gramm Kokain! Das ist ein Kistchen kubanische Zigarren! Das ...«

»Sie heißt Baby Savannah, und du wirst dich sofort in sie verlieben. Sie war bloß ein weißes Flaumbällchen auf dem Schoß eines todgeweihten jungen Mannes in einer Limousine. Ihre kleinen schwarzen Knopfaugen haben mich angesehen, und ich habe ihr Stimmchen in meinem Kopf vernommen: ›Du siehst wie ein Mädchen aus, das sich zu amüsieren versteht! Bitte rette mich! Errette mich vor einem Leben in der Manege!‹ Also hab ich den Typ gefragt, wieviel er für sie verlangt, und er hat gesagt, eine Mille, und sie gehört uns.«

»›Errette mich vor einem Leben in der Manege‹?«

»Das waren ihre Worte.«

»Ich weiß ja nicht. Was Vinnie und Gepetto wohl von mir denken, wenn ich plötzlich ein halbes Malteserbaby habe?«

»Wer sind Vinnie und Gepetto? Deine Phantasie-Freunde aus der Kindheit?«

»Ich hatte in meiner Kindheit keine Phantasie-Freunde. Ich hatte eigentlich nie Freunde. Man hat mir ja nie eine Chance gegeben. Glaubst du, das liegt daran, daß ich den lieben langen Tag wie ein Dudelsackpfeifer vor mich hin furze, oder könnte es eher damit zu tun haben, daß ich meinen eigenen Urin trinke wie der heilige Mann in Indien ...«

»Wer sind Vinnie und Gepetto?«

»Zwei äußerst langsam arbeitende italienische Bauarbeiter, die meine Decke hoffentlich noch vor Baby Savannahs Bas-Mizwa-Fete repariert kriegen.«

»Halbbesitz heißt nicht automatisch, daß der Hund als Itzig aufwachsen muß.«

»Siehst du, und das ist das Problem bei Glaubensmischehen. Warum lassen wir nicht einfach den Hund entscheiden?«

»Ich hoffe, daß der Hund sich dafür entscheidet, dir in den Hintern zu beißen.«

»Apropos, wie geht's eigentlich Gena?«

»Was weißt du denn von Gena?«

»Sherlock weiß alles. Du solltest meine Fähigkeiten nie unterschätzen.«

»Eins kann ich dir sagen. Sie wäre stolzer als du, wenn sie die Hälfte von Baby Savannah haben dürfte.«

»Wetten, ich weiß, welche Hälfte sie am liebsten hätte?«

»Weißt du, Friedman, Gena ist dir sehr ähnlich. Ihr wollt beide etwas, was ihr nicht haben könnt.« Auf diesen ernüchternden Bescheid endete das Gespräch.

Ich hatte einen ernüchternden Bescheid auch bitter nötig, sonst wäre ich nämlich bald so high gewesen, daß ich Gepettos Trittleiter gebraucht hätte, um mich am Hintern zu kratzen. Es war herzerfrischend zu sehen, daß Stephanie nichts von ihrem ätzenden Witz verloren hatte. Sie hatte zum Beispiel weit mehr Humor als die Katze. Stephanie und die anderen Village Irregulars brauchten natürlich auch allen Humor, den sie aufbringen konnten, sollten sie je herausfinden, daß ich es war, der Winnie die Morddrohung geschrieben hatte. Aber da die Graphologie keine sehr exakte Wissenschaft war, schien mein kleines Geheimnis gut aufgehoben zu sein, als ich das Licht ausschaltete, ins Bett ging und einzuschlafen versuchte, indem ich Ratsos in rosaroten Strumpfhosen und Sweatshirts mit abgeschnittenen Ärmeln zählte, die für die Wiederwahl von Barney Frank warben. Eine gewöhnungsbedürftige Einschlafmethode, die nicht nur nicht wirkte, sondern auch bemerkenswert unangenehm war. Aber vielleicht würde sich ja dennoch alles zum Guten wenden.

Da von oben den ganzen Abend über kein Ton zu hören gewesen war, hatte ich den Empfänger angelassen. Hätte ich das nicht getan oder hätte ich fester geschlafen, hätte ich Winnie nicht schreien gehört.

21

IN DER DUNKELHEIT schien der Schrei im Loft unangenehm nachzuhallen. Ich sprang seitwärts, fuhr in den Bademantel und schlüpfte in die Gürteltierpantoffeln. Der digitale Wecker auf dem Nachttisch zeigte an, daß es erst 0:47 war. Früh ins Bett und früh heraus, Lesbenschreie sind ein Graus. Ich schlurfte durchs halbdunkle Wohnzimmer und fragte mich, was zum Teufel ich bloß machen sollte, da meldete sich wieder knackend der Empfänger.

»Was wollen Sie hier?« fragte eine von beängstigend kaltschnäuziger Hysterie durchdrungene Frauenstimme.

»Du bist also die Lesbe«, sagte eine mir unbekannte Stimme so beiläufig wie der kleine Mann auf der Straße.

»Warum tragen Sie das?« fragte die Frau.

»Wo ist sie?« fragte der Fremde.

Das Gespräch erinnerte ein bißchen an die Dialoge in der TV-Serie *Schatten der Leidenschaft.* Im Schatten stand auch ich, nur meine Leidenschaft war futsch, außerdem wußte ich, daß mein Empfänger den entsprechenden Fernsehkanal gar nicht reinbekam. Drittens liefen zu nachtschlafender Zeit keine Seifenopern. Ich war noch am Überlegen, ob ich die Polizei rufen oder lieber meine Hausaufgaben machen und noch ein bißchen lauschen sollte, als die Frau, die ich für Winnie hielt, wieder zu kreischen anfing, der Typ zu fluchen anfing, Sachen kaputtzugehen anfingen und ich zur Tür und die Treppe hochzurennen anfing.

Wenn man schon mal versucht hat, morgens um eins in flauschigen, gürteltierförmigen Pantoffeln ein schlecht beleuchtetes Treppenhaus hochzurennen, dann weiß man, daß das eine echte Herausforderung sein kann. Wenn ich aus Rambams Gerät wirklich gehört hatte, was ich gehört zu haben glaubte, konnte ich gleich einer noch größeren Herausforderung gegenüberstehen. Als ich vor Winnies Tür stand, war dahinter alles so still wie in der Gruft der Mumie von Pharao Esophagus. Ich klopfte, bekam aber keine Antwort. Zu den Dingen, die man in dieser Branche ungern hört, zählt definitiv der Klang des Nichts. Meistens bedeutet er, daß man gleich etwas sehen wird, was man noch weniger mag.

Die Tür war nicht abgeschlossen, also drückte ich sie auf und ging ins Loft. Drinnen war es dunkler als in *Miller's Cave,* und von irgendwoher zog es kalt. Ich rief ein paarmal Winnies Namen, bekam aber keine Antwort. Meine Gänsehaut erinnerte an einen Noppenanzug, ich tastete an der Wand nach einem Lichtschalter, fand ihn nach grob geschätzt zwei Dreiviertelstunden, und das Loft wurde hell wie ein Weihnachtsbaum in Las Vegas.

Jetzt blickte ich zwar ins Licht, aber erst Winnies Erscheinen wäre ein richtiger Lichtblick gewesen. Seltsamerweise kann ein sauberer, gutbeleuchteter Tatort gespenstischer wirken als ein Dachboden, wo ab und zu die Taschenlampen der Drei Fragezeichen aufblitzen. Das Licht in Lesbentanzschulen ähnelt offenbar dem brennender Dornbüsche, aber irgendwo im Loft hing ein Duft nach Angst und ein Gefühl, das mich stark an Einsamkeit erinnerte. Wenn man sich die Möglichkeit eingesteht, gleich dem Tod ins Auge zu sehen, wird man sich immer allein fühlen, egal wer alles bei einem ist. Damit will das Leben einen wissen lassen, daß keine Mama mehr da ist, um einem die Pampelmuse in mundgerechte Stücke zu teilen.

Wenn es hier eine Leiche gab, mußte ich sie übersehen haben. Wenn es einen Angreifer gegeben hatte, war er geflohen, und seine Fluchtroute war leicht zu erraten. Das Fenster zur Feuertreppe stand so offen wie ein schrecklicher, anklagender Mund. Ein paar kurze verstörende Augenblicke lang hatte ich das Gefühl, die Anklage gelte mir. War meine Schikanekampagne gegen Winnie Anlaß des Verbrechens gewesen, das hier womöglich begangen worden war? Bewegte es sich im Rahmen des Möglichen, daß der Angreifer zu den Village Irregulars gehörte? Die Stimme aus dem Empfänger war mir unbekannt vorgekommen, aber laut Rambam krankten alle Abhörgeräte an Verzerrungen, wie der Rest der Welt eigentlich auch.

Die Schuldgefühle schwanden schnell wieder, als mir meine brenzlige Situation klar wurde. Ich war ein Fremder wie Camus, trug flauschige gürteltierförmige Pantoffeln, vielleicht ebenfalls wie Camus, und stand in einem Raum, wo gerade ein Verbrechen begangen worden war. War der Angreifer vielleicht lediglich durchs Fenster *eingestiegen* und lauerte mir noch in einem Winkel des Lofts auf? Hatte er Winnie entführt? Obwohl, dafür war die Zeit eigentlich viel zu kurz gewesen, die seit ihren letzten Schreien bis jetzt verstrichen war, wo ich mir gleichzeitig eine Zigarre wünschte und mich fragte, was zum Teufel ich bloß anstellen sollte. Vielleicht saß am Küchentisch ein Mörder, trank Winnies koffeinfreien Kräutertee und trug ein nettes kleines Serienmörderlächeln auf den Lippen, und zwar unter Augen, die Spiegelkabinettsspiegeln glichen, nachdem der Jahrmarkt die Stadt verlassen hat.

Ich überlegte wieder einmal, die Polizei zu rufen, aber dann fielen mir Sergeant Mort Cooperman und Sergeant Buddy Fox ein, und ich sagte mir, dann schon lieber von Hand eines Amokläufers sterben, und beschloß, mich lieber noch ein bißchen umzusehen.

Der Typ hatte sich todsicher samt Kiste verpißt, und ich hoffte inständig, daß ich damit richtig lag, abgesehen von der Möglichkeit, ihn mit einigen wohlgezielten Tritten meiner Gürteltierpantoffeln totzutreten, fand ich die Aussicht, ihm über den Resten des Gustav-Stickley-Tischchens Auge in Auge gegenüberzustehen, nämlich ziemlich unangenehm.

Ich horchte wieder auf verräterische Geräusche, aber es gab keine. Nur die verzerrte Geräuschkulisse der Großstadt um Mitternacht wehte durchs offene Fenster herein – fast so wie Allen Ginsberg beim buddhistischen Sakralgebrummel – und zerfiel in meinem Kopf in Einzelgeräusche: Sirenen, Autoalarmanlagen, Registrierkassen, menschliche Koksöfen, hinabfahrende Fahrstühle, die unverständlichen Bibelverse, die ein Junkie durch die Venen der U-Bahn kreischt, das allgegenwärtige häßliche Geräusch reicher Menschen beim Lachen, die zweibeinigen Ratten, die in der Gasse des Schattens des Todes die Mülleimertimpani erklingen lassen; der Cop erhebt den Knüppel; das Orchester stimmt die Instrumente.

Ich suchte ein Opfer oder einen Täter, aber niemand saß in der Küche bei Dinah. Auch auf dem Lokus saß niemand bei ihr. Ich warf noch einen Blick in den Schrank, aber da fehlten schon seit Ewigkeiten alle Tassen. Dann blieb nur das Schlafzimmer.

In einem früheren Leben war ich mal in diesem Schlafzimmer gewesen, als sich Winnie noch für heterosexuell gehalten hatte und ich mich für den König der Zigeuner. Wir hatten uns letztlich beide geirrt, und jetzt war das Zimmer so leer wie ein Rollfeld in *Casablanca.* Aber ich erhaschte nur einen kurzen Blick durch den Nebel und das Mysterium des Lesbianismus. Ich wollte die Geheimnisse des Lesbianismus auch sowenig lüften wie ich die Geburt meines Kindes sehen wollte oder meine Braut, bevor wir Seite an Seite vor den Altar traten. Weil er stets diese Geheimnisse lüften will, gebricht es dem modernen Menschen nun einmal an der Macht und der Magie eines Davy Crockett, eines Pater Damien, eines Peter Pan. Ich prüfte die Schlafzimmerschränke. Nada. Ich sah in die Sockenlade. Keine Kommunisten.

Ich ging ins Tanzstudio zurück und überlegte, ob ich lieber das Fenster schließen und die Cops rufen oder über den Flur gehen und Stephanie wecken sollte. Schließlich entschied ich mich dafür, mich nur auf das Sofa an der Wand gegenüber zu setzen, um ins Leere des hellerleuchteten Raums zu starren wie beim nächtlichen Warten auf den Anschlußflug in La Guardia. Ich zitterte vor Kälte oder erbärmlicher Angst, und das wollte ich erst unter Kontrolle bekommen, bevor ich mich neuen Aufgaben zuwandte.

Wenn in die eigene Wohnung eingebrochen wird, hat man das zermürbende, verunsichernde Gefühl einer Entweihung. Es mag irrational sein, aber ich mußte plötzlich an Siegfried und Roy denken, die ich mal in Las Vegas gesehen hatte. Siegfried und Roy sind zwei deutsche Steptänzer, die jeden Abend eine runde halbe Million machen und alles für kosmetisches Nachstraffen ausgeben und das seltsame teutonische Ziel, eine private Menagerie aus seltenen weißen Tigern zu erhalten, während alle anderen Tiger auf der Erdoberfläche schneller verschwinden als durch Zauberei. Vor einiger Zeit zerfleischte einer ihrer seltenen weißen Tiger einen anderen ihrer seltenen weißen Tiger. Dummerweise zerfleischte er nicht Siegfried und Roy. Am besten fand ich den Teil der Show, wo Roy auf der Bühne steht und sich die Hoden wegzaubert, und plötzlich erscheint Siegfried durch eine Falltür mitten im Publikum, kriecht einem fast in den Arsch und jagt allen einen panischen Schrecken ein.

Ungefähr dasselbe passierte mir, als ich auf Winnies Sofa saß und mich fragte, was ich tun sollte. Plötzlich hörte ich in einem menschenleeren Loft eine Geisterstimme ganz in der Nähe deutlich zwei Silben sagen.

»Scheiße«, sagte die Stimme.

Und die hätte ich fast produziert.

22

UNMITTELBAR HINTER DEM großen Sofa, auf das ich meine vier Buchstaben gekritzelt hatte, lag Winnie Katz auf dem Loftboden. Hätte sie nicht »Scheiße« gemurmelt, hätte sie wahrscheinlich auch in einer Million Jahren niemand gefunden. Wobei man dazusagen muß, daß sie über keine Man-in-trouble-Hotline verfügte wie McGovern und ich. Sie war ja auch kein Mann. Aber Trouble hatte sie allemal.

Winnie kam gerade zu sich, und ich kam gerade zu ihr ums Sofa herum, als sie sich aufsetzte und an den Kopf faßte. Meine Gegenwart nahm sie erst mit leichtem Erstaunen zur Kenntnis, dann mit dem üblichen Ausdruck persönlicher Abneigung, was ich wiederum als Zeichen sah, daß sie überleben würde. Menschen, die einen lieben, sterben immer, Menschen, die einen nicht abkönnen, leben ewig. Dagegen kann man nichts machen, als sich treu zu bleiben und nicht zu sehr auf andere einzulassen.

»Winnie«, sagte ich. »Wer war das?«

»Fred Feuerstein«, sagte sie.

»Fehlt dir was? Kann ich irgendwas für dich tun?«

»Ja«, sagte Winnie. »Mach das Scheißfenster zu.«

Eigentlich sah sie ganz normal aus und hörte sich auch normal an, fand ich. Klar, man hatte ihr kräftig eins übergebraten. Wäre sie ein Quarterback in der National Football League gewesen, hätte man sie jetzt aus dem Spiel genommen. Aber sie war zäher als ein Quarterback; sie war eine lesbische Tanzlehrerin, und solange es nach ihr ging, blieb sie im Spiel. Sie auch nur anzurühren gefährdete die Gesundheit, Bildung, wirtschaftliche Zusammenarbeit und Entwicklung. Lesben gehören einer robusten Art an, was hauptsächlich daran liegt, daß sie sich nicht fortpflanzen oder vermehren können, was sie wiederum auch zu einer aussterbenden Art macht. Und weil sie das wissen, wollen sie auch nicht aus dem Spiel genommen werden.

Ich ging zum Fenster und stieg in ein Wechselbad der Gefühle. Ich hatte gedacht, Winnie würde mir leid tun, nachdem man ihr so übel mitgespielt hatte. Ich muß jedoch zugeben, daß ich eher eine widerwillige Bewunderung empfand. Ich sah durchs Fenster auf die leere Feuertreppe und dann hinunter auf die dunkle leere Straße. Die einzigen Zeugen waren die Müllwagen, und die hatten geschlafen.

Ich machte das Fenster nicht zu. Ich drehte mich um und sah, wie Winnie im einsamen Licht ihres entweihten Studios stand und sich mit einem Zippo eine Zigarette anzündete. Als ich vor Jahren zum letzten Mal in diesem Raum stand, hatte ich die Katze bei ihr in Pflege gegeben, weil ich nach Texas wollte. Damals hatte sie Death Lite geraucht, Zigaretten, die sie sich extra aus London kommen ließ. Heute rauchte sie Players, wie mir auffiel. Mein lieber, inzwischen verstorbener Freund Tom Baker hat mir mal meine Vorliebe für ausgefallene Zigarettenmarken vorgeworfen. Vielleicht hatte Stephanie ja recht. Vielleicht besaß ich mehr Wesensverwandtschaft mit Winnie, als ich wahrhaben wollte.

»Das ist ein ganz schön weiter Weg, Baby«, sagte ich. »Der Aufstieg von Death Lite zu Players.«

»Das ist Frauensache«, sagte sie. »Machst du endlich das Scheißfenster zu?«

»Ich finde, wir sollten die Cops holen. Auf dem Fenster könnten Fingerabdrücke sein, und ...«

»Scheiß auf die Fingerabdrücke. Die Cops bringen's nicht. Wir würden wahrscheinlich erfrieren, bevor die hier sind. Gefällt mir übrigens, was du da anhast.«

»Danke für die Blumen«, sagte ich, ging zum Fenster und machte es zu. »Erzähl mal von deinem Fred Feuerstein.«

»Das war nicht im übertragenen Sinn gemeint«, sagte sie. »Er trug eine Fred-Feuerstein-Maske.«

Ich hatte das Fenster zwar schon geschlossen, trotzdem überlief mich jetzt unwillkürlich ein Frösteln. Ich hatte das Gefühl, kleine Suffragetten marschierten mir am Rückgrat hoch. Das Gefühl dauerte nicht lange, aber lange genug, um einen üblen Nachgeschmack zu hinterlassen. Ein Mann mit einer Fred-Feuerstein-Maske, der eine Lesbe angriff. Wie Woody Allens Psychofritze oft fragt: »Was will er damit bloß sagen?«

»Ist dir an dem Typen sonst noch was aufgefallen?«

»Ja«, sagte Winnie. »In der einen Hand hatte er eine Kanone und in der anderen ein Messer.«

»Nun mach mal 'nen Punkt, Winnie«, sagte ich und dachte, daß der Typ ihr vielleicht doch etwas zu hart eins auf die Mütze gegeben hatte. Ich hatte noch nie von einem Einbrecher gehört, der in der einen Hand eine Kanone und in der anderen ein Messer hielt. Na schön, die meisten trugen auch keine Fred-Feuerstein-Masken.

»Wenn er eine Kanone und ein Messer hatte, warum, glaubst du, hat er dich dann nicht umgebracht?« fragte ich.

»Vielleicht wollte er mir nur Angst einjagen.«

»Und? Hat er?«

»Weniger als deine Pantoffeln.«

Das war wirklich eine Frau mit Secondhand-Eiern, dachte ich. So sehr sie mir in der Vergangenheit das Leben sauer gemacht hatte und so oft sie mich auch jetzt noch auf die Palme brachte, ich mußte es einfach bewundern, wie sie nach einem dermaßen traumatisierenden Erlebnis so cool bleiben konnte. Ich konnte mir nicht vorstellen, daß es auf der Welt viele Frauen gab, die so cool geblieben wären. Auch nicht viele Männer.

»Ich glaub übrigens nicht, daß ich *so* laut geschrien hab«, sagte Winnie. »Wie hast du mich eigentlich gehört?«

»Ich war gerade – äh – im Treppenhaus.«

»Hast mich doch wohl nicht belauscht, oder?«

Das war näher dran, als mir lieb war, aber Winnie konnte unmöglich wissen, daß wir ihr Loft verwanzt hatten. Ich suchte nach einer guten Ausrede, warum ich mich morgens um eins im Treppenhaus herumtrieb, und mußte immerzu an die Katze denken, die das ganze Gespräch wahrscheinlich mithörte und es richtiggehend genoß, wie ich mir den Schwanz eingeklemmt hatte.

»Natürlich nicht«, sagte ich empört. »Ich war im Treppenhaus, weil ich die Katzenstreu runterbringen wollte. So wie ich's alle sieben Jahre mache, ob es nötig ist oder nicht. Verrat mir mal lieber, ob der Typ zufällig was gesagt hat.«

»Hat er«, sagte Winnie. »Bevor er mir die Kanone über den Schädel gezogen hat. Leider weiß ich nicht genau, was.«

»Denk nach«, sagte ich. »Laß deine Gedanken zurückschweifen. Das Ganze könnte wichtig sein.«

»Jetzt fällt's mir wieder ein«, sagte Winnie. »Als letztes hat er gesagt ›bis die Tage‹.«

»›Bis die Tage‹?«

»Hat er wie beiläufig gesagt, fast freundlich. Aber das hat mir, ehrlich gesagt, mehr Angst eingejagt als die Kanone oder das Messer.«

Ich fragte Winnie noch einmal, ob ihr etwas fehle, ob ich bleiben oder jemanden anrufen solle, um herzukommen und ihr Gesellschaft zu leisten, aber sie sagte nein, nein und nein, und ich merkte, daß sie es ernst meinte. Ich sagte, sie solle mich rufen, falls der Typ zurückkomme, wenn sie etwas brauche oder einfach nur reden wolle. Dann hätte ich sie fast in den Arm genommen, klopfte ihr aber nur auf die Schulter wie ein Mann, der einem anderen zeigen wollte, daß er stolz auf ihn war. Schließlich machte ich mich so schnell wie möglich aus dem Staub.

Die Tür stand sperrangelweit offen, als ich zu meinem Loft zurückkam, und auch ich war etwas aus den Angeln. Die Katze saß auf dem Schreibtisch und sah mich erwartungsvoll an. Ich nahm mir eine Zigarre aus Sherlocks Kopf, hackte ihr den Hintern ab und zündete das Teil an. Dann kippte ich mir eine anständige Portion Schlangenpisse erst ins Stierhorn und dann schnell hinter die Binde. Mein Zäpfchen machte das zwar nicht gerade wunschlos glücklich, aber der Rest vom Kinkster fühlte sich immerhin eine Spur besser. Die Katze starrte mich immer noch konzentriert an.

Ich weiß nicht, ob mich die Katze hypnotisierte oder ob ich ein wandelndes Netz der Lüge geworden war, ich beschloß jedenfalls, eine meiner Bemerkungen Winnie gegenüber wahr zu machen. Ich würde die Katzenstreu runterbringen. Ich würde sie, wie es sich gehörte, in einen nahegelegenen Müllcontainer kippen, und einer der nahegelegenen Müllwagen würde sie wahrscheinlich mitnehmen, wenn ich gerade meine nächste Show mit Siegfried und Roy sah.

Im schlecht beleuchteten Treppenhaus wurden ein paar Katzenstreubomben ausgeklinkt, aber das störte mich nicht groß. Ich glaube ans Recycling. Ein Gutteil des getrockneten Katzenkots war schließlich schon eine ganze Weile bei uns, und mittels Kohlenstoffdatierung hätte er sich wahrscheinlich bis in Ed Meese' Kindheit zurückverfolgen lassen. In einer Million Jahre hatte sich ein Teil davon vielleicht in den blöden Hope-Diamanten verwandelt. Ich war offenbar nicht der einzige, der an Recycling glaubte.

Als ich die Katzenstreu auskippte, sah ich zu den Fenstern von Winnies Loft hoch. Da oben war noch Licht, und das war ihr nicht zu verargen. Wenn ein Typ mit einer Fred-Feuerstein-Maske, in der einen Hand eine Kanone, in der anderen ein Messer, vor einem stand und »bis die Tage« sagte, konnte das nur heißen, daß man ihn früher oder später wiedersehen würde. Ich dachte an meine kindische Morddrohung und die harmlosen kleinen Streiche, die ich ihr spielte. Dergestalt ahmt das Leben die Kunst nach, sagte ich mir.

»Kennst du den alten Song von den Bee Gees?« fragte ich die Katze, als ich ins Loft zurückkam. »I Started a Joke?«

Die Katze zeigte keine Reaktion, die sich auch nur ansatzweise als Kommunikationsversuch hätte interpretieren lassen. Ihre Augen glichen großen, unverwandten, unbedachten Strudeln einer Weisheit, die sie vollkommen für sich behalten wollte. Aber dafür konnte sie nichts. Die Bee Gees waren lange vor ihrer Zeit gewesen.

23

ALS ICH MORGENS AUFWACHTE, traute ich meinen Ohren nicht. Ich hatte einen netten Traum von einem kleinen sommersprossigen Norman-Rockwell-Jungen gehabt, der laut mitzählte, während er den *Dancing Itos* die Beine ausriß, aber bevor ich noch seitwärts springen konnte, hörte ich Winnie Katz' schneidende Stimme laut durch mein Loft zählen.

»An die Stange«, sagte sie. »Fünf, sechs, sieben, acht!«

Dann ging die Musik los, begleitet von lästigen Scharr- und Stampflauten. Noch bevor ich die halbe Strecke zur Espressomaschine zurückgelegt hatte, kreischte Winnie wie eine Furie, um sich trotz der Musik Gehör zu verschaffen.

»In Fünferreihen aufstellen! Achtet auf euer Zentrum!«

»Wie unangenehm«, sagte ich zur Katze.

Die Katze sagte natürlich nichts, sah aber mit einer gewissen Unruhe nach oben, weil gerade ein Gipsstückchen wie eine Schuppe Gottes zwischen die beiden verwaisten Leitern der Stukkateure fiel. Vinnie und Gepetto, muß gesagt werden, erschienen immer später zur Arbeit. Nicht mehr lange, und sie würden sich nur noch vom italienischen Feinkostgeschäft an der Ecke aus melden. Man konnte es ihnen allerdings kaum verdenken. Die Decke fiel schneller runter, als sie ihre Kellen hochbekamen.

Als die Espressomaschine endlich in Schwung kam, stimmte sie in die Tanzmusik ein, und ihr Summen hörte sich verdächtig nach einer blechernen italienischen Version von »The Little Drummer Boy« an. Winnies schneidende Kommandos übertönten unverhofft diese Kakophonie und spornten ihre Schülerinnen nur noch zu mehr künstlerischer Qualität an.

»Buckelt nicht so!« übertönte sie den Lärm.

»Worte, die wir beherzigen wollen«, sagte ich zur Katze.

Zwei Dinge raubten mir fast den Verstand, während ich müßig am Küchenfenster stand und eine Taube beobachtete, die auf einen parkenden Müllwagen kackte. Das machte allerdings nicht viel aus, weil mein Verstand sowieso schon auf einem anderen Planeten kochte. Zum einen trieb mich die Aktivität eine Treppe höher zum Wahnsinn, zerstreute aber in mir die letzten Bedenken, daß ich meine kleine Bande von Watsons in Winnies Szene eingeschleust hatte. Zum anderen war ich wegen der Ereignisse der vergangenen Nacht noch etwas neben der Kappe. Was als dummer Scherz begonnen hatte, war für Winnie Katz zu einem Schauspiel auf Leben und Tod geworden. Man konnte mir zwar nicht die Schuld zuschieben, daß jemand sie mit einer Fred-Feuerstein-Maske angegriffen und bedroht hatte, aber da dieser Jemand so kurz nach meiner falschen Morddrohung aufgetaucht war, war mein Gewissen nur noch so rein wie eine Klärgrube. Konnten meine Watsons, die jetzt alle auf ihren Posten waren, das Werk Gottes und Arthur Conan Doyles tun und mir helfen, den wahren Täter zu finden? Äußerst unwahrscheinlich, dachte ich und ließ kurz die verfehlten Talente der Village Irregulars Revue passieren. Aber man wußte ja nie. Watson war loyal. Watson war hartnäckig. Watson war überall. Vielleicht reichte das.

Es konnte gefährlich werden, sagte ich mir, zapfte eine Tasse heißen Espresso und ließ mit einem Küchenstreichholz einen halbgerauchten toten Soldaten auferstehen. Es konnte die Village Irregulars in Gefahr bringen und Winnie noch mehr bedrohen, falls das überhaupt noch möglich war. Ich konnte mir natürlich einen Grund aus den Fingern saugen, warum die zunehmend riskante Mission der Village Irregulars abgebrochen werden mußte, und lauschte dem unaufhörlichen Radau über mir. Nein, soweit wollte ich jetzt noch nicht gehen. Und hatte man einen Watson erst aufgezogen und von der Leine gelassen, war es gar nicht so einfach, ihn in die Baker Street zurückzuholen und zuhören zu lassen, wie Sherlock eine Geige zersägte.

»Das ist jetzt mal *kein* Tanzschritt, den ihr lernen sollt!« kreischte Winnies Stimme aus dem Empfänger. »Ich nenne das die kinästhetische Wonne! Bewegt eure Körper, wie sie bewegt werden wollen!«

Das brachte mich nirgends hin, wo ich in nächster Zeit sein wollte. Ich schaltete den Empfänger aus, hob den linken Hörer ab und rief Rambam an. Kurz und bündig erzählte ich ihm, was letzte Nacht passiert war, und faßte ihm Winnies Schilderung des Überfalls und des Angreifers zusammen.

»Mit der Fred-Feuerstein-Maske kann ich leben«, sagte ich, »aber die Kanone in der einen Hand und das Messer in der anderen finde ich völlig aus der Reihe.«

»Falsch«, sagte Rambam. »Das gleichzeitige Tragen von Messer und Kanone liegt derzeit voll im Trend. Mit der Kanone bringt man das Opfer zum Schweigen oder in die richtige Position, mit dem Messer macht man es kalt. Erstens ist das viel leiser. Zweitens saut man sich nicht ein, wenn man ein Opfer ersticht, das sich nicht mehr wehrt.«

»Die Vorteile sind bestechend.«

»Aber die Maske gibt mir Rätsel auf. Kannte sie den Typen?«

»Weiß sie nicht genau. Er trug ja eine Maske.«

»Dann glaubt er offenbar, sie könnte ihn kennen. Er hört sich so durchgeknallt an, daß er ohne weiteres der Verfasser der Morddrohung sein könnte. Ich habe übrigens den Graphologen darauf angesetzt.«

»Gut.«

»Begeistert klingst du nicht gerade.«

»Na ja, es ist nun mal keine sehr exakte Wissenschaft.«

»Mord auch nicht.«

»Stimmt, aber ...«

»Ich bin mir jedenfalls sicher, daß der Typ es verdammt ernst meint. Diesmal hat er noch mit ihr gespielt, aber ich fürchte, daß er zurückkommt, um die Sache zu Ende zu bringen.«

»Und was soll ich jetzt machen?«

»Du kannst die Polizei rufen.«

»Das will Winnie aber nicht.«

»Du kannst dich als Dinosaurier verkleiden und auf der Feuertreppe auf ihn warten. Wenn er dann wieder die Fred-Feuerstein-Maske trägt, kannst du ihn auffressen. Scheiße, Mann, woher soll ich denn wissen, was du machen sollst? Ich fahre heute nachmittag nach Kanada, um mit meinem Freund Joey Schacter mal wieder auf Nazijagd zu gehen. Immerhin hab ich mittlerweile über zweihundert von den Ärschen entdeckt, von denen die Regierung nichts wußte.«

»Wie hast du die eigentlich alle gefunden?«

»Im Telefonbuch. Die Ärsche haben sich nicht mal die Mühe

gemacht, den Namen zu wechseln. Und der Hammer ist, sie stellen jede Versicherungsstatistik auf den Kopf. Nur ein paar sind im Krankenhaus, und von meiner Gruppe sind nur zwei gestorben. Nazis müssen unsterblich sein.«

»Was wieder mal beweist, daß die Guten sterben, und die Bösen leben glücklich und zufrieden. Kannst du dir das irgendwie erklären?«

»Meine These ist, daß sie Angst vor dem Sterben haben.«

»Die hab ich auch. Wenn du länger weg bleibst, könnte es hier allerdings haarig werden. Also sag schon, was soll ich machen?«

»Hab ich doch gesagt. Verkleide dich als Dinosaurier. Solange du nicht im Ratsofummel rumläufst, ist mir alles recht. Es kann übrigens genausogut sein, daß ihr den Typen nie wiederseht. Also stell dich nicht so an. Wie läuft's denn mit der Wanze so?«

»Fast zu gut. Ich kann Winnies Schreie langsam nicht mehr hören: ›Hohlkreuz wegdrücken!‹«

»Ist doch ein Ratschlag, den wir beide beherzigen sollten«, sagte Rambam.

Der Gedanke, daß Rambam eine Zeitlang fort sein würde, behagte mir so wenig wie alles andere. Ich legte auf und beschloß, das Loft für eine Weile hinter mir zu lassen, um meine Probleme in einem Teller Wantansuppe bei Big Wong's zu ertränken, und zwar *ohne* Ratso. Ich hatte keine Ahnung, ob Vinnie und Gepetto je zurückkehren würden oder ob der Typ mit der Fred-Feuerstein-Maske je zurückkehren würde, sagte mir aber, wer zuerst kam, könnte den anderen ja aufmachen. Ich zog mich an, schnappte mir ein paar Zigarren für unterwegs und ging zur Tür. Die Verantwortung übergab ich der Katze.

Im Big Wong's fragten alle Kellner: »Wo Ratso?« – »Der ist schwul geworden«, erklärte ich ihnen. Alle lachten und sagten: »Chee-chee! Chee-chee!« Was nur die Hypothese erhärtete, daß sie Ratso und mich für ein Schwulenpärchen hielten. Es sollte einen nie kratzen, was chinesische Kellner, lesbische Tänzerinnen, Nazis in Kanada oder andere Leute von einem hielten, aber es war ein weiterer guter Grund, immer schön das Buckeln zu lassen.

24

Eine öde Situation läßt sich manchmal am besten bewältigen, indem man ihr die kalte Schulter zeigt. Bei mir hat das zwar noch nie geklappt, was mich aber nicht davon abgehalten hat, es immer wieder zu versuchen. Ich brauchte dringend Ablenkung vom Loft und von den entfesselten Kräften, die, wie ich zugeben mußte, großenteils von niemand anders als mir entfesselt worden waren. Ich fand, da könne es doch eine ganz amüsante Abwechslung sein, einmal dem Problem der Tochter von Joe-die-Hyäne nachzugehen. Solange Rambam in Kanada Nazis jagte, war ich dabei natürlich ziemlich auf mich gestellt. Aber Rambam war ja nicht der einzige Privatermittler in meinem Stall. Kent Perkins war Detektiv in L.A., ein alter Freund, der mir schon bei mehreren schwierigen Fällen geholfen hatte, darunter dem einzigartig gefährlichen Abenteuer, Ratsos leibliche Mutter zu finden. Für Kent sprach zudem noch etwas, was Rambam nicht ins Feld führen konnte. Er war mit Ruth Buzzi verheiratet. Ruth Buzzi war die eingefleischteste Italienerin, die ich kannte. Nach zwanzig Ehejahren mußte das eigentlich auch auf ihren Mann abgefärbt haben.

Vinnie und Gepetto hatten früh Schluß gemacht, was einem nur recht sein konnte, wenn man die Fährte der verstorbenen Tochter von Joe-die-Hyäne aufnehmen wollte. Nach den Geräuschen zu urteilen, die durch die Decke drangen, war oben ganz schön was los. Vielleicht brachten Brennan und McGovern einander gerade um. Vielleicht hatte Gena bei der Verführung Stephanies Erfolg gehabt. Vielleicht bewegten einfach viele Lesben ihre Körper so, wie diese bewegt werden wollten. Ich beschloß, den Empfänger eine Weile abgeschaltet zu lassen, wohl auch aus Respekt gegenüber Winnie und dem scheußlichen Überfall, dem sie letzte Nacht zum Opfer gefallen war. Außerdem würden mir die diversen Village Irregulars im Lauf des Abends ja Bericht erstatten. Ich zündete mir eine kubanische Montecristo Nr. 2 an und machte mich auf die Suche nach der Frau, die ich nach einhelliger Meinung von Joe-die-Hyäne und mir einst bei einem Überfall vor einer Bank gerettet hatte. Die Espressomaschine war der lebende Beweis dafür, daß Joe wirklich davon ausging, ich hätte seine Tochter gerettet. Warum hatte Vinnie dann bloß so hartnäckig darauf bestanden, daß Joe keine

Tochter hatte, nur um sich später zu berichtigen, Joe habe zwar eine Tochter *gehabt,* diese sei jedoch bereits drei Jahre vor meiner angeblichen Rettungsaktion gestorben? Als Vinnie mir noch nicht über den Weg traute, hätte er mir immerhin weismachen können, Joe habe gar keine Tochter gehabt, und nachdem er mich dann kennengelernt hatte, hätte er mich in die ganze Sache einweihen können. Vinnie mußte doch am besten wissen, daß man über seinen Arbeitgeber keine Gerüchte in die Welt setzte, zumal dann, wenn der Arbeitgeber Joe-die-Hyäne war.

»Dieses kleine Rätsel wird durch die Tatsache verkompliziert, daß ich Joe-die-Hyäne nicht einfach anrufen und fragen kann, wie ich seine Tochter zu einem Zeitpunkt gerettet haben soll, wo sie schon drei Jahr tot war«, sagte ich zur Katze. »Wenn ich das mache, wache ich womöglich irgendwann auf und finde den Kopf eines Müllwagens neben mir im Bett.«

Die Katze sagte natürlich nichts, was angesichts des Gesprächsthemas vielleicht auch das klügste war. Zur Vorbereitung paffte ich ein paarmal an der Zigarre, dann rief ich Kent Perkins in Los Angeles an.

»Allied Management«, drang die Stimme der Sekretärin aus dem Hörer. Sie hörte sich an wie eine glückliche kleine Kalifornierin.

»Kent Perkins, bitte«, sagte ich. »Sagen Sie ihm, sein Texas Jewboy Nummer eins ruft aus New York an.«

»Wen darf ich bitte melden?« fragte die Sekretärin mit etwas amtlicherer Stimme.

»Richard Kinky ›Big Dick‹ Friedman.«

»Handelt es sich um einen Notfall?« fragte sie knapp.

»Noch nicht.«

Ich blinzelte der Katze zu und wartete. Kurz darauf drang mir Kents Texanerslang aus dem Hörer ins Bewußtsein.

»He, Big Dick«, sagte Kent. »Freut mich, daß du deinen Charme noch nicht verloren hast. Meine Sekretärin ist deinetwegen in heftigstem Aufruhr.«

»Was hat sie denn in einen solch heftigen Aufruhr versetzt? Der Texas Jewboy oder der Big Dick?«

»Ich frag sie mal, wenn sie mit dem Hyperventilieren fertig ist. Ich hab jetzt übrigens meine eigene Ermittlungsfirma. Siebenundzwanzig Angestellte.«

»Meine Güte«, sagte ich. »Dann bist du ja vom Freund zum guten Kontakt aufgestiegen. Also, Kent, um gleich mit der Tür ins Haus zu fallen: Ich brauche beruflichen Rat. Ich versuche, eine Frau zu finden, die drei Jahre, bevor ich sie getroffen habe, gestorben ist.«

»Hört sich nach meiner ersten Frau an«, sagte Kent.

Ich schilderte Kent alles Nötige. Wie jeder gute kleine Privatermittler hatte er danach ein paar Fragen.

»Warum besprichst du das nicht mit deinem Freund Rambam? Das ist doch genau sein Metier.«

»Der ist in Kanada auf Nazijagd.«

»Wußte gar nicht, daß es in Kanada Nazis gibt.«

»Doch, Virginia, in Kanada gibt es Nazis. Kriegst du jetzt vielleicht den Arsch hoch und sagst mir, wie ich die blöde tote Schnalle finden kann, oder nicht?«

»Alter Süßholzraspler. Wie heißt Joe-die-Hyäne richtig?«

»Keine Ahnung.«

»Wie hieß seine Tochter?«

»Keine Ahnung.«

»Das ist doch mal ein Anfang. Also gut, du kannst das folgendermaßen angehen. Du mußt nicht, aber du kannst. Such dir ein paar Italiener, die wissen, was Sache ist, und finde den richtigen Namen von Joe-die-Hyäne raus. Wenn er ein Consigliere oder sogar ein richtiger Pate ist, dürfte das nicht schwer sein. Wenn du danach noch am Leben bist, kannst du die Standesämter nach dem Totenschein der Tochter abklappern. Wenn sie damals nicht gestorben ist, findest du natürlich keinen. Das hilft dir also nicht besonders weiter.«

»Du auch nicht sonderlich.«

»Was hat meine Sekretärin bloß so aus dem Häuschen gebracht? Gut, Kink, ich weiß was Besseres. Das könnte sogar klappen. Such dir die katholischen Krankenhäuser in Brooklyn raus – du weißt schon, ›Unsere Liebe Frau vom East River‹ und so –, und check da die Geburtsurkunden.«

»Ich will wissen, ob sie *tot* ist, Inspektor Clouseau. Was soll ich da mit ihrer *Geburts*urkunde?«

»Die meisten Mafiosi sind doch Hardcore-Katholiken. Die bringen vielleicht siebenundvierzig Männer um, glauben aber, mit genug Ave Marias und genug Geld kriegen sie ’nen Freifahrschein zum Seelenheil. Bespritzen die nicht am dritten Tag ihre Kinder mit Weihwasser oder so? Jedenfalls irgendwas Netteres, als was ihr Typen anstellt. So genau weiß ich als alter Südstaaten-Baptist da natürlich nicht Bescheid.«

»Meine Rede seit ewigen Zeiten: Das einzige Problem mit den Südstaaten-Baptisten ist, daß sie bei der Taufe nicht lange genug unter Wasser gedrückt werden. Worauf zum Geier willst du eigentlich hinaus?«

»Ich will darauf hinaus, daß die meisten religiösen Mafiasippen das ganze Leben lang beim gleichen Priester oder Monsignore bleiben. Sein Name müßte auf der Geburtsurkunde stehen. Wenn du den Priester hast, hast du auch des kleinen Rätsels Lösung.«

»Das ist brillant, Perkins«, sagte ich.

»In diesen Krankenhäusern schwirren haufenweise Nonnen rum. Am besten kaufst du dir ein großes altes Kruzifix. Du kommst nämlich nicht weit, wenn die merken, daß du ein Juuuuuuude bist!«

Im vergeblichen Versuch, mich zu ärgern, sprach Kent das Wort »Jude« oft wie viele Texaner als über den Daumen gepeilt elfsilbiges Wort aus. Paradoxerweise sprechen Texaner »jüdisch« unweigerlich als einsilbiges Wort aus. Aber ich war viel zu aufgeregt, um mich ärgern zu lassen. Es konnte eine prima Therapie werden, mich einem interessanten kleinen Problem zu widmen, das nicht das geringste mit dem Lesbenzirkus über mir zu tun hatte. Mehr noch, ich konnte es ohne Rambam oder die Village Irregulars lösen.

»Danke, Kent«, sagte ich. »Das ist Klasse. Die Nuß krieg ich vielleicht sogar geknackt, bevor Rambam zurück ist.«

»Ist der wirklich auf Nazijagd in Kanada?«

»Die Antwort lautet: Ja.«

»Warum jagt er sie nicht hier in den Staaten?«

»Zu einfach«, sagte ich.

25

DIE KATZE VEREHRTE Vinnie geradezu. Wahrscheinlich spielte er im Loft eine größere Rolle, seit ich mich auf die Denksportaufgabe konzentrierte, herausfinden zu wollen, wen genau ich vor zehn Jahren vor der Bank gerettet hatte. Die Frau hatte sich geweigert, den Angreifer anzuzeigen, ja sie hatte nicht einmal auf die Ankunft der Polizei gewartet. Ich konnte mich nur noch an eine schlanke, attraktive junge Frau mit kastanienrotem Haar erinnern, die mit Tränen in den Augen »danke« sagte und dann die Seventh Avenue überquerte, um auf dem Sheridan Square zu verschwinden. Es gab Gerüchte, aber eben nur Gerüchte, sie sei Kathy Smith gewesen, die Kanadierin, die bei John Belushi war, als der starb. Die Gerüchte konnten nie erhärtet werden, und ich muß zugeben, daß mir die Vorstellung viel besser gefällt, die Tochter von Joe-die-Hyäne gerettet zu haben. Wenn Vinnie recht hatte und sie damals schon tot gewesen war, dann irrte sich Joe, ich irrte mich, und die Espressomaschine war demnach nur das Kind einer nicht rechtmäßigen Verbindung. Aber ich traute mich nicht, Vinnie noch einmal deswegen anzusprechen. Es war keine Frage, wem seine Loyalität galt. Wenn er Verdacht schöpfte, ich könne in alten, längst begrabenen Geschäften herumschnüffeln, dann lieferte er mich ratzfatz ans Messer, wie Rambam es ausgedrückt hatte. Auch vor der Katze hatte ich die Angelegenheit natürlich mit keinem Wort erwähnt. Die Katze verehrte Vinnie, wie gesagt.

»Ehrlich«, sagte das Objekt feliner Verehrung, »der Puppenkopf da oben auf dem staubigen alten Kühlschrank sieht aber nicht gerade *molto* glücklich aus.«

»Wie meinst du das?« sagte ich und trat zu ihm vor den Kühlschrank. »Das ist doch das freundlichste Lächeln von New York.«

»Klar, freundlich ist es schon«, sagte Vinnie. »Aber schau ihn dir mal genau an. Der tut doch nur so, *capisce?«*

Ich schaute mir den Puppenkopf genau an. Dann schaute ich mir Vinnie genau an. War er ein weiterer Anwärter auf eine Lebensstellung in Dr. Gachets Pension? Ich hatte keine Ahnung, ob er richtig verrückt war oder nur eine schrullige Sensibilität mitbrachte, eine jener Art, die bei einem Menschen kaum auffiel, der den ganzen Tag auf einer Leiter stand und sich nach der Decke streckte.

»Vielleicht hast du ja recht«, sagte ich. »Aber was können wir dagegen tun?«

»Er will *presto* von dem Kühlschrank runter. Er will auf einem hübschen Kaminsims über einem hübschen warmen Feuer sitzen. Wir könnten ihm das bauen.«

»Das wäre toll«, sagte ich, »aber das kann ich mir leider nicht leisten.«

»Kann ich mal telefonieren?« fragte Vinnie.

Ich nickte, worauf er zum Schreibtisch ging, den Hörer abhob und eine Nummer wählte. An dem darauf folgenden Gespräch fiel nur auf, daß Vinnie weder Namen noch Zahlen, noch Adressen nannte. In seiner Branche konnte man heutzutage nicht vorsichtig genug sein. Man konnte nie wissen, wer alles mithörte. Trotzdem ließ sich leicht erraten, mit wem er sprach.

»Ich bin's«, sagte Vinnie.

Die Katze saß neben ihm auf dem Schreibtisch.

»Ist er da?«

Ich sah aus dem Fenster und tat, als wäre ich nicht zu Hause.

»Gibst du ihn mir mal?«

Ein Müllwagen fuhr durch die Vandam Street.

»Ja, ich bin's. Ich bin bei dem Mann mit der Decke.«

Ich sah zur Decke hoch. Noch hielt sie.

»Genau. Wir wollen einen Kamin einbauen. Was hältst du davon?«

Die Katze sah mich erst an, dann Vinnie. Ich sah wieder aus dem Fenster. Der Müllwagen hatte angehalten.

»Okay, sag ich ihm. *Ciao.*«

Vinnie legte auf und klatschte dann in die Hände, was die Katze zusammenzucken ließ. Sie, der Puppenkopf und ich, wir alle starrten ihn neugierig an.

»Sieht so aus, als hättest du gerade einen Kamin bekommen«, sagte Vinnie.

»Großartig«, sagte ich. »Aber muß man da nicht irgendwelche Sicherheitsvorschriften einhalten?«

»Was glaubst du, wer die Sicherheitsvorschriften geschrieben hat?« sagte Vinnie. »Der Kamin geht übrigens auf Joes Rechnung.«

»Das find ich echt toll.«

»Aber die Decke geht auf dich.«

»Das meinst du hoffentlich nicht wörtlich«, sagte ich.

Wenn Vinnie und Gepetto dawaren, schaltete ich den Empfänger meistens aus, und wenn ich ihn doch mal anstellte und

Stimmen zu hören waren, wirkten die beiden nicht sehr neugierig. Vielleicht hielten sie mich für einen Funkamateur, einen verrückten Wissenschaftler oder dergleichen. Abgesehen von Winnies Begegnung mit Fred Feuerstein, war der Phyzagometer weniger hilfreich gewesen, als ich gehofft hatte. Als der Reiz des Neuen und die Ersatzaufregung verflogen waren, was nach ungefähr zwei Minuten der Fall gewesen war, hatte das Teil eigentlich nur dafür gesorgt, daß das, was durch die Decke drang, in Stereo zu hören war. Gut, ich hatte Ratsos Ansprache an die Lesben gehört und auch Genas Versuch, Stephanie anzubaggern, aber insgesamt war das Programm eher schwach, weder saßen die Katze und ich wie gebannt vor dem kleinen Lautsprecher, noch würde ich mit seiner Hilfe Fred Feuerstein finden. Winnie hatte mich allerdings auch in dieser Angelegenheit nicht um Hilfe gebeten; als ich sie ihr meinerseits anbot, hatte sie sogar abgelehnt. Macht nichts, dachte ich mit hämischem Grinsen, ich hatte ihr trotzdem geholfen. Ich hatte ihr die Village Irregulars geschickt.

Trotz Rambams Warnung hatte ich nicht das Gefühl, Winnie, die Mädchen oder mein Team von Störenfrieden würden in akuter Gefahr schweben. Sobald sie Bericht erstatteten, würde ich ihnen einfach erzählen, daß in der vergangenen Nacht wieder etwas passiert sei, daß Winnie nämlich überfallen worden sei, und wenn sie einen Maskierten sähen, der mit einer Kanone in der einen Hand und einem Messer in der anderen auf der Feuertreppe herumturnte, dann habe das nichts mit Halloween zu tun, und jeder sei dann auf sich allein gestellt.

Als Vinnie und Gepetto nach aufwendigen Vermessungen für den Kamin Feierabend gemacht hatten, verdrängte ich eine Weile die anderthalb Zoos, die zur Zeit im Loft über mir residierten, und dachte an meinen alten Freund und ehemaligen Manager Sal Lorello, der in Chappaqua wohnte. Sal war Italiener und schwer auf Zack. Vielleicht konnte er mir ja in Sachen Hyänentochter helfen.

»He, Kinkyman«, sagte Sal, nachdem er meine Stimme gehört hatte. »Wie läuft's denn so? Willst du wieder auf Tour gehen?«

Das war Sals Standardwitz. Unsere Tourneejahre hatten ihn fast umgebracht, und auch mir hatten sie weidlich die Psyche ausgefranst.

»Lieber heute als morgen«, sagte ich.

»Vergiß es«, sagte Sal. »Schnüffler, bleib bei deinem Leisten. Ständig höre ich von den Fällen, die du löst, und den bösen Buben, die du schnappst. Bleib dabei. Das ist gesünder als das Leben eines Countrysängers.«

»Seit wann kannst du Gedanken lesen, Sal? Genau deswegen rufe ich dich an. Ich sitze gerade an einer Ermittlung, bei der du mir vielleicht helfen kannst.«

»Stets zu Diensten«, sagte Sal. »Worum geht's denn?«

»Ich brauche den richtigen Namen eines bestimmten Italieners, von dem ich nur den Spitznamen kenne.«

»Und wie lautet der?«

»Joe-die-Hyäne.«

Das Schweigen in der Leitung klang wie das Ende der Welt. Ich pflückte eine frische kubanische Zigarre aus Sherlocks Kopf, leitete die Hochzeitsvorbereitungen ein, vollbrachte die Zündung, aber immer noch hielt das Schweigen an.

»Sal?«

»Hä?«

»Ich dachte schon, du hättest deinen letzten Seufzer getan.«

»Genau davor hab ich auch Angst.«

»Na komm, Sal, der Typ ist nicht Al Capone. Ich will doch bloß einen Namen.«

»Und ich sage bloß, daß du ihn nicht von mir hast. *Capisce?*«

»Herrgott, Sal, ist das hier eine Wiederholung von *Die Unbestechlichen* oder was? Ich bin dein alter Kumpel, der Kinkster, und ich will nur einen Namen von dir hören. Das kann doch nicht so schwer sein.«

»Also gut, ich weiß nicht, wie er heißt, ja? Und ich will auch gar nicht wissen, wie er heißt. Aber ich kenne jemanden, der das weiß. Ich frag ihn mal, und dann melde ich mich.«

»Aber beeil dich, bitte. Ich will morgen früh nicht neben einem Pferdekopf aufwachen.«

»Besser als ein Besuch bei den Fischen«, sagte Sal.

Bewegt man sich in einer bestimmten Welt, neigt man dazu, völlig in ihr aufzugehen. Für die meisten Menschen ist Räuber und Gendarm ein reines Kinderspiel. In der Großstadt aufgewachsene Italiener können jedoch ziemliche Mimosen sein, ziemliche Nervenbündel und manchmal sogar ein spritziger

Cocktail aus beidem. Deswegen ist es immer von Vorteil, in New York ein Jude zu sein. Man weiß, daß Räuber und Gendarm bloß ein Spiel ist, also wettet man mal hier, mal da, kauft Jahreskarten und will nie ganz wahrhaben, daß alle jüdischen und alle italienischen Großmütter eins fünfzig groß, eins fünfzig breit und völlig austauschbar sind.

Zwei Stunden später rief mich Sal aus einer Telefonzelle an. Inzwischen war ich ebenfalls leicht nervös. Wieder verpflichtete er mich auf absolutes Stillschweigen.

»Du hast den Namen nicht von mir«, sagte Sal.

»Natürlich nicht.«

»Ich hab dich auch nicht angerufen.«

»Natürlich nicht.«

»Wir haben nie darüber gesprochen.«

»Natürlich nicht.«

»Ich sage nur ein Wort. *Capisce?«*

»Der Typ heißt Capisce?«

»Natürlich nicht«, sagte Sal.

»Herrgott noch mal, Sal, wie zum Teufel heißt er denn?«

»Tortellini«, sagte Sal.

26

GEGEN ACHTZEHN GLASEN schaltete ich den Empfänger wieder ein und hörte kurz darauf, wie Winnie und die Mädchen Telefonnummern und Hobbies austauschten und beim Abschied leise Servus sagten. Die Atmosphäre war die einer sinnlichen Lesbenumkleide, die vermuten ließ, daß es da oben nicht bloß ums Tanzen ging. Anscheinend waren Winnies Worte nicht auf taube Ohren gestoßen. Nach der Geräuschkulisse zu urteilen, bewegten viele Mädchen ihre Körper so, wie diese bewegt werden wollten.

Zerstreut lauschte ich dem Empfänger, während ich mich an die mühselige Aufgabe machte, katholische Krankenhäuser in Brooklyn zu überprüfen. Ich hatte gedacht, das könnten ja nicht viele sein. Ich hatte gedacht, katholische Krankenhäuser kämen in Brooklyn so häufig vor wie polnische Kriegshelden oder schwarze Skipper von Edeljachten. Damit lag ich aber gründlich falsch. Außer Unserer Lieben Frau vom East River gab es noch

Unmengen Lieber Frauen. Es gab so viele Liebe Frauen, daß ich mir langsam vorkam wie ein aufstrebender junger Urologe in der Singles-Bar. In welchem Krankenhaus war Joe Tortellinis Tochter, die ich kurzerhand Babyhyäne getauft hatte, zur Welt gekommen? War es Unsere Liebe Frau vom Baseballschläger gewesen? Unsere Liebe Frau vom Kuhfuß? Unsere Liebe Frau vom Fleischerhaken?

»So viele Frauen, so wenig Zeit«, sagte ich zur Katze.

Die Katze sagte natürlich nichts. Sie war keine Katholikin. Sie wußte, daß Gott nicht an sie glaubte.

»Nach meiner groben Schätzung muß Babyhyäne Anfang zwanzig gewesen sein, als ich sie vor der Bank in der Christopher Street gerettet habe«, fuhr ich fort. »Das ist jetzt rund zehn Jahre her. Das heißt, die gesuchte Liebe Frau muß mindestens dreißig Jahre alt sein.«

Eigentlich kein Alter für eine Frau, dachte ich und notierte mir ein paar Sachen auf meinem Big-Chief-Block, wodurch dann etliche Krankenhäuser nicht mehr in Frage kamen. Als die Möglichkeit, daß ich mein kleines Rätsel wirklich lösen würde, langsam Gestalt annahm, nahm auch mein Interesse an dem Projekt zunehmend Gestalt an. Zumindest konnte es ein bißchen Licht in unerklärte Trivialitäten aus alten Zeiten bringen, außerdem konnte ich meine eingerosteten Ermittlungsfähigkeiten etwas aufpolieren. Und wenn man drittens das Gefühl hatte, daß zuviele Lesben um einen herumschwirren, war es immer eine hübsche Abwechslung, einmal ein paar Nonnen zu begegnen.

Plötzlich ertönte praktisch gleichzeitig zweierlei Pochen von der Türe her. Das eine wurde oben an der Tür erzeugt, das andere deutlich näher am Boden. Beide Pocher wirkten höchst aufgeregt.

»MIT ... MIT ... MIT!« rief die eine Stimme, die kaum zu verkennen war. »Kink! Kink! Mach auf!«

»Laß uns lieber rein, Kumpel«, schaltete sich die zweite Stimme ein. »McGovern hat uns einen schönen Scheiß eingebrockt!«

»Du kannst mich mal, Brennan«, hörte ich McGovern sagen. »Hab ich vielleicht in die Spüle gepißt?«

»Das mußte sein, weil's keinen Pißpott mehr gab«, sagte Brennan, »seit du die ganze Scheißermittlung vermasselt hast.«

»*Ich* hab die Ermittlung vermasselt? Winnie *liebt* mich.«

»Winnie wäre es piepegal, wenn du an den Eiern von der Ballettstange hängen würdest, Kumpel. Winnie will bloß ihren Namen in der Londoner *Times* sehen.«

»Vielleicht *bringe* ich ihren Namen ja in die Londoner *Times.«*

»Und vielleicht schlitz ich mir den Schwanz auf wie die Aborigines und flieg zum Mond.«

»Wer ist denn da?« fragte ich im vergeblichen Versuch, auf dem Streßkongreß vor meiner Haustür Frieden zu stiften.

»Mach die Scheißtür auf, Kumpel, oder ich bring McGovern um«, sagte Brennan.

»Das möchte ich doch mal sehen«, sagte McGovern, und sein lautes, ansteckendes Irenlachen ließ die Dezibelzahl im Flur weiter ansteigen.

Ich öffnete, winkte die beiden einstmaligen Freunde ins Loft, dirigierte sie zu meinen dürftigen Alkoholreserven und holte meine Zigarre aus dem Aschenbecher in Form des Staates Texas, der auf dem Schreibtisch stand. Dann trat ich zu ihnen an die Anrichte.

»Laßt ab vom Irren, o ihr Iren«, sagte ich und goß uns allen anständige Jamesons ein. »Vielleicht erzählt mir erst mal wer, was sich in Winnie World so zugetragen hat.«

»Irgendein Spinner ruft schon den ganzen Tag bei Winnie im Studio an«, sagte McGovern. »Wir glauben, daß das derselbe Perversling ist, der ihr die Morddrohung geschickt hat.«

»Deswegen hättest du den Zettel noch lange nicht erwähnen müssen, Kumpel«, sagte Mick Brennan.

»Erst mal: ein Hoch auf alte Freunde!«, sagte ich und erhob das Stierhorn, um mit den beiden anzustoßen. Widerwillig hoben sie die Gläser. Dann kippten wir den Whiskey, und die Lage beruhigte sich etwas.

»Wo ist Winnie denn jetzt?« fragte ich. »Und wie steht es um ihre geistige Gesundheit?«

»Die ist mit Stephanie irgendwo hin, der Schnalle von gegenüber«, sagte Mick. »Die ist echt durch den Wind, Kumpel.«

»Verständlich«, sagte ich. »Letzte Nacht hat sie ein Einbrecher mit einer Kanone, einem Messer und einer Fred-Feuerstein-Maske bedroht, ihr einen schweren Schock versetzt, ›bis die Tage‹ zu ihr gesagt und ihr dann eins über die Rübe gezogen. Hat sie euch davon denn nichts erzählt?«

»Nein«, sagte McGovern, »aber das ist bestimmt derselbe, der die Morddrohung geschrieben und heute die Spinneranrufe gestartet hat. Einmal ist Mick rangegangen.«

»Genau«, sagte Mick. »Der Typ ruft an, ich heb ab, und er sagt mit echt ekliger Stimme: ›Wo ist die Lesbe?‹ Ich frag ihn ›Welche denn, Kumpel?‹, und da hat er dann wieder aufgelegt.«

»Ich bin von Winnie richtig angetan«, sagte McGovern. »Ich will nicht, daß ihr irgend jemand was zuleide tut. Außerdem hab ich ihr nichts von der Morddrohung erzählt. Ich hab sie bloß danach gefragt.«

»Dann verrat Kinky doch mal, was sie da gesagt hat, Kumpel«, sagte Brennan.

»Sie streitet hundertprozentig ab, die je bekommen zu haben, Kumpel«, sagte Brennan.

»Typischer Fall von unbewußter Verdrängung«, sagte ich und paffte selbstsicher meine freudianische Zigarre. Ich goß uns allen eine großzügige zweite Runde ein. Wir alle gossen uns die großzügige zweite Runde hinter die Binde.

»Apropos unbewußte Verdrängung«, sagte McGovern, »wir haben rein zufällig noch etwas erfahren. Ich weiß nur nicht genau, inwiefern es die Ermittlung beeinflußt.«

»Spuck's aus«, sagte ich.

»Ratso fährt zweigleisig«, sagte McGovern.

»So was hab ich schon gehört«, sagte ich und blinzelte der Katze zu.

Zuerst erwiderte die Katze den Blick verächtlich, um dann eingehend eine Kakerlake, die gerade die gegenüberliegende Wand hochkrabbelte, zu mustern. In puncto Ratso glaubte sie einfach alles.

»Jetzt hast du den Beweis«, sagte Brennan. »Er ist 'ne Schwuchtel, Kumpel.«

»Wir haben alle unsere Fehler, Mick ...«

»Freilich«, sagte Brennan. »Besonders McGovern.«

»Fängst du schon wieder damit an, du kleiner Giftzwerg?« sagte McGovern.

»Vielleicht sollten wir uns stärker auf Ratsos Befindlichkeit einlassen«, sagte ich. »Ich glaube, wenn wir uns im Gespräch mit ihm stärker einbringen ...«

»Mir scheißegal, was du glaubst, Kumpel«, sagte Brennan.

»Ich sag nur, bei dem darfst du dich keinesfalls nach der Seife bücken.«

»Das finde ich jetzt aber ein bißchen homophob für jemanden, der die letzten zwei Tage eine Lesbentanzschule nicht nur fotografiert, sondern auch nach Strich und Faden begafft hat«, sagte McGovern.

»*Ich* begaffe die Hupfdohlen?« sagte Brennan. »*Ich* laß dabei aber wenigstens mein Dreibein nicht los.«

»Ich laß mein Dreibein auch nicht los«, sagte McGovern.

»Meine Herren, meine Herren«, sagte ich. »Lassen wir sexuelle Präferenzen doch mal außen vor. Wir müssen ab sofort äußerst behutsam vorgehen. Wir haben es mit einem gemeingefährlichen Irren zu tun, dessen Identität und Motive uns einstweilen unbekannt sind. Er will Winnie Katz ans Leder und setzt unter Umständen auch unser Leben aufs Spiel. Wir müssen aufpassen wie die Luchse, höchstwahrscheinlich wird er nämlich schon bald zurückkommen, um seine Drohungen wahr zu machen.«

In diesem Augenblick wurde lautstark an die Tür gehämmert, und fast wäre mir die Zigarre in die dritte Runde Jameson gefallen, die ich gerade einschenkte. Eine laute Stimme drang aus dem Flur an unsere Ohren.

»Kinkstah!« dröhnte es. »Mach auf, Baby! Ich hab große Neuigkeiten, Kinkstah!«

Es ließ sich nicht umgehen. Ich ging zur Tür und ließ Ratso ins Loft. Er trug seine übliche Waschbärmütze, Cowboystiefel aus rosarotem Straußenleder, eine schleimfarbene Kordhose und eine Art Cape aus Goldlamé, in dem er wie ein schwuler Matador aussah. Außerdem hielt er ein feminin wirkendes Köfferchen in der Hand.

»Was hast du denn in dem Koffer da?« fragte Brennan, sichtlich um Zurückhaltung bemüht.

»Gymnastiksachen«, sagte Ratso.

»Und was ist die große Neuigkeit?« fragte McGovern.

»Ach«, sagte Ratso und sah sich unbehaglich um, »das kann warten.«

Ich setzte erst mal auch Ratso über Fred Feuerstein in Kenntnis. Danach, quasi als Eisbrecher des Klinkenputzers, wollte ich ihm gerade einen Drink anbieten, vorausgesetzt, es gab noch etwas zu trinken. McGovern und Brennan hatten heimlich ein paar Zwischenrunden eingelegt. Tja, kleine Getränke erhalten die Freundschaft. Ich suchte im Schränkchen nach einer Flasche Feuerwasser, die jünger war als ich, da gab es auf einmal einen Höllenlärm, so als würde gleich die Welt untergehen. Ich hatte allerdings nichts dagegen, wenn sie unterging, Hauptsache, sie nahm mich mit. Und die Village Irregulars natürlich. Und die Katze selbstmurmelnd.

Erst dachte ich, der Rest der Decke würde uns auf den Kopf fallen, aber beim Hochsehen merkte ich, daß die noch da war. Dann dachte ich unlogischerweise, McGovern würde sich oben gerade auf verschiedene große Möbelstücke setzen und sie mit seinem großen, entmutigenden, weißen, leuchtenden Hintern der Reihe nach platt machen. Nur daß McGovern eben in meiner Küche stand, von wo aus er den Phyzagometer-Empfänger anstarrte, der auf meinem Schreibtisch stand. Der Lärm, der durch die Decke drang, und das weit lautere Geschrei, das aus dem Empfänger kam, klangen, als würde bei einem im Schädel gerade Jerry Lewis mit der Titanic untergehen.

»Was ist das?« fragte McGovern und zeigte anklagend auf das Abhörgerät.

Wie mir auffiel, galt Ratsos und Brennans Aufmerksamkeit demselben Gegenstand. Als Mitglieder unserer technikfixierten Gesellschaft wirkten sie über die Tatsache, daß ich Winnies Loft verwanzt hatte, betroffener als über das, was sich da oben gerade abspielen mochte. Das Krachen ertönte in regelmäßigen Abständen aufs neue, während die drei und schließlich auch die Katze den Kinkster mit zweifelnden, fragenden Blicken bedachten. Auch als dann mehrere kleine Stuckstücke von der Decke fielen, sahen mich meine Kameraden weiterhin unverwandt an. Anscheinend hatte sich das Undenkbare ereignet. Die Village Irregulars, allesamt Tugendbolde ganz eigener Art, hatten sich mit Winnie Katz verbündet.

»Ich kann alles erklären«, sagte ich.

27

NATÜRLICH HÄTTE ICH alles erklären können. Ich hätte einfach etwas sagen können, was der Wahrheit recht nahegekommen wäre. Ein gefährlicher Irrer belästige Winnie, und da sie bei der Aufklärung nicht behilflich sei, habe ich mich gezwungen gesehen, ihr Tanzstudio zu ihrem eigenen Schutz zu verwanzen. Mein ursprüngliches Motiv und die Tatsache, daß ich die Morddrohung selbst verfaßt hatte, ging sie einen feuchten Kehrreim, Drehkran oder Schmuck an. Außerdem hatte ich meine Meinung über Winnie sowieso geändert. Es war unklar geworden, wer hier eigentlich wen auf den Arm nahm, aber eigentlich spielte es auch kaum noch eine Rolle. Eine Kanone, ein Messer und eine Fred-Feuerstein-Maske können manchmal diese Wirkung zeitigen. Ich sollte allerdings gar nicht mehr dazu kommen, meiner verschworenen Gemeinschaft irgend etwas zu erklären. Eine Stimme, die sich nur noch mit den Fingerspitzen an der Zurechnungsfähigkeit festklammerte, kreischte durch den Empfänger.

»Wo steckst du, du blöde Fotze?« kreischte die Stimme. »Wo steckst du?«

»Das ist unser Mann, Kumpel«, sagte Brennan. »Das ist genau die Stimme, die ich vorhin am Telefon hatte.«

»Hört sich an wie Othello mit einem New Yorker Akzent«, sagte McGovern, während wir uns um den Empfänger scharten.

»Dein Vater kann dir nicht helfen! Niemand kann dir helfen!« giftete der Verrückte oben. »Wenn ich dich nicht kriegen kann, kriegt dich niemand!«

»Das ist nicht Othello«, sagte Ratso. »Das ist O.J. Simpson.«

»Kommt aufs selbe raus«, sagte Brennan.

»Nicht ganz«, sagte ich. »Othello hatte mehr Klasse.«

»Wir müssen was tun«, sagte McGovern. »Die Bullen rufen.«

»Bis die hier sind, ist der in Chicago«, sagte Ratso.

»Da könntest du recht haben«, sagte Brennan. »Ich glaube, hier sind wir gefragt.«

»Wir sind immerhin zu viert«, sagte McGovern.

»Aber wir haben keine Kanone in der einen und kein Messer in der anderen Hand«, sagte Brennan.

»Aber wir müssen was tun«, sagte Ratso. »Wir können ihn doch nicht einfach entkommen lassen.«

»Du hast recht«, sagte ich.

»Wenn wir ihm zu nahekommen, müssen wir verdammt aufpassen«, sagte McGovern.

»Du hast recht«, sagte ich.

»Wenn wir ihm zu nahekommen, sind wir schön blöd«, sagte Brennan.

»Du hast auch recht«, sagte ich.

Fred Feuerstein ließ sich in seinem schaudererregenden Monolog nicht stören, und ich traf eine verhängnisvolle Entscheidung. Wenn wir ihn diesmal entkommen ließen, konnte es das nächste Mal zu spät sein. Ich ging zur Ecke neben dem Kühlschrank und kam mit meinem verstaubten alten Louisville-Slugger-Baseballschläger zurück.

»Zu den Waffen, meine Herren«, rief ich. »Das Wild ist auf.«

Die Katze sah uns erstaunt an, vielleicht war sie gespannt zu sehen, wie verrückt wir wirklich waren. Ratso ging zur Spüle und griff sich dort ein Küchenmesser. Brennan schwenkte sein bereits erwähntes Dreibein-Stativ. McGovern sah uns drei fragend an, dann schnappte er sich die leere Jameson-Flasche von der Anrichte.

»Okay«, sagte ich, als wir uns an der Tür sammelten. »Seid wachsam und auf der Hut. Das gleichzeitige Tragen von Kanone und Messer soll laut Rambam derzeit voll im Trend liegen. Er meint, das so was den Profi kennzeichnet.«

»Na toll«, sagte Ratso. »Wo zum Geier steckt Rambam eigentlich?«

»Auf Nazijagd in Kanada«, sagte ich.

»Worauf manche Leute so alles kommen, um sich vor einem Himmelfahrtskommando zu drücken«, sagte McGovern.

Der Empfänger war plötzlich verstummt. Wenn Fred Feuerstein nicht schon geflohen war, konnte es nicht mehr lange dauern, dachte ich mir. Wenn er uns noch in Winnies Loft in die Falle gehen sollte, mußten wir uns beeilen.

»Ratso«, sagte ich, »du kommst mit mir mit. Wir gehen die Treppe hoch und postieren uns vor der Tür. McGovern, du steigst mit Mick durchs Küchenfenster. Ihr geht die Feuertreppe hoch. Aber aufgepaßt. Auf dem Weg ist er das letzte Mal entkommen.«

»Danke für den Tip, Mann«, sagte McGovern.

»Okay«, sagte ich. »Auf geht's!«

Ein SEK ist ein SEK, auch wenn seine Mitglieder noch nie eine Fliege sekkiert haben. Man geht rein gefühlsmäßig in die Hocke, und auf einmal stimmt die Choreographie. Ich weiß nicht, ob es daran liegt, daß wir als Kinder in Amerika soviel ferngesehen haben, oder daran, daß wir uns als Erwachsene in Amerika bewußt sind, daß ein tödlicher Vergeltungsschlag jederzeit unmittelbar bevorsteht. Egal, warum, als Ratso und ich die Tür aufrissen, um dann SEK-mäßig die Treppe hochzustürmen, packte ich den Baseballschläger jedenfalls mit der Kraft und Intensität einer ertrinkenden Hexe.

Aus heiterem Himmel fiel mir ein Gespräch über den Baseballschläger wieder ein, das ich kürzlich mit Vinnie geführt hatte. Da hatte ich allerdings noch nicht ahnen können, daß dem je handgreifliche Auseinandersetzungen folgen sollten.

»Solche Holzschläger sind die besten«, hatte er gesagt.

»Die aus Metall magst du nicht?«

»Das sind die schlimmsten. Wenn man mit denen von irgendwas abprallt, tut man sich glatt selbst weh.«

»Wovon abprallt?«

»Schädeln, Armen, Beinen in der Regel. Wenn man jemandem den Schädel oder ein Bein mit einem Metallschläger zertrümmert, kann man sich selbst ziemlich schwere Verletzungen zufügen. Ein Holzschläger federt den Schlag ab. Wenn man damit sauber den Schädel trifft, hört man's richtig matschen.«

»Und das hast du wirklich schon gemacht?«

»Erst etwa zweihundert Mal. Aber immer nur mit einem Holzschläger. He, war doch bloß 'n Scherz.«

Ich bezweifelte aber, daß Vinnie nur gescherzt hatte. Jedenfalls wußte ich, daß Fred Feuerstein nicht scherzte. Was mir alles nur recht war. Ich selbst scherzte auch nicht mehr.

Der Flur im vierten Stock war so hell und wirkte so fröhlich wie ein südafrikanisches Kohlenbergwerk. Ratso und ich schlichen zur Tür von Winnies Studio, wo ich dann vorsichtig am Türknauf drehte. Anders als in der vergangenen Nacht war diesmal abgeschlossen.

»Was machen wir jetzt, Kinkstah?« fragte Ratso mit einem Bühnenflüstern, bei dem mir fast der Baseballschläger aus der Hand gefallen wäre.

»Wir könnten klopfen und ›Laß uns rein! Laß uns rein!‹ rufen. Dann kommt er wahrscheinlich zur Tür und sagt ›Nicht um die härlichste Haaresbreite.‹ Dann kann sich McGovern an ihn anschleichen und ihm die Jameson-Flasche über die Rübe ziehen.«

»Und wenn er die Tür mit einer Kanone und einem Messer in den Händen aufmacht?«

»Mit einer Kanone und einem Messer in den Händen *kann* man keine Tür aufmachen, Ratso.«

»Und was machen wir jetzt?«

»Na ja, McGovern und Brennan haben inzwischen reichlich Zeit gehabt, ihm den Fluchtweg über die Feuertreppe abzuschneiden. Ich schlage vor, wir spielen Polizei.«

Ratso war einverstanden, und so kam es denn auch. Wir hämmerten laut an die Tür und riefen »Aufmachen! Polizei!« – mit hoffentlich tiefen, schroffen und überzeugenden Stimmen, die einen gelangweilten Unterton von Immer-dieser-Büroalltag hatten.

Ratso hielt das Messer wie eine Figur aus der *West Side Story,* und ich packte den Baseballschläger noch fester, damit es auch wirklich matschte, wenn ich mit dem Ding den Kopf desjenigen traf, der uns öffnen mochte. Vielleicht war es ja Glück, daß uns niemand öffnete.

Es hing uns schon zum Hals raus, abwechselnd »Aufmachen! Polizei!« und »Polizei! Sofort aufmachen!« zu rufen, als ich im Loft eine Bewegung zu hören glaubte. Ich gab Ratso ein Zeichen, wir verstummten und lehnten uns lauschend an die Tür. Der Tür näherten sich eindeutig Fußschritte.

»Feuer einstellen«, sagte eine Stimme, die mir unbekannt vorkam. »Ich komme.«

Die Tür ging auf, und Ratso und ich hätten fast einen großen Mann über den Haufen gerannt, der beide Hände hoch erhoben hatte. In der rechten Hand steckte eine leere Flasche Jameson.

»Scheiße«, sagte McGovern. »Ich dachte, ihr wärt die Cops.«

»Und wir dachten, du wärst Fred Feuerstein«, sagte Ratso.

»Fred muß schon mit dem letzten Dinosaurier die Stadt verlassen haben, bevor wir ihm den Blitzkrieg erklärt haben«, sagte McGovern. »Wie ihr seht, hat er vor seinem Aufbruch wenigstens noch ordentlich das Licht ausgemacht.«

Ich tastete nach demselben Lichtschalter wie in der vergangenen Nacht und legte ihn um, sah daraufhin aber nur dieselbe düstere Landschaft wie zuvor. Was nicht sonderlich überraschen konnte, war der Boden doch mit Glasscherben übersät, die einst Lampen und Birnen gewesen waren. Das Licht aus dem Flur und von der Straße genügte jedoch, um das Ausmaß des Schadens ermessen zu können.

»Heilige Mutter Gottes«, sagte ich. »Hier sieht's ja aus wie im Kriegsgebiet.«

»Ich faß es einfach nicht, wie so ein Arsch die Nerven haben kann, an zwei aufeinander folgenden Abenden in dieselbe Wohnung einzubrechen«, sagte McGovern.

»Vielleicht kommt er sonst nicht viel unter Leute«, sagte Ratso, und wir folgten McGovern zum Schauplatz der Zerstörung, der einst ein Tanzstudio gewesen war.

»Wo ist Mick?« fragte ich.

»Der hat den Grenzschutz übernommen«, sagte McGovern. »Hör mal, Kink, glaubst du, daß Winnie die geringste Ahnung hat, wer der Typ ist?«

»Das müssen wir rausfinden, Watson«, sagte ich. »Wenn nicht, sind aller guten Dinge drei.«

»Moment mal, Kinkstah«, sagte Ratso, »ich dachte, *ich* bin Watson.«

»Du *bist* Watson.«

»Ich dachte, *ich* bin Watson«, sagte McGovern lachend.

»Du *bist* Watson.«

»Wir können doch nicht *beide* Watson sein«, sagte Ratso und steckte sich das Messer so umständlich wie ein jüdischer Pirat in den Gürtel.

»Natürlich könnt ihr das, mein lieber Ratso«, sagte ich. »Du bist Watson. McGovern ist Watson. Winnie ist Watson. Präsident Clinton ist Watson. Der chinesische Zwerg, der auf der Mott Street Pastelle malt, ist Watson. Die Welt ist Watson. Einzig Sherlock Holmes steht schmerzhaft allein am verwitterten, wurmstichigen Kreuz der Vernunft. Ehrlich, Sherlock Holmes ist der Jesus Christus des denkenden Menschen.«

»Danke, Seymour Glass«, sagte Ratso.

»Mick!« rief McGovern. »Komm raus! Die Japsen haben sich ergeben! Der Krieg ist aus!«

Plötzlich blendete im Halbdunkel ein weißglühender, atombombenartiger Blitz unsere Sinne. Vom Schlafzimmer her eilte eine dunkle Gestalt auf uns zu. In der einen Hand hielt sie eine Kamera, in der anderen ein Messer. Als ich merkte, daß es nicht Mick Brennan war, war es schon zu spät.

Ehe ich mich versah, flog eine Flasche Jameson auf mich zu, unmittelbar gefolgt von einem großen irischen Dichter, der an der Flasche hing. Damit stand nur noch Ratso zwischen dem Typen und der Tür, durch die dieser uns offenbar zu verlassen gedachte, wenn er noch denken konnte. Ich bekam ihn kaum zu sehen, weil McGovern mit rund hundertsechzig Stundenkilometern auf mich zukam, zu Boden stieß und wie ein Quarterback im Football unter sich begrub. Ich lag zwar ganz unten, konnte aber noch hören; was ich hörte, haute mich allerdings noch mehr um.

Ich habe mal ein Interview mit Terry Bradshaw gesehen, dem großen alten Mann der Pittsburgh Steelers, in dem es um seine Eindrücke des Spiels ging, das als »Franco Harris' Unbeflecktes Fängnis« in die Sportgeschichte einging. Für Nicht-Football-Fans sei gesagt, daß Bradshaw in der letzten Spielminute ein langer, spielentscheidender Paß gelungen war, aber nach der Ballabgabe hatten mehrere gegnerische Spieler ihn unter sich begraben. Bradshaw wußte nicht, daß der Ball vom Helm des einen Mitspielers abgeprallt, von der Brust des zweiten abgelenkt worden und unglaublicherweise dem Pittsburgher Franco Harris, der das Spiel eigentlich nur von fern verfolgte, direkt in die Arme geflogen war. Harris brachte mit dem Ball eine Strecke von rund dreißig Yard hinter sich und entschied das Spiel zu jedermanns Erstaunen für die Steelers.

Der auf dem Rücken liegende und von ungefähr zwölf McGoverns bedeckte Bradshaw sah zwar nichts, hörte aber das Getöse der heimischen Menge, das ihm verriet, daß sein Paß Erfolg gehabt haben mußte. Und als er die Menge hörte, so Bradshaw, sei ihm nur ein Gedanke durch den Kopf gegangen: »Bradshaw, du alter Schlawiner, das haste doch wieder mal geschickt eingefädelt.«

Das ist Footballjargon für einen perfekten Paß. Wenn Ihr Leben nicht sinnentleert genug ist, um Sie zu einem Anhänger des Profi-Football gemacht zu haben, ist das weder von großer Bedeutung noch besonders komisch. Ich selbst war nie ein großer Footballfan; ich schau mir aber gern an, wie die Feldspieler Haufen bilden.

Die Pointe dieses einschläfernden Dole-Kemp-Football-Vergleichs bezieht sich nicht auf das nicht Gesehene, sondern auf das Gehörte. Wenn man nichts sehen kann, prägt sich einem alles ein, was man hört. Ich hörte die Flüche des fliehenden Einbrechers. Ich hörte, wie er durchs Loft und weiter zur Tür hinauslief. Und ich hörte Ratso, der mit seltsam erstickter Stimme rief: »Mein Gott! Ich bin erstochen worden!«

28

»MIR DOCH SCHNURZ, ob ich *er*stochen oder *ge*stochen worden bin«, sagte Ratso später, als er sich unten auf meinem Sofa erholte. »Ich will wissen, ob die Watson-Krankenversicherung Verletzungen abdeckt. Und welche.«

»Bei einer so gravierenden Verletzung müssen Sherlock und ich erst mal deine Versicherungspolice unter die Lupe nehmen«, sagte McGovern, der Ratso verbunden hatte.

»Und was ist mit mir, Kumpel?« rief Brennan aus der Küche, wo er alle Hände voll damit zu tun hatte, sich meine frisch aufgestockten Alkoholvorräte hinter die Binde zu kippen. »Ich hab auch Anspruch auf die Watson-Krankenversicherung. Der Typ im Schlafzimmer hat mich immerhin bewußtlos geschlagen. Ich war eine halbe Stunde lang völlig weggetreten.«

»Du bist schon dein halbes Leben völlig weggetreten«, sagte McGovern.

»Red keinen Scheiß!« sagte Brennan. »Das Ganze wäre nicht passiert, wenn du nicht die Schnapsidee gehabt hättest, mich ins Schlafzimmer zu schicken, statt es selber zu überprüfen.«

»Aber er ist nicht *gestochen* worden, Kinkster!« sagte Ratso und richtete sich auf dem Sofa melodramatisch auf. »Ich bin *gestochen* worden! Zählt das denn nicht?«

»Natürlich zählt das, mein lieber Ratso«, sagte ich begütigend. »Ich möchte dir bloß klarmachen, daß die Watson-Krankenversicherung bisher nur selten mit Menschen zu tun hatte, die sich den Hintern verletzt haben, weil sie sich auf das eigene Messer gesetzt haben. Wir werden gelegentlich auf die Angelegenheit zurückkommen. Jetzt beschreib mir aber bitte noch einmal den Angreifer.«

»Ich hab dir den ganzen Scheiß doch schon erzählt, Kinkstah. Also ich würde sagen, der Typ ist in den Dreißigern. Er hat eine Lone-Ranger-Maske getragen. Groß, normal gebaut, dunkle Haare. Für euch Texaner würde man sagen, er hatte einen New

Yorker Akzent, allerdings einen anderen als den, wo ich herkomme. Möglicherweise kommt er aber aus der Nachbarschaft.«

»Ein Jammer, daß wir nicht Professor Higgins zur Hand haben, um den Arsch festzunageln«, sagte ich.

»Er ist mit dem Messer voll auf mich losgegangen«, sagte Ratso. »Ich versteh bloß nicht, warum er mich nicht umgebracht hat.«

»Ganz einfach, mein lieber Ratso«, sagte ich. »Dich will er nicht umbringen.«

Zur Cinderellazeit waren McGovern und Brennan längst gegangen, und Ratso pennte in Bauchlage auf dem Sofa, da rief auf einmal Stephanie an. Winnie und sie seien gerade zurückgekommen und hätten das Schlachtfeld des Tanzstudios besichtigt. Ich sagte, ich käme sofort hoch, ob sie nun wollten oder nicht, worauf sie »nicht« sagte. Ich sagte, ich käme trotzdem. Als ich das Loft verließ, schlief Ratso wie ein Murmeltier, und die Katze betrachtete ihn mit scheelem Blick. Ich übergab ihr die Verantwortung.

»Ich muß erst mal kieken, was die Küken machen«, sagte Stephanie an der Tür von Winnies Loft.

»Pyramus und Thisbe?«

»Andere Küken hab ich doch nicht, Arschgesicht. Baby Savannah kommt erst in ein paar Tagen.«

»Ich dachte bloß, du hättest vielleicht auch ein paar zweibeinige Küken bei dir.«

»Sehr witzig. Red lieber mit Winnie. Sie wartet in der Küche auf dich.«

»Fehlt ihr was?«

»Nein, Arschgesicht. Jemand hat gerade ihre Wohnung platt gemacht. Wäre sie früher nach Hause gekommen, hätte dieser Jemand wahrscheinlich sie kaltgemacht.«

»Glaub ich nicht.«

»Das hört sie bestimmt gern, Pirschpinsel.«

»Wie verkraftet sie's?«

»Besser als jeder Mann, den ich kenne«, sagte Stephanie und marschierte dann über den Flur zu ihrer Wohnung.

Winnie saß in der Küche, trank ihren Kräutertee und rauchte

eine Players. In ihren Augen blitzte es, und ihre Stimme war kräftig.

»Setz dich«, sagte sie. »Tut mir leid, daß hier so ein Saustall herrscht.«

»Er ist durch die Tür reingekommen, Winnie«, sagte ich und zog mir einen Stuhl heran. »Hat das Schloß geknackt.«

»Ich weiß langsam echt nicht mehr, wozu Schlösser in New York gut sein sollen.«

»Für Besichtigungen«, sagte ich.

Winnie lachte kurz, gedankenlos und traurig. »Kann man wohl sagen«, sagte sie. »Warum will mir der Typ wohl ans Leder?«

»Das möchte ich gerade rausfinden. Bist du dir wirklich sicher, daß du den Typen nicht kennst, nachdem was inzwischen alles passiert ist?«

»Ich hab ihn noch nie im Leben gesehen.«

»Warum trägt er dann eine Maske?«

»Jeder trägt eine Maske.«

»Verstehe.«

»Keine Ahnung.«

»Was könnte er bei dir im Schlafzimmer gesucht haben? Er hat alle Schubladen rausgerissen und Schränke durchwühlt, als würde er etwas suchen.«

»Ich habe keinen blassen Schimmer. Aber egal, was es ist, ich hoffe, er findet es, bevor er mir meine Schülerinnen vertreibt und mich wahnsinnig macht. Glaub mir, Kinky, wenn ich wüßte, wer das sein könnte oder warum er mir das antut, dann würde ich's dir sagen.«

»Eins muß man ihm lassen. Der Mistkerl hat echt Nerven. In zwei aufeinander folgenden Nächten an denselben Ort zurückzukehren, das heißt wirklich, alle Vorsicht in den Wind zu schlagen. Wenn er jetzt noch mal kommt, obwohl er inzwischen wissen müßte, daß wir Wachen aufstellen, dann will er Blut sehen.«

»Und was soll frau jetzt machen?«

»Das wichtigste ist, daß du mit mir zusammenarbeitest und mir hilfst, ihn zu fangen. Wir hätten ihn heute abend fast erwischt. Als er weggerannt ist, haben wir noch seine Lone-Ranger-Maske erkennen können.«

»Grüß dich, Silberstreif am Horizont.«

»Kann ich dir ein paar persönliche Fragen stellen?«

»Ich schnall mich schon mal an.«

»Wie lange bist du schon lesbisch?«

»Ich bin lesbisch auf die Welt gekommen. Ich hab's nur nicht gleich gemerkt.«

»Aber du hattest Beziehungen mit Männern.«

»Jedenfalls nicht mit Fred Feuerstein.«

»Woher willst du das wissen? Er hatte schließlich eine Maske auf.«

»Weibliche Intuition.«

»Das ist eine sexistische Bemerkung.«

»Ich *bin* Sexistin. Was dagegen?«

»Nein. Jeder ist ein Sexist, und jeder trägt eine Maske. Aber nicht jeder wird von einem geheimnisvollen Amokläufer verfolgt. Ist es denkbar, daß da draußen irgendwo ein verlorengegangener Liebhaber rumläuft, den du längst vergessen hast?«

»Auch das könnte für so jeden und alle gelten. Jede, die ich je geliebt habe, ist irgendwie verlorengegangen. In der Vergangenheit oder in der Zukunft. Und: Nein, ich habe keine davon vergessen.«

»Du bist mir ja 'ne ganz schlaue Braut.«

»*Das* ist eine sexistische Bemerkung. Sonst noch Fragen, bevor du gehen möchtest?«

»Du und ich hatten mal ein Techtelmechtel.«

»Das ist keine Frage, außerdem klingt es bei dir nach mehr, als es war. Und drittens habe ich es nicht vergessen. Eher verdrängt.«

»Wenigstens bin ich nicht der einzige Grund, daß du heute lesbisch bist.«

»Dafür kannst du dir weder Komplimente noch Vorwürfe machen. Du warst nicht mein erster Cowboy, und das hier ist nicht mein erstes Rodeo. Wenn Gott nicht gewollt hätte, daß ich werde, was ich bin, hätte Sie mich nicht so erschaffen. Der letzte Mann, den ich wirklich geliebt habe, war mein Dad. Er hat mich zu einem richtigen Wildfang erzogen, und von da an hab ich improvisiert.«

»Amelia Earhart wurde von ihrem Vater auch zu einem Wildfang erzogen, wußtest du das?«

»Wetten, heute wäre sie lesbisch?«

»Das ist nicht gesagt. Die hatte doch ständig den Steuerknüppel zwischen den Beinen.«

»Daß Männer einem immer so auf den Keks gehen müssen.«

»Okay, für heute sind wir fast durch, aber erzähl mir doch noch was von dir und deinem Dad.«

»Da gibt's nicht viel zu sagen. Ich durfte anziehen, was ich wollte. Er hat mich so genommen, wie ich war. Sonntags sind wir immer zum Angeln gegangen und nicht in die Kirche. Er ist gestorben, als ich zwölf war.«

»Und was wurde aus dem Wildfang?«

»Der wurde erwachsen. Oder vielleicht auch nicht. Erinnerst du dich an die Passage in *Huckleberry Finn,* wo Huck auf der Flucht ist und sich verkleiden muß?«

»Klar. Er verkleidet sich als Mädchen.«

»Das bin ich.«

29

ZWEI TAGE SPÄTER, an einem kalten grauen Donnerstagmorgen war Ratsos Hintern wieder soweit hergestellt, daß er das Dasein als meine Hauspest beenden und nach Hause gehen konnte. Die Katze war natürlich in schamloser Hochstimmung, aber Ratso hatte sich überraschenderweise als vorbildliche Hauspest erwiesen. Mit einem großen Take-away-Gericht von Big Wong's versorgt, hatte er es sich auf dem Sofa eingerichtet und das Abhörgerät überwacht, wenn ich mal weg war oder schlief, und eins von beidem war während seines Aufenthalts meist der Fall.

Von Cops wollte Winnie noch immer nichts wissen. Sie hatte mir die Aufgabe anvertraut, Fred Feuerstein zu schnappen, und diese Bürde trug ich nun wie einen großen Albatros um den Hals.

Ich hatte allerdings einige Vorkehrungen getroffen. Auf einem freudianischen Feld meines fiebernden Gehirns hatte ich sogar den Sprößling eines kleinen Plans angepflanzt. Feuerstein oder der Lone Ranger – oder wessen Maske er beim nächsten Mal auch tragen würde – war nur zu fassen, wenn wir ihm eine Falle stellten. Nur daß ich ihm keine richtige Falle stellen konnte, solange ich nicht wußte, wer er war. Und wer er war, konnte ich nur dann erfahren, wenn ich wußte, hinter wem oder was er her war.

Eine Falle konnten wir ihm erst stellen, wenn unsere Feuerkraft der seinen mindestens gewachsen war. Das hieß, wir mußten warten, bis Rambam ein paar Tatternazis um die Ahornbäume herumgejagt hatte und nach New York zurückgekommen war, was meiner Schätzung nach im Lauf des Wochenendes der Fall sein mußte. Bis dahin wollte ich die Identität des geheimnisvollen Eindringlings aufgeklärt haben. Mein erster Arbeitsschritt bestand in einem Anruf bei McGovern.

»Na, wie geht's meinem Lieblings-Watson denn?« erkundigte ich mich, als ich ihn an der Strippe hatte.

»Besser als deinen anderen Lieblings-Watsons«, sagte er. »Zumindest sind mein Arsch und mein Schädel in besserer Verfassung. Nur wegen Winnie mach ich mir echt Sorgen. Wie beschützt du sie denn momentan?«

»Ich laß den Empfänger rund um die Uhr an. Wir telefonieren regelmäßig. Und wir haben ein Notrufsignal sowie ein Dreimal-auf-den-Boden-Stampfen à la Tony Orlando vereinbart für den Fall, daß sie mich braucht.«

»Eine Art Lesbe-in-Trouble-Hotline.«

»Genau. Paß mal auf, McGovern, ich brauche ein paar Informationen, und die kannst du mir vielleicht am besten besorgen. Meinst du, du kriegst Namen, Geburtsdaten und ein bißchen was über die Biographien von Winnies Mädchen raus?«

»Puh, da laufen doch bestimmt dreißig Bräute rum. Ich dachte, ich soll bloß Winnie interviewen.«

»Der Auftrag hat sich geändert.«

»Ich hab das im Urin, wenn du eine heiße Fährte verfolgst. Das ist wichtig, oder?«

»Es könnte von höchster Bedeutung sein, Watson. Es könnte dazu beitragen, die Ermittlung abzuschließen.«

Nachdem ich aufgelegt hatte, sagte ich zur Katze: »Es könnte natürlich auch ein Haufen Scheiße sein.«

McGovern hatte versprochen, mir die Informationen so schnell wie möglich zu besorgen. Bis dahin konnte ich nur hoffen, daß ich auf dem richtigen Weg war. Wenn ich nämlich auf dem Holzweg war, steckte Winnie vielleicht in noch größerer Gefahr als sowieso schon. Ihr Verfolger hatte zwar kaum Hinweise auf seine Identität hinterlassen, aber immerhin ein paar rote Fäden, an denen ich mich hoffentlich aus dem Labyrinth heraushangeln konnte.

In der Lesbenangelegenheit war ich vorläufig zum Nichtstun verurteilt, also sagte ich mir, aus lauter Jux und Tollerei könnte ich mich ja wieder hinter die faszinierende Denksportaufgabe klemmen, wie Babyhyäne die Löffel abgegeben haben konnte, bevor ich sie vor der Bank gerettet hatte. Inzwischen ließ sich gar nicht mehr sagen, ob und wann Vinnie und Gepetto zur Arbeit auftauchen würden, aber das kratzte mich nicht weiter. In ihrer Gegenwart war es sowieso tunlichst zu vermeiden, auch nur den Namen Tortellini in den Hörer zu flüstern.

Erst hatte es den Anschein, als würde ich der älteste Jude von Manhattan werden, bevor ich das älteste katholische Krankenhaus von Brooklyn gefunden hatte, aber ganz so lange dauerte es dann doch nicht. Noch vor Gary-Cooper-Zeit hatte ich die Telefonnummer des ältesten Krankenhauses sowie des zweit- und drittplazierten. Ich konnte wohl davon ausgehen, daß dreißig Jahre alte Unterlagen noch existierten; das Problem bestand eher darin, diese einschüchternden Institutionen dazu zu bringen, sie einem Laien wie mir preiszugeben, schließlich war ich weder Arzt noch Priester – und wollte auch keines von beidem werden, wenn ich mal groß war.

»Unsere Liebe Frau von der Kniescheibe«, sagte die Stimme am Telefon. »Schwester Fra Diavolo am Apparat.«

»Dr. Jack Finkelstein aus Dallas«, sagte ich so vielbeschäftigt und geschäftsmäßig wie möglich. »Ich brauche einen bestimmten Knochenmarksausstrich, und Southwest Airlines hat es geschafft, mein Gepäck zu verlieren, das natürlich auch die Patientenakte enthalten hat ...«

»Ich verbinde Sie mit der Dokumentation, Doktor.«

»Danke.«

Ich wartete kurz, dann brach die Verbindung ab.

»Sieht so aus, als hätte Kent Perkins' Plan gerade einen Fehlstart hingelegt«, sagte ich zur Katze und nahm eine frische Zigarre aus Sherlocks Kopf. Dann wählte ich noch einmal die Nummer vom Krankenhaus.

»Unsere Liebe Frau von der Kniescheibe«, sagte die Stimme. »Schwester Mary Spumoni am Apparat.«

»Was ist denn aus Schwester Fra Diavolo geworden?« fragte ich.

»Die ist zu Tisch. Kann ich Ihnen weiterhelfen?«

»Das hoffe ich doch«, sagte ich. »Dr. Jack Finkelstein aus Dallas. Uns wird die Zeit für ein Blutbild knapp. Können Sie mich bitte mit der Dokumentation verbinden?«

»Natürlich, Doktor.«

Diesmal wurde ich schneller weiterverbunden, als ich meine kubanische Zigarre beschneiden konnte. Das konnte mir aber nur lieb sein, zwar war ich erst seit fünf Minuten Dr. Jack Finkelstein, aber schon meldete sich der jüdische Selbsthaß.

»Dokumentation«, sagte eine ältere Stimme. »Schwester Constance Rigatoni.«

»Schwester, hier ist Dr. Jack Finkelstein vom B'nai Ahasueras in Dallas. Wir brauchen dringend die Blutbildanalyse eines Patienten. Ich suche die Bestätigung, daß die Schwester meines Patienten lebend geboren wurde, um eine Übereinstimmung des Knochenmarksausstrichs zu bekommen.«

»Und die Schwester ist in unserem Krankenhaus zur Welt gekommen?«

»Ganz recht, Schwester.«

»Wann fand die Geburt stand?«

»Vor etwas über dreißig Jahren.«

»Sagten Sie dreißig, Dr. Finkelman?«

»›... stein‹ bitte, ›... stein‹, Finkel*stein.* Ja, vor dreißig Jahren, Schwester.«

»Unsere Unterlagen reichen nur fünfundzwanzig Jahre zurück. Da muß ich sie mit dem Archiv verbinden, Dr. Fink...«

Ich wurde in eine Warteschleife geschickt.

»Stein, stein, Finkel*stein«,* sang ich die Katze an. »Ist das denn so schwer?« Ich überlegte gerade, ob Juden öder waren als Katholiken oder Katholiken öder als Juden, als sich das Archiv meldete. Diesmal klang die Stimme der dortigen Schwester so alt, daß ich fast Angst hatte, sie wäre tot.

»Archiv«, sagte sie. »Schwester Ulalia Eucharist. Spreche ich mit Dr. Finkelstein?«

»Nein, ich bin Dr. Felch von den *Catholic Services.* Ich arbeite mit Dr. Finkelstein zusammen, der ist aber gerade in den OP geholt worden.«

»Was kann ich für Sie tun, Dr. Felch?«

»Wir benötigen Informationen über einen vor ein- bis zweiunddreißig Jahren geborenen weiblichen Säugling; wir brauchen den Knochenmarksausstrich um ihn mit dem ihres Bruders, unseres Patienten, abzugleichen. Dieser ist sechzehn oder siebzehn Jahre älter als seine Schwester und vor ihrer Geburt zu Hause ausgezogen. Er hat sich für einen alternativen Lebensentwurf entschieden und dann den Kontakt zu seiner Familie verloren, so daß er weder den Vornamen seiner Schwester noch ihren gegenwärtigen Wohnort kennt. Der Familienname ist Tortellini. Es handelt sich um eine äußerst dringende Angelegenheit. Es geht um Leben und Tod. Könnten Sie wohl bitte in Ihren Akten nachsehen, ob vor etwas über dreißig Jahren eine Tortellini geboren wurde? Ich kann Ihnen gar nicht sagen, welch ein Segen es wäre, wenn Sie die entsprechende Akte fänden.«

Schweigen in der Leitung. Womöglich war Schwester Ulalia eingeschlafen. Die Katze war jedenfalls eingedöst. Es war ein langes und nicht ganz einfaches Ersuchen gewesen, und ehrlich gesagt empfand auch ich gehörigen Ennui. Schwester Ulalia sagte noch immer kein Wort.

»Schwester?« sagte ich.

Im Hintergrund hörte ich ein Husten, weshalb ich annahm, daß sie noch am Leben war.

»Schwester?«

Ich hörte, wie sich quietschende alte Aktenordner öffneten und schlossen, und nahm an, daß sie noch auf den Beinen war. Ich paffte meine Zigarre und wartete geduldig. Am Leben und auf den Beinen sollte mir genügen.

Nach in etwa der Länge der spanischen Inquisition kam sie wieder ans Telefon.

»Ist nun Dr. Felch oder Dr. Finkelstein am Apparat?« fragte sie.

»Dr. Felch.«

»Ich glaube, ich habe das Gesuchte gefunden, Dr. Felch, es ist uns allerdings untersagt, solche Einzelheiten telefonisch weiterzugeben.«

»Natürlich, Schwester. Mit Ihrer Erlaubnis komme ich dann am Nachmittag vorbei, um die Übereinstimmung des Ausstrichs zu prüfen.«

»Gern, Dr. Felch. Sagten Sie, Sie seien von den *Catholic Services?«*

»Ganz recht, Schwester.«

»Und Sie sind rechtgläubig?«

»Ja, Schwester.«

»Könnten Sie Dr. Finkelstein dann in meinem Namen eine Frage stellen?«

»Das will ich gern tun, sobald er aus dem OP kommt. Worum handelt es sich denn?«

»Warum hat sein Volk unseren HErrn umgebracht?«

30

DIE MEISTEN TAXIFAHRER in Manhattan fahren ungern nach Brooklyn. Meist trifft sich das auch ganz gut, weil die meisten Leute in Manhattan nämlich gar nicht nach Brooklyn wollen. Wenn man also in Manhattan ist und den unnatürlichen Drang verspürt, eine Taxifahrt nach Brooklyn zu unternehmen, dann kann die Sache ziemlich knifflig werden. Hält man einfach ein Taxi an und sagt »Brooklyn«, bekommt man unweigerlich zu hören »Ich hab gerade dienstfrei«, jedenfalls wird der Fahrer das sagen, wenn er ausreichend Englisch kann. Man muß also erst ins Taxi steigen, die Tür hinter sich schließen und sich hinsetzen, wenn man überhaupt eine Chance haben will. Der Fahrer wird sich berechtigterweise Sorgen machen, daß man in Brooklyn aussteigt und er dann ohne Fahrgast nach Manhattan dasteht. Bittet man ihn, auf einen zu warten, um später dann mit ihm zurückzufahren, stellt man die eigene Glaubwürdigkeit auf eine harte Probe. Am Ende läuft es darauf hinaus, daß man ihm den erstgeborenen Sohn versprechen, ihm eine Menge Geld geben und während der Fahrt nach Brooklyn zuhören muß, wie er ununterbrochen stänkert. Ich habe mir sagen lassen, daß es im Eheleben nicht anders aussieht.

Vinnie und Gepetto trudelten gerade zur Arbeit ein, als ich mir Hut und Mantel schnappte, um dann noch mal in Sherlocks Kopf zu greifen, um mich mit Zigarren für unterwegs einzudecken. Ich sagte ihnen natürlich nicht, wo ich hinwollte, schließlich wollte ich nach meiner Rückkehr keinen Kamin in meinem Bett vorfinden. Zwischen den beiden italienischen Handwerkern und mir hatte sich jedoch ein seltsames Vertrauensverhältnis entwickelt. Ich hatte Vinnie sogar einen Schlüssel zum Loft gegeben. Diese Geste galt primär seiner engen Beziehung zur Katze. Es verringerte aber auch die Verschleißerscheinungen des Puppenkopfes, zu dem Vinnie inzwischen ebenfalls eine enge Beziehung hatte.

Enge Beziehungen zu Katzen und Puppenköpfen waren wahrscheinlich etwas Krankhaftes, dachte ich, darum aber nicht unbedingt etwas Schlechtes, Anwesende sowieso immer ausgenommen. Anwesend war in diesem Fall ein Taxifahrer aus Pakistan. Auch er wollte nicht nach Brooklyn und zeigte seinen Unwillen, indem er genauso rücksichtslos fuhr wie alle anderen und über Funk mit irgendwem ein langes, lautes, nervendes Gespräch auf Pakistanisch führte. Als wir zur Williamsburg Bridge kamen, quasselte er immer noch auf den anderen ein, was mir langsam ernsthaft auf den Zeiger ging.

»Komm schon, Mann, du bist in Amerika«, sagte ich. »Sprich Spanisch.«

Alle Krankenhäuser auf der Welt haben zwei Dinge gemeinsam. Erstens: Alle riechen wie Krankenhäuser; zweitens: Bleibt man lange genug dort, stirbt man dort. Bleibt man lange genug, stirbt man allerdings an vielen Orten. Bei einer Bar-Mizwa-Party oder der Hauptversammlung einer Wohnungseigentümergemeinschaft kann man beispielsweise an Langeweile sterben. Aber die wenigsten Orte haben diesen allgegenwärtigen, alles durchdringenden, eigentümlich aseptischen Geruch nach abgestandenen Fürzen, abgestandenem Parfum, verwelkenden Blumen und verwelkenden Menschen.

Zum Glück wollte ich in diesem Krankenhaus nicht so lange bleiben, bis ich über den Jordan ging. Ich brauchte nur ein paar Minuten für die Akte Tortellini und wollte dann schneller verschwinden, als ein Arzt brauchte, um zu einer Partie Golf aufzubrechen.

Als Sicherheit hinterließ ich dem Pakistani meinen Cowboyhut, umging dann die Anmeldung per ambulanten Bypass und schaute gleich auf einen Sprung im Pausenraum der Ärzte vorbei. Auf einem der Tische lag ein Stapel picobello gebügelter hellgrüner OP-Kleidung und komischer kleiner hellgrüner Doktorhüte oder Chirurgenhelme oder was man halt so trägt, wenn man der Schwester in den Hintern zwickt und »Skalpell!« schreit.

Sich als Doktor auszugeben ist weniger gravierend, als sich als Cop oder Frau auszugeben, jedenfalls solange man keine Rezepte ausstellt und nicht versucht, eine Herztransplantation bei einem Blechholzfäller im Lande Oz vorzunehmen oder einem Patienten die Brieftasche zu amputieren. Ich verließ eilig wieder den Pausenraum und stellte schon bald fest, daß ich mich mit einer gewissen Aura der Aufgeblasenheit durchs Krankenhaus bewegte. Ein wie ein Yuppiepullover um den Hals baumelndes Stethoskop wäre noch nett gewesen, aber man kann ja nicht alles haben.

Dr. Felch brauchte nicht lange, um im staubigen alten Gebäudekeller Schwester Ulalia Eucharist und das Archiv zu finden. Sie sah aus wie Schnitter Tod, der seine Sense verloren hatte. Ich bewunderte es, daß sie nach all den Jahren und in Anbetracht ihres klapprigen Zustands nicht schlappmachte. Zu den besten uns bekannten Raketentreibstoffen für Menschen zählt institutionalisierte Ignoranz. Keine Ahnung, warum Jack Finkelsteins Volk ihren HErrn umgebracht hatte. Vielleicht wegen der Lebensversicherung. Der erste Fall von jüdischem Blitzschlag. Vielleicht war es auch ein perverses soziales Experiment gewesen, mit dem man herausfinden wollte, ob Schwester Ulalia einige Jahrtausende später ihr Leben damit verbringen würde, die Juden im Ganzen zu hassen, während sie gleichzeitig einen bestimmten davon anbetete.

Es bereitete der guten Schwester keine Schwierigkeiten, Dr. Felch die Akte Tortellini auszuhändigen. Das Konvolut war vergilbt und staubig und sah aus wie die Magna Charta, die mit dem falschen Bein aufgestanden war. Aber sie enthielt die Einzelheiten, deretwegen Dr. Felch gekommen war. Das kleine Mädchen war am 23. Juli 1964 zur Welt gekommen. Ein kosmischer Zufall, dachte Dr. Felch, denn der 23. Juli war auch Don Imus' Geburtstag. Es war auch Kacey Cohens Geburtstag. Vielleicht handelte es sich doch nicht um jüdischen Blitzschlag, überlegte er, als ihm aufging, unter welchem Unstern die Geburt von Babyhyäne stand. Natürlich hieß sie in Wirklichkeit nicht Babyhyäne. Sie hieß Genovese Maria Tortellini. Und der Priester, der bei der Geburt den Vorsitz geführt hatte und zweifellos am dritten Tage aufgestanden war, um den Säugling mit Weihwasser zu bespritzen, war Father Patrick O'Sullivan gewesen.

31

»SO WAS KANN HALT PASSIEREN, wenn man Windmühlen jagt«, sagte ich.

»Das kann auch passieren, wenn man Nazis jagt«, sagte Rambam.

Der kalte Samstagnachmittag war noch jung, Rambam war gerade aus Kanada zurückgekommen, und wir besprachen gerade, wie man Fred Feuerstein lebend schnappen und wie man beweisen konnte, daß Genovese Maria Tortellini tot war.

»Babyhyäne finde ich immer noch besser«, sagte Rambam.

»So heißt sie aber nicht. Ihr Name ist – oder war – Genovese Maria Tortellini.«

»Mann, ist das ein Zungenbrecher«, sagte Rambam. »Aber versteif dich lieber nicht darauf, daß sie wirklich lebt. Wahrscheinlich ist sie längst Wurmfutter in irgendeiner Familiengruft. Wenn Joe-die-Hyäne behauptet, daß seine Tochter tot ist, welches Recht haben wir dann, das anzuzweifeln?«

»Ich habe nie behauptet, sie wäre noch am Leben. Gönn mir doch mein kleines Hobby. Es ist schließlich mein einziges Hobby ...«

»Und das Zigarrerauchen?«

»Das ist kein Hobby, das ist eine Religion. Also, ich möchte bloß herausfinden, ob Babyhyäne ...«

»Genovese Maria Tortellini.«

»Meinetwegen. Ich möchte bloß herausfinden, ob Genovese Maria Tortellini drei Jahre, bevor ich sie vor einem Straßenräuber gerettet habe, gestorben ist, wie Vinnie behauptet, und warum Joe-die-Hyäne dann ewige Dankbarkeit bekundet und mir diese Espressomaschine geschickt hat, aus der wir gegenwärtig Nektar schlürfen.«

»Du schlürfst. Ich nippe. Außerdem hat er keine ewige Dankbarkeit bekundet. In der Mafia gibt es keine Ewigkeit. Da gilt: Wie gewonnen, so zerronnen; und glaub mir, meistens zerrinnt es. Dein kleines Hobby hat allerdings meine Neugier angestachelt.«

»Als du weg warst, hab ich mit Kent Perkins in L.A. gesprochen. Er hat den Vorschlag gemacht, den Priester zu finden und dazu zu bringen, uns von seinen Schäfchen zu erzählen.«

»Bei allem Respekt für Kent: Patrick O'Sullivan zu finden dürfte zwar ein Kinderspiel sein, ihn zum Reden zu bringen aber eine harte Nuß. Vergiß nicht, so sehr sie es mit Religion kaschieren, diese Schäfchen bleiben Hyänen. Ist Kent katholisch?«

»Südstaatenbaptist.«

»Jacke wie Hose. Alles *Gojim.* Tja, ich wäre bei der ganzen Sache zwar anders vorgegangen, aber da es dein einziges Hobby zu sein scheint, werde ich mitspielen. Aber nicht vergessen, ein Priester gehört bei denen praktisch zur Familie. Wenn der Lunte riecht, kannst du dich also auf einen Besuch von Joe-die-Hyäne gefaßt machen, und dann will er bestimmt nicht nur kontrollieren, ob die Arbeit an der Decke vorangeht.«

»Apropos, wie du siehst, ist die Decke fast fertig. Und als nächstes bauen Vinnie und Gepetto auf Joes Rechnung noch einen Kamin ein.«

»Das wird ja immer schöner. Dann ist es um so wichtiger, daß uns Father O'Sullivan nicht auf die Schliche kommt. Wenn nämlich doch, und wenn Joe-die-Hyäne dadurch herausfindet, daß wir hinter seinem Rücken in irgendwelchen Familiengeheimnissen rumschnüffeln, dann ist Schluß mit lustig. Dann wird er nämlich denken, so also bekunden Jewboys ihre Dankbarkeit ...«

»Dankbarkeit wofür? Für eine Espressomaschine und einen Kamin? Ich habe seine Tochter gerettet, schon vergessen?«

»Nein, ich erinnere mich. Aber frag dich mal, wie wichtig dir dein kleines Hobby ist.«

»Mein Hobby ist mein Leben.«

»Darauf könnte es hinauslaufen. Stell dir noch eine Frage. Was würden wir beide mehr genießen: An einem kalten Winterabend hier am Kamin zu sitzen und Espresso zu nippen ...«

»Oder?«

»Oder in zwei baugleichen Mietkofferräumen am Flughafen JFK zu liegen?«

»Jetzt malst du aber den Teufel an die Wand. Ich muß mich doch sehr wundern, daß ein großer alter Nazijäger wie du dermaßen nervös wird, wenn es um eine kleine verdeckte Ermittlung bei einem katholischen Priester geht.«

»Ich hab nicht gesagt, daß ich nicht mitmache«, sagte Rambam. »Ich hab nur gesagt, daß sich dein kleines Hobby als hundsgefährlich erweisen könnte.«

Als der Nachmittag kälter und dunkler wurde, entlockte ich dem glänzenden Teil, das den größten Teil meiner Küche und neuerdings meines Lebens einnahm, noch ein paar Runden Espresso. Ich berichtete Rambam vom »Rückkehr des Lone Ranger«-Vorfall Anfang der Woche, den er ganz lustig fand, besonders den Teil mit Ratso, der sich mit einem Küchenmesser in den Hintern gepikst hatte.

»Ab jetzt heißt es im wesentlichen warten«, sagte ich. »Ich habe McGovern einen wichtigen Auftrag gegeben, ich lasse Winnie nicht aus den Augen, und sie kooperiert. Mir schwant, daß sich die Dinge bald zuspitzen werden, aber wenn wir uns den Typ schnappen wollen, brauch ich unbedingt deine Hilfe.«

»Ach du meine Güte«, sagte Rambam. »Krieg ich dafür Geld?«

»Münze des Geistes, mein Freund.«

»Dafür, daß ich einer einsamen Lesbe in Lower Manhattan helfe?«

»Nein«, sagte ich, »dafür, daß du einem einsamen Jewboy am Arschloch des Unteren Pavians hilfst.«

»Apropos Arschloch des Unteren Pavians, wir haben in Kanada ein paar alte Männer aufgestöbert, die sich die Schuhe immer noch mit kleinen Nazis zubinden. Viele von denen haben Hunderte von Juden- und Zigeunerkindern in Gräben erschossen. Sie haben sich eines schönen Lebensabends erfreut, jedenfalls bis Joey Schacter und ich des Weges gekommen sind. Hatte ich, glaube ich, schon erzählt: Die waren dermaßen davon überzeugt, niemand würde sich je mit ihnen anlegen, daß sie nicht mal ihre Namen geändert haben. Wir haben nur im Telefonbuch nachgucken müssen.«

»Und? Habt ihr mit ihnen geredet?«

»Geredet? Ich hatte ein Mikro dabei und hab sie richtiggehend interviewt. Hab mich als Professor einer erfundenen Universität in Belize ausgegeben. Die haben mir alles erzählt, haben mir Bilder von sich in ihren SS-Uniformen gezeigt, und ich durfte sie sogar mit ihren alten Waffen fotografieren. Wir haben natürlich ein ganz schönen Aufruhr unter denen entfacht, und ziemliche

Hektik in der Szene verbreitet, das nächste Mal wird das Ganze also nicht mehr so pillepalle gehen. Die Chance, daß sie rechtskräftig verurteilt werden, steht natürlich eins zu tausend, aber zumindest werden sie sich von nun an öfter nervös umschauen.«

»Keine sonderlich große Strafe.«

»Natürlich nicht. Aber wir haben sie ins Rampenlicht gezerrt, und das hassen die wie die Pest. Hast du Lust, das nächste Mal mitzukommen?«

»Das nächste Mal? Meinst du nicht, daß die nach der ganzen Publicity jetzt auf der Hut sind?«

»Doch, klar. Das ist ja das Besondere am Nazijagen in Kanada. Aber Australien ist noch Neuland, und auch da unten gibt es jede Menge Nazis.«

»Was ist mit Südamerika? Daß es da unten Nazinester gibt, liest man doch auch ständig.«

»Südamerika ist teurer und gefährlicher. Da würde man Unterstützung brauchen. Mindestens vier Mann mit Automatikwaffen. Die Schiene. In Australien dagegen kann man sich noch amüsieren. Und wir hätten eine größere Chance, heil zurückzukommen.«

»Ich wette, Piers Akerman würde mitkommen. Weißt du was? Wenn du mir hilfst, diesen Wichser Fred Feuerstein zu schnappen, der unsere lesbischen Schwestern terrorisiert ...«

»*Deine* lesbischen Schwestern ...«

»... und mitkommst, um bei Father O'Sullivan in der Kirche der Geschäftsleute der Letzten Tage die Beichte abzulegen, dann gehe ich mit dir in Australien auf Nazijagd. Abgemacht?«

»Das ist so ungefähr der perverseste Deal, von dem ich je gehört habe, aber abgemacht«, sagte Rambam. »Ich habe sogar schon eine Idee, wie wir an Father O'Sullivan rankommen.«

»Möchtest du deinen lieben Klassenkameraden nicht davon erzählen?«

»Tut mir leid, Sherlock. Du solltest doch am besten wissen, daß ich meine Methoden niemals preisgebe.«

Als sich die dunklen Schatten in die schmalen Schluchten der Vandam Street vortasteten, streckte sich auch Rambam und lief im Loft auf und ab wie ein Tier im Käfig, das ein Teil von ihm zweifellos auch war. Das war immer ein deutliches Signal, daß er aufbrechen wollte.

Plötzlich fiel mir ein, daß ich ihn ja noch etwas hatte fragen wollen.

»Ach, der Empfänger funktioniert übrigens prima. Er ist momentan nur so still, weil sich Winnie von einer ziemlich traumatischen Woche erholt. Aber als Fred Feuerstein als Lone Ranger zurückgekommen ist ...«

»Klingt ziemlich verrückt.«

»Nicht weniger verrückt als Nazijagen in Australien. Nee, hör zu. Der hat was Interessantes gesagt, bevor wir alle hoch sind, um ihn uns zu schnappen.«

»Wenn er ›Wetten, ihr kriegt mich nicht‹ gesagt hat, lag er ja ganz richtig.«

»Ich mein's ernst, Rambam. Also, wir haben über den Empfänger gehört, wie er gesagt hat ›Dein Vater kann dir nicht helfen. Niemand kann dir helfen. Wenn ich dich nicht kriegen kann, kriegt dich niemand.‹«

»Typischer O.-J.-Simpson-Mörderscheiß«, sagte Rambam. »Was soll daran so interessant sein?«

»Das werd ich dir verklickern«, sagte ich. »Winnies Vater ist gestorben, als sie zwölf war.«

32

WENN MAN LESBEN und Nonnen besser kennenlernt, begreift man, wie sich Liebe beziehungsweise Liebesentzug auf ein Menschenleben auswirken kann. Die Lesben beziehungsweise Nonnen verwandeln sich zusehends aus neugierig begafften Kreaturen und Sackgassen der Natur in kompakte, vollkommene und in sich ruhende Lebewesen mit einer Seelenruhe, um die man sie fast beneiden möchte. Und auf den zweiten Blick stellt man fest, daß sich die scheinbaren Unterschiede zwischen ihnen im Lauf der Zeit auflösen und verwischen, so wie sich Schweiß mit Weihwasser mischt.

Denn was ist eine Nonne anderes als eine Lesbe des Glaubens? Und was ist eine Lesbe anderes als eine Nonne des Eros? Und was ist ein Mann, der nicht achten, rühmen und preisen kann, daß beide ohne ihn auskommen? Erst seine Abwesenheit macht sie wesentlich zu dem, was sie sind. Die Zeit, in der eine Frau die Scherben eines Männerlebens aufliest, wäre besser darauf verwendet, Jesus oder sich selbst zu lieben, was aber auf dasselbe hinausläuft, zumal Gertrude Stein und Mutter Teresa einander täglich mehr ähneln, bis sie so ununterscheidbar wie italienische und jüdische Großmütter und im Grunde Schwestern einer einzigen großen Seele werden.

»Jeder Sünder hat eine Zukunft«, sagte ich zur Katze. »Jeder Heilige hat eine Vergangenheit.«

Die Katze schien sich für meine theologischen Überlegungen nicht besonders zu interessieren. Womöglich durchschaute sie die in mir lauernde Heuchelei besser als ich selbst. So edelmütig mein Sinnen und Trachten auch sein mochte, ich würde nie zum Kandidaten des Kardinalskollegiums avancieren. Die Katze träumte aus verständlichen Gründen schon lange von der Aufnahme ins Kardinalskollegium. Der verständlichste Grund war, daß sie so einen Kardinal fressen wollte.

Das Wochenende schleppte sich wie eine nicht besonders strebsame Schildkröte seinem Ende entgegen, und ich muß gestehen, daß es mir in Bezug auf allerlei Dinge genauso ging. Um im Kamin Feuer zu machen, muß man einen Kamin haben. Die Identität des Eindringlings war mir nach wie vor schleierhaft, und ich hatte auch nicht die geringste Ahnung, wann er wieder zuschlagen würde. Selbst wenn Winnie mich rechtzeitig alarmieren konnte, daß der nächste Angriff drohte, fehlte mir die Ausrüstung, um den Täter dingfest zu machen. Um eine wirksame Falle aufzubauen, mußte man mit der Ratte Kontakt bekommen oder zumindest wissen, welchen Köder sie bevorzugte, und bei beidem war ich vorläufig überfragt.

Was die Verteidigungsmaßnahmen für die Lesbenenklave anging, bestand die größte Gefahr meiner Meinung nach spätabends, zu anderen Zeiten kam es dort ja regelmäßig zu wahren Aufmärschen von Winnies Kursteilnehmerinnen und den verschiedenen Village Irregulars. Die beiden bisherigen Angriffe hatten in den frühen Morgenstunden stattgefunden, und sollte es zu einem dritten kommen, war dasselbe Timing zu erwarten. Was alles darauf hinauslief, daß ich wie ein Nachtwächter bis in die Morgendämmerung aufbleiben und obendrein einen verrückten Schwanzmesser überwachen mußte, um eine Bande Lesben zu beschützen. Es war eine Drecksarbeit, aber ich mußte sie nun einmal machen.

Es bestand natürlich auch die Möglichkeit, daß unser kleines SEK den Typ so ins Bockshorn gejagt hatte, daß er sich nie mehr blicken ließ. Aber Männer wie der waren wie Herpes oder böse Erinnerungen – die kamen immer zurück, man mußte nur lange genug warten, und in diesem Fall ging ich nicht davon aus, daß wir lange würden warten müssen. Deswegen hatte ich Winnie in einer eher lächerlichen Geste auch meinen Baseballschläger dagelassen. Natürlich war schon mit ihr allein nicht zu spaßen, andererseits machte allerdings auch ein Baseballschläger eine Lesbe nicht kugelsicher.

Am Montagabend stand ich kurz davor, mich mit den Hacken an der Espressomaschine aufzuhängen, als es zu mehreren lang erwarteten Entwicklungen kam. Die chronologisch erste setzte mit McGoverns Klopfen an der Tür ein.

»Herein, Watson«, sagte ich.

»Geht nicht«, sagte McGovern. »Die Tür ist abgeschlossen.«

»Wie wahr, Watson«, sagte ich. »Ich wollte nur deine Beobachtungsgabe prüfen.«

»Woher wußtest du, daß ich es bin?« fragte McGovern, nachdem ich ihn hereingebeten und ihm den fast immer leeren Klientenstuhl angeboten hatte. »Ich hätte doch sonstwer sein können.«

»Wohl kaum, Watson, wohl kaum. Ich habe mich eingehend mit den Varianten des Klopfverhaltens von Menschen beschäftigt, die dieses spezielle Loft aufsuchen. Ein kleinerer Mensch als du, was dummerweise praktisch jeder Mensch sein kann, klopft oben an die Tür, um seine Kleinheit zu kompensieren. Ein großer Mensch klopft aus der Hüfte und macht sich kleiner. Wie du siehst, geht es um ein Persönlichkeitsprofil des Klopfers oder der Klopferin. Ratso pocht habgierig, um reinzukommen, vergleichbar einer Ratte. Brennan pocht streitlustig, aber spielerisch. Der ist fähig, kleine Schnörkel dazuzuklopfen. Rambam hämmert richtiggehend, aber immer professionell. Stephanie hämmert zwar ebenfalls, aber weiblicher. Manchmal benutzt sie auch ihre langen Fingernägel, um eine Art Kesselpaukeneffekt zu erzeugen. Und du klopfst immer höflich, manchmal sogar zögerlich, was auf das zurückhaltende Wesen eines großen starken Mannes schließen läßt, der über eine Sensibilität verfügt, die seine Körpergröße im Verhältnis noch übersteigt. Ein faszinierendes Studiengebiet, wie du siehst.«

McGovern mußte auf dem Stuhl eingeschlafen sein. Ich ging zur Espressomaschine, saugte zwei doppelte Espressi ab, brachte sie zum Schreibtisch und rüttelte ihn wach.

»Entschuldigung«, sagte er. »Ich habe einen langen Tag mit Lesbeninterviews hinter mir.«

»Na, wenigstens hat's geklappt. War es eine – wie soll ich sagen? – steife Angelegenheit, bis sie sich dir geöffnet haben?«

»Nicht die Spur«, sagte McGovern, dem das Thema sichtlich zu gefallen schien. »Das war ja das Überraschende. Der Londoner *Times* erzählen die Sachen, von denen ihr Lokalblatt kein Sterbenswörtchen erfahren würde. Ich hab dir die ganzen biographischen Daten mitgebracht und sogar Fotos von allen, die Brennan auf die Schnelle durch seine Dunkelkammer geschickt hat.«

»Ihr Jungs seid echt auf Zack«, sagte ich. »Was sehr nützlich sein könnte, um den Typen zu fangen, der Winnies Leben zum Teil buchstäblich in Schutt und Asche gelegt hat. Das Ganze ist eine unschätzbare Ermittlungshilfe, Watson.«

»Glaubst du echt?«

»Aber gewiß doch, mein lieber Watson, aber gewiß doch.«

Ich überflog ein paar der rund dreißig Kurzlebensläufe und sah mir dann Brennans Fotografien an. Ich wußte zwar nicht, ob das eine unschätzbare Ermittlungshilfe war oder der letzte Scheiß, mußte aber zugeben, daß mir eine Reihe von Fotos ziemlich gefiel.

»Weißt du was«, sagte McGovern, »am Anfang hab ich taffe, abgestumpfte Asphaltpflanzen erwartet, aber viele dieser Mädchen kommen aus Kleinstädten, aus Ortschaften, die sich über ganz Amerika verteilen. Denk dir die Standardfrisur kesser Väter weg, und du siehst selbst, wie unschuldig, jugendlich, frisch und weiblich sie in Wirklichkeit sind.«

»Mädchen wie du und ich«, sagte ich.

»Eher weniger«, sagte McGovern.

An dieser Stelle des ergreifenden Geplänkels ertönte an der Tür ein höchst aufgeregtes, habgieriges Pochen.

»Herein, Watson«, sagte ich.

»Mach auf, Kinkstah!« rief die Stimme im Treppenhaus. »Die Scheißtür ist abgeschlossen.«

»Wollte nur deine Geduld und deine Beobachtungsgabe prüfen, mein lieber Watson«, sagte ich und ließ Ratso ins Loft.

Er nickte McGovern zu, ging zum Kühlschrank, fand ihn leer und kam dann zum Schreibtisch zurück und sah den Fotostapel durch.

»Was haben wir denn da?« sagte er aufgeregt. »Echt heiße Geräte!«

»Watson«, sagte ich, »du bist doch immer für eine Überraschung schlecht.«

»Die nennen sich vielleicht Lesben, aber stell sie auf den Kopf, und sie sind alle gleich«, sagte Ratso und rieb sich die Hände wie ein Insekt.

Am späten Abend, lange nachdem Ratso und McGovern sich verabschiedet hatten, klingelten die Telefone mit seltsamer und auffälliger Dringlichkeit. Ich nahm den linken Hörer ab.

»Schieß los«, sagte ich.

»Da Kinky? Wolle *presto* spreche!« sagte eine übertrieben schroffe, offenkundig verstellte Stimme.

»Wer ist denn da?« fragte ich und warf der Katze einen kurzen besorgten Blick zu.

»Hier isse Joe Bananas«, sagte die Stimme.

»Genau, Rambam, alles Banane«, sagte ich.

Es konnte nur Rambam sein. Der einzige tote Mafioso, der meines Wissens je einen Lebenden angerufen hatte, war ein Typ namens Leaning Jesus gewesen. Das Schicksal hatte es so gewollt, daß er damals McGovern anrief.

»Wir treffen uns morgen mittag im Positano's in der Mulberry Street in Little Italy«, sagte Rambam. »Sagen wir um eins. Wir essen zusammen, und dann gehen wir die Straße runter in die Kirche des Teuersten Blutes, wo Father Patrick O'Sullivan uns empfangen wird.«

»Toll, Mensch«, sagte ich. »Echt schnelle Arbeit.«

»Bei uns ist der Kunde noch König.«

»Nur eine Frage«, sagte ich. »Gehen wir als Juden oder als Katholiken?«

»Das liegt ganz in Gottes Hand«, sagte Rambam.

33

»KINKSTAH!« SAGTE RATSO am nächsten Morgen, nachdem ich mir fast das Genick gebrochen hatte, um schnell genug am Telefon zu sein. »Ich habe Neuigkeiten über Le Pétomane!«

»Genau zur rechten Zeit, Watson, genau zur rechten Zeit«, sagte ich mit emphatischem Desinteresse. Die Espressomaschine war kalt. Mir war kalt. Die Welt war kalt.

»Ich habe unten im Strand Bookstore eine antiquarische Rarität gefunden. Ein Bericht von Le Pétomanes ältestem Sohn Louis Pujol, der darin die Premiere seines Vaters im Moulin Rouge im Jahre 1892 beschreibt. Dem folgte ein zweiundzwanzig Jahre langes Engagement, fast so lang wie dein Engagement im Lone Star also.«

»Mir kommt es trotzdem so vor, als wäre es erst gestern gewesen.« Ich konnte mich nicht entscheiden, ob ich den Beatles zustimmte, die *I believe in yesterday* sangen, oder den Stones, die *Yesterday don't matter when it's gone* sangen. Wahrscheinlich hatten beide recht.

»Hör dir das an«, sagte Ratso. »Louis Pujol erinnert sich an die Worte seines Vaters Joseph: Liebe Kinder, ich hatte vor einem Auftritt nie Lampenfieber – nicht einmal vor meiner Premiere im Moulin Rouge. ›Sehr verehrte Damen und Herren‹, so hat sich Le Pétomane immer an die Zuschauer gewendet, ›es ist mir eine Ehre, Ihnen einen Abend der Pétomanie anzukündigen. Das Wort *Pétomanie* bezeichnet die Fähigkeit, nach Belieben Winde streichen zu lassen, aber machen Sie sich wegen möglicher Geruchsbelästigungen keine Sorgen. Es hat meine Eltern in den Ruin getrieben, mir das Rektum zu parfümieren.‹ Dann beschreibt der Sohn, wie er diesen ersten Abend erlebt hat: In der anfänglichen Stille begann mein Vater kühl mit einer Reihe kleiner Fürze und gab ihnen allen Namen. ›Das hier ist ein kleines Mädchen, das hier die Schwiegermutter, das hier die Braut in der Hochzeitsnacht (sehr leise) und am Morgen danach (sehr laut), das der Maurer (trocken – kein Zement), das der Schneider, der zwei Meter Kattun zerreißt (dieser hielt mindestens zehn Sekunden lang an und hatte verblüffende Ähnlichkeit mit reißendem Stoff), dann eine Kanone (Kanoniere habt acht! Auf mein Kommando – Feuer!), der Lärm des Donners und so weiter und so fort.‹ Dann verschwand mein Vater kurz in der Kulisse und führte sich das Ende eines Gummischlauchs ein, wie er bei Einläufen verwendet wird. Er war rund einen Meter lang, und das andere Ende hielt er in der Hand, steckte eine Zigarette hinein und zündete sie an. Dann rauchte er die Zigarette, als hätte er sie im Mund, durch Muskelkontraktion inhalierte er und blies den Rauch aus. Schließlich entfernte mein Vater die Zigarette und gab den inhalierten Rauch von sich. Dann steckte er eine kleine Flöte mit sechs Grifflöchern in das Schlauchende und spielte kleine Melodien wie ›Le Bon Roi Dagobert‹ und ›Au Clair de Lune‹. Am Ende seines Auftritts nahm er die Flöte ab und löschte voller Nachdruck einige Gaslampen vom Rampenlicht.«

»Bravo!« sagte ich.

»Das sagte das Publikum auch. Hör zu: Das irre Gelächter wich schnell allgemeinem Applaus. Die Zuschauer und besonders die Damen hielten sich die Bäuche vor Lachen. Sie lachten Tränen. Viele fielen in Ohnmacht und mußten wiederbelebt werden.«

»Muß ein altes Buch sein, wenn das da drinsteht. Heutige Frauen finden Furzen noch nicht mal besonders komisch.«

»Heutige Frauen finden nichts besonders komisch. Niemand findet heutzutage irgend etwas besonders komisch.«

»Ach, mein lieber Watson, um Oscar Wilde zu zitieren – und wie ließe sich etwas Kluges sagen, ohne Oscar Wilde zu zitieren: ›Das Leben ist zu wichtig, um ernst genommen zu werden.‹«

»Und warum helfe ich dir dann bei der Ermittlung in der Lesbentanzschule?«

»Ich fürchte, daß du von einem persönlichen und, wie ich hinzufügen muß, unangebrachten Motiv geleitet wirst.«

»Und das wäre?«

»Fleischeslust, mein lieber Watson, Fleischeslust.«

»He, Kinkstah. Wenn's passiert, passiert's eben. Mir ist klar, wogegen ich antrete.«

»Um Emily Dickinson zu zitieren: ›Hoffnung‹, mein lieber Ratso, ›ist das Ding mit Federn – das in der Seele sitzt.‹«

»Um Le Pétomane zu zitieren ...«, sagte Ratso, und dann trat eine kurze Pause ein, gefolgt von einem Geräusch, das verblüffende Ähnlichkeit mit dem eines Schneiders hatte, der zwei Meter Kattun zerriß.

34

»DANN SIND WIR ALSO ERST JUDEN und dann Katholiken?« sagte ich zu Rambam, als wir uns im Positano's an dem kleinen Tisch niederließen.

»Wenn du wüßtest, wie viele Leute das tatsächlich in dieser Reihenfolge sind«, sagte Rambam düster.

»Jetzt übertreibst du aber.«

»Ganz und gar nicht. Schon bald wird es auf der ganzen Welt nur noch die Juden geben, die komische schwarze kleine Hüte tragen.«

»Das erinnert mich an einen Witz, den John Mankiewicz mir mal erzählt hat. Gehen zwei Juden an einer katholischen Kirche vorbei, und an der hängt ein Schild: ›Konvertieren Sie zum Katholizismus! Wir zahlen Ihnen zweihundert Dollar!‹ Der eine Jude will das ausprobieren und geht rein. Nach einer Weile kommt er wieder raus, und sie gehen weiter. Der andere fragt: ›Und? Wie war's?‹ Der erste sagt ›Okay.‹ Sagt der andere: ›Hast du die zweihundert Dollar bekommen?‹ Sagt der erste: ›Denkt deinesgleichen denn immer nur ans Geld?‹«

Vom Positano's aus bummelten wir erst durch die Mulberry Street und bogen dann nach rechts auf den alten Hof der Kirche des Teuersten Blutes ab. Wir hatten vereinbart, daß Rambam das Reden übernehmen würde, bis wir tatsächlich das Thema Babyhyäne anschneiden konnten, wie er die Frau weiterhin vorzugsweise nannte.

»Wir möchten Father O'Sullivan sprechen«, sagte Rambam zu der gütig dreinschauenden Nonne, die uns am Eingang empfing.

»Der Father hat heute viel zu tun«, sagte sie. »Wenn Sie sich einen Termin geben lassen möchten ...«

»Danke, nicht nötig«, sagte Rambam und wandte sich zum Gehen. »Wir sind bloß zwei Burschen, die als Juden aufgewachsen sind und jetzt ans Konvertieren denken.«

»Wenn Sie einen Augenblick warten mögen, schau ich mal, was ich für Sie tun kann«, sagte die Nonne, erhob sich lächelnd vom Schreibtisch und verließ den Raum.

»Klappt immer«, sagte Rambam.

Kurz darauf quetschten wir uns beide auf den gleichen Sitz, und ich starrte das bißchen Father O'Sullivan an, das ich durch das kleine Gitterfenster des Beichtstuhls sehen konnte. Was

Father O'Sullivan anging, durfte mit Fug bezweifelt werden, daß er je von einem solchen Puzzle zweier Männergesichter angestarrt worden war. Wieder übernahm Rambam die Führung.

»Vater, vergib uns, denn wir haben gesündigt«, sagte Rambam.

»In Gedanken, in Worten oder in Taten, mein Sohn?« fragte Father O'Sullivan.

»Stimmt es, Father«, fragte Rambam, »daß alles, was zwischen Ihnen und einem Beichtkind zur Sprache kommt, völlig vertraulich ist und niemandem und niemals und in keiner Form weitergegeben werden darf?«

»Ja, mein Sohn«, sagte Father O'Sullivan.

»Und daß jeder, der gegen das heilige Beichtgeheimnis verstößt, zur Hölle fährt?«

»Zumindest ins Fegefeuer«, sagte O'Sullivan. »Ja, das ist richtig.«

»Das genügt mir«, flüsterte Rambam. »Jetzt bist du an der Reihe.«

»Father«, sagte ich, »es geht um eine junge Frau, die in großer Gefahr schweben könnte. Wir wissen allerdings nicht einmal genau, ob sie noch lebt oder schon tot ist. Wir sind zu Ihnen gekommen, weil Sie uns vielleicht helfen können, Father.«

»Wie kann ich dir helfen, mein Sohn?«

»Sie und ich, wir beide kennen diese Frau, Father. Sie haben sie auf der Welt begrüßt. Und ich habe sie vor rund zehn Jahren vor einem Überfall gerettet.«

»Wie heißt diese junge Frau, mein Sohn?«

»Genovese Maria Tortellini.«

»Ja, auch ich wollte sie retten, mein Sohn. Aber sie hat sich der Kirche entzogen, ihrer Familie und dem jungen Mann, der sie in den heiligen Stand der Ehe führen wollte. Sie brach ihm das Herz. Sie brach ihrem Vater das Herz. In Fragen des Lebensentwurfs hat Gena aber schon immer eigene Entscheidungen getroffen. Wir mögen diese Entscheidungen vielleicht nicht gutheißen, aber wir müssen ihr Recht respektieren, sie zu treffen. Meines Wissens ist sie quicklebendig.«

»Vielen Dank, Father O'Sullivan.«

»Geh in Frieden, mein Sohn.«

Wir gingen, wenn auch nicht in Frieden. Mir drehte es sich

alles im Kopf vor lauter Fügungen, Wahrscheinlichkeiten und den Chancen, daß sich in der unglückseligen, unter einem Unstern stehenden, verrückten kleinen Nachbarschaft, die wir die Welt nennen, überhaupt etwas ereignete. Es *konnte* einfach nicht sein, aber alles wies darauf hin, *daß* es so war.

Während wir wieder durch die Mulberry Street gingen, nahm ich von den grellen Bildern und schrillen Tönen der Großstadt nicht die geringste Notiz. Waren wir denn bis in alle Ewigkeit dazu verdammt, fragte ich mich, das Schicksal zu sehen und es für Zufall zu halten? Wurde die italienische Künstlerhand, die das Meisterwerk malte, von der Hand Gottes geführt? Würde der Mensch je zur Humanität eines Blindenhundes fähig sein? Der Anmut einer lesbischen Tänzerin? Würde er je wissen, wann ihn ein unwichtiges Hobby direktemang in den Qualm des Lebens geführt hatte?

»Und wer ist Gena?« fragte Rambam.

»Ich bin mir da noch nicht hundertprozentig sicher«, sagte ich. »Jedenfalls hasse ich Spitznamen.«

»Bei einem Typen, der Kinky genannt wird, kann ich das gut verstehen.«

35

MEIN FREUND SAL LORELLO teilte sich einst ein italienisches Killerbienedessert namens *Zeppole* mit mir. Laut Sal soll dieses Gericht außerhalb alteingesessener italienischer Familien so gut wie unbekannt sein. »Das ist nichts für Touristen«, hatte er über jenes Objekt gesagt, das einem Donut ohne Loch glich. »Wahrscheinlich findet man es sogar in Little Italy nur äußerst schwer.« Laut Sal gehört *Zeppole* nur in Italien selbst zum Inventar oder aber in alteuropäischen italienischen Familien in Amerika.

»Also, man nimmt einen fritierten Teigbatzen, was heutzutage nicht gerade unter gesunde Ernährung fällt«, hatte er gesagt, »und schüttelt ihn in einer Packpapiertüte voll Puderzucker. Außerhalb echt italienischer Milieus gedeiht *Zeppole* einfach nicht.«

Am Spätnachmittag hatte ich Sal in Chappaqua erreicht und

ihn davon überzeugen können, daß Leben und Tod davon abhingen, daß ich auf der Stelle *Zeppole* bekam. Damit hatte ich den Mund zwar sehr voll genommen, aber ich durfte kein Risiko eingehen. Sal hatte gesagt, wenn er kein *Zeppole* auftreiben könne, würde er im Lauf des Abends zu mir ins Loft kommen, um mir höchstpersönlich welches zu fritieren. Ich hatte daraufhin gemeint, was für ein guter Amerikaner er doch sei. »Ich bin ein guter Italo-Amerikaner«, hatte er geantwortet.

Und so verwandelte sich das Loft abends in eine Art italienische Küche, auf deren Anrichte Packpapiertüten, Puderzucker und Teigbatzen herumlagen. Die Espressomaschine summte und gluckste munter drauflos und sah so glücklich aus wie seit Jahren nicht mehr.

»Bist du dir sicher, daß es um Leben und Tod geht?« fragte Sal und schickte sich an, auf äußerst aufwendige Weise etwas zuzubereiten, das einem Grundnahrungsmittel ähnlich sah.

»Definitiv«, sagte ich. »Und bist du dir sicher, daß sich nur Italiener mit diesem Zeppole auskennen?«

»Nicht wenige Italiener haben noch nie davon gehört«, sagte Sal. »Aber ein *echter* Italiener weiß sofort Bescheid.«

»Das ist das Entscheidende«, sagte ich und musterte Brennans Fotografie einer Lesbe namens Gena Lake, die behauptete, aus Manhattan, Kansas, zu stammen. Ein nettes Detail, fand ich. Kansas konnte nur von Homosexuellen romantisiert werden. Sie wußten, daß der Staat so langweilig war, daß Gott ihm die Form eines Quadrats gegeben und ihn genau in die Mitte zwischen den breiten Hinterbacken des Landes gesetzt hatte; ein riesiges Ooschloch, das Dorothy, ihr Hündchen und ihre irren, fetischistischen roten Schuhe gerade rechtzeitig verklappt hatte, so daß Judy Garland wie Elvis oder Lenny Bruce in einer Londoner Toilette sterben konnte, wobei sie sich garantiert nach Kansas zurücksehnte. Kansas war ideal für Menschen, die sich nirgends zu Hause fühlen konnten, mich selbst eingeschlossen. Kansas war der Inbegriff dessen, was man nicht mitnehmen konnte und eigentlich auch nicht wollte. Aus Kansas wollte man nicht einmal Postkarten bekommen. Viele Oberkellner in den Schickimicki-heiteitei-Froschfresserläden von New York und Los Angeles stammten aus Kansas. Sie folgten Dorothy und wollten nach ein paar Vanilleeiszeiten zurück, kamen aber erst weg, nachdem

Andy Warhol ihre Pasteten in Landkarten gehüllt und Truman Capote neben der goldenen Hure mit den wogenden Feldern des Schmerzes seine Tiffanylampe erhoben hatte.

»Dein Vater kann dir nicht helfen«, sagte ich zu Gena Lakes Foto.

»Wer ist die Torte?« fragte Sal, ließ seine *Zeppole*-Pflichten kurz im Stich und sah mir bewundernd über die Schulter.

»Just a girl I used to know«, sagte ich.

Wenn man Sal Lorellos *Zeppole* noch nie probiert hat, lebt man echt hinterm Mond von Manhattan. Sal nahm sich selbst mehrere mit, als er ging, Ratso aß auf seinem Weg zu Winnie schätzungsweise neunzehn Kilo davon, und sogar Stephanie DuPont probierte ein paar, nachdem ich sie mit dem Hinweis, es gehe um Leben und Tod, in mein Loft gelockt hatte. Allein der Anblick von Stephanie in ihrer Lesbenstrumpfhose war natürlich eine Angelegenheit auf Leben und Tod, wobei einem fast egal war, welche von beiden.

»Spuck's aus«, sagte sie, setzte sich auf den Klientenstuhl und schlug dann Beine übereinander, die länger und heißer waren als die Sommer in Shreveport, bevor Jimmy Swaggart »Es werde Airconditioning« sagte.

»Die *Zeppole?*«

»Zeppole-schmeppole«, sagte sie. »Ich meine, um was es bei dieser Angelegenheit auf Leben und Tod geht.«

»Deine Anweisungen lauten folgendermaßen, Watson«, sagte ich kurz angebunden.

»Soll das ein Witz sein?« sagte sie. »Du weinerlicher, wichtigtuerischer Wichser.«

»Das ist jetzt nicht die Zeit für Geplänkel oder Small talk, Watson.«

»Wobei ›small‹ das entscheidende Wort ist.«

»Watson, du mußt mir helfen. Ich fürchte, hier geht's um tiefe Wasser.«

»Prima«, sagte sie fröhlich. »Vielleicht kann ich dich ja drin ersäufen.«

Ich gab Stephanie ihre Anweisungen und dazu eine Tüte *Zeppole* als Köder. Eine Art italienischer Lockvogel für eine Frau, die hoffentlich die Gesuchte war. Wenn ich richtig lag, war die Welt wirklich ein Dorf. Dann konnte man auch sein Blasrohr aus

Borneo darauf verwetten, daß Gena Lake bald bei einem anklopfte.

Ich ließ eine alte Zigarre auferstehen und kippte mir einen anständigen Jameson in das alte Stierhorn. Bevor ich mir den Inhalt des Stierhorns hinter die Binde kippte, prostete ich erst noch der Katze zu: »Viele Hunde sind des Hasen Tod«, sagte ich. »Und unser Häschen fährt bald in die Grube, wie ich glaube.« Die Katze kehrte mir den Rücken zu und starrte die gegenüberliegende Wand an. »Vielleicht eine unglückliche Wortwahl«, sagte ich. Dann brachte ich den Whiskey um und goß mir schnell den nächsten in das Stierhorn. Diesmal ging ich zum Kühlschrank hinüber und prostete dem freundlichen kleinen schwarzen Puppenkopf zu. »Auf gefallene Kameraden«, sagte ich. Sein Lächeln veränderte sich nicht, aber etwas in seinem hölzernen Starren verriet mir, daß der Trinkspruch bei ihm ebensogut ankam wie der erste bei der Katze. »Anwesende natürlich immer ausgenommen«, sagte ich. Dann kippte ich den Whiskey, durchmaß eine Weile die kleine Küche und sagte mir, die heutige Welt kranke daran, daß zu viele Leute zu viele Dinge zu persönlich nahmen.

»Was ist denn bloß los mit euch?« fragte ich rhetorisch, weil die beiden mir offenkundig gar nicht zuhörten. »Warum können wir denn nicht alle mit Rodney King klarkommen?« Ich durchmaß das Loft auf den kürzesten Verbindungen zwischen der Jameson-Flasche, dem Aschenbecher in Form des Staates Texas, der auf dem Schreibtisch stand, und dem Küchenfenster. Manchmal verfehlte ich den Aschenbecher, und die Zigarrenasche rieselte zu Boden. Mir war das egal. Die Welt ist mein Aschenbecher, dachte ich. Wenn man in dieser Welt leben will, darf man sich die Dinge nicht zu Herzen nehmen. Man muß lernen, auf die Rennpferde mit den seelenlosen Namen zu setzen. »Der Bringer« schlägt »Jakobs Traum« allemal. Einst hatte ich Träume und Erinnerungen, von denen ich mich vielleicht tunlichst hätte trennen sollen. Einst hatte ich beispielsweise auf dem Parkplatz eines Wal-Mart in Knoxville, Tennessee, ein wunderschönes Mädchen in die Kniekehlen geküßt. Wie uns Paul Harvey so oft im Radio verrät: »Einen besseren Nachbarn als Wal-Mart finden Sie nie.«

Gerade sehnte ich mich fast wieder nach jenem Mädchen, als

durch des Schicksals unerforschlichen Ratschluß die Telefone klingelten. Ich ging zum Schreibtisch und hob schnell den linken Hörer ab.

»Welthauptquartier für Vasektomiereversion«, sagte ich. »Bitte warten Sie einen Augenblick.«

»Kinkstah!« sagte Ratso. »Ich muß dringend etwas zu Protokoll geben!«

»Spuck's aus«, sagte ich.

»Ich glaube, deine Freundin Stephanie hat eine Affäre mit einer von den Frauen im Tanzkurs. Ich rufe von zu Haus an. Winnie hat sich nicht wohl gefühlt und den Kurs abgebrochen. Sie scheint in letzter Zeit wirklich sehr unter Druck zu stehen.«

»Ich auch, Watson. Fahr doch bitte fort.«

»Als ich dann gegangen bin, hab ich gesehen, wie Stephanie und dieser heiße Rotschopf da zusammen durch den Flur gegangen und in Stephanies Wohnung verschwunden sind. Die sahen echt dicke aus, Sherlock, echt dicke.«

»Watson, gibt es eigentlich irgend etwas, was deiner adlergleichen Beobachtungsgabe je entgeht?«

»Ich glaube kaum, Sherlock. Ich habe sogar weitere Einzelheiten über Le Pétomane aufgestöbert. Hör dir das hier mal an. Aus einem Bericht im *Journal de Médecine* aus Bordeaux vom 20. März 1892. Da schreibt ein gewisser Dr. Marcel Baudouin: ›Le Pétomane erzielt Effekte, die gleichermaßen herausragend wie überraschend und unvorhersehbar sind. Wenn seine Flatulenzen mit ausreichender Kraft und Anspannung des Schließmuskels erfolgen, werden intensive, volltönende und mannigfaltige Geräusche produziert. Zuzeiten sind es wahrhaft musikalische Klangfolgen. Obgleich es nahezu ein Ding der Unmöglichkeit ist, eindeutige Noten zu erzielen, erweisen sich diese als reguläre Akkorde oder gar, noch ungeheuerlicher, als erkennbare Melodien.‹«

»Das verschlägt mir den Atem.«

»Moment, Kinkstah! Das war noch nicht alles! Bei Dr. Baudouin heißt es weiter: ›Le Pétomane ahmt alle erdenklichen Instrumente wie beispielsweise Violine, Kontrabaß und Posaune nach. Er kann zehn- bis zwölfmal hintereinander einen lauten Ton erzeugen und hat genug Luft für zehn bis fünfzehn Sekunden lang anhaltende Geräusche.‹«

»Ein Abglanz der Ewigkeit«, sagte ich. »Das Arschloch war ein Genie.«

»Und jetzt hör dir Dr. Baudouins Abschlußbemerkung aus dem Labor an: ›Unbekleidet kann der Proband aus einer Entfernung von dreißig Zentimetern durch den Druck der seinem Anus entweichenden Vapeurs eine brennende Kerze löschen.‹«

»Heilige Mutter Gottes!« sagte ich. *»A candle in the wind!«*

Noch geraume Sekunden, nachdem ich aufgelegt hatte, verschlug mir die wissenschaftliche Dokumentation von Le Pétomanes großen Gaben den Atem. Im Stande leichter Verwunderung saß ich am Schreibtisch und absolvierte halbwegs unbewußt das freudianische Vorspiel, das man gemeinhin mit dem Anbrechen einer frischen Zigarre verbindet. Ungefähr in diesem Augenblick hörte ich ein zaghaftes Klopfen an der Tür.

»Herein, Genovese«, sagte ich.

36

EINEN BELÄSTIGER WIRD MAN nur dann garantiert los, wenn man ihn kaltmacht. Ich hatte in meinem erfahrungsarmen Leben zwar schon oft die Zeit totgeschlagen und manchmal auch einer Beziehung den Garaus gemacht, aber nie hatte ich einen Mann umgebracht oder war absichtlich die Ursache geworden, daß jemand starb, und im Schachspiel des Lebens war es mittlerweile etwas spät, um jetzt noch damit anzufangen. Gena Lake alias Genovese Maria Tortellini alias Babyhyäne war in unserem kurzen Plausch offen und freimütig gewesen. Sie hatte ihr dunkles Geheimnis lange Zeit bewahrt und schien nun erleichtert zu sein, es sich endlich von der Seele reden zu können. Sie hatte natürlich Angst, und das mit gutem Grund. Der Irre war gar nicht hinter Winnie hergewesen, wie ich schon seit geraumer Zeit vermutet hatte, sondern hinter Gena, und alles wies darauf hin, daß er weiter hinter ihr her sein würde, nämlich bis er sie irgendwann umbringen konnte.

Was die Identität des Irren anging, hatte Gena schon seit geraumer Zeit einen Verdacht, sicher war sie sich aber erst, nachdem sie ihn eines Abends in der Vandam Street gesehen hatte. Er hatte sie ebenfalls gesehen, worauf sie zurückgerannt war um bei Winnie Schutz zu suchen. Es handelte sich bei ihm um den

Mann, den sie praktisch vor dem Altar hatte stehenlassen, nachdem die »Entscheidung« gefällt worden war, von der Father O'Sullivan gesprochen hatte. Die Entscheidung hatte darin bestanden, lesbisch zu werden, mithin den stolzen jungen italienischen Hengst aus einem weiteren mächtigen Mafiaclan zu verlassen, was ihrem Vater Joe-die-Hyäne einen solchen Schmerz zufügte, daß er vor aller Welt an der Version »meine Tochter ist tot« festhielt.

Nachdem Gena wieder gegangen war, sagte ich zur Katze: »Jetzt müssen wir nur noch dafür sorgen, daß diese Aussage von Joe-die-Hyäne weiterhin eine Falschaussage bleibt.«

Die Katze sagte natürlich nichts. Im allgemeinen hielt sie nichts von alternativen Lebensentwürfen, wie sie es auch nicht gutheißen konnte, wenn italienische Katzen durch die Gegend streunten und »Ciao« statt »Miau« sagten.

In den nächsten Tagen hatte ich viel zu tun. Ich unterhielt mich unter vier Augen mit Winnie und erklärte ihr die Situation. Ich unterhielt mich wiederholt mit Rambam über die beste Methode, jenen Mann namens Michael Linguini zu schnappen, um ihn für ein Vergehen zu bestrafen, das die Cops oft genug nicht verhüten konnten. »Bei den Cops erwirkst du bestenfalls eine Verbotsverfügung«, hatte Rambam gesagt, »und eine Verbotsverfügung hat noch niemandem ernsthaft was verboten.«

Schließlich beschlossen Rambam und ich, uns an Vinnie und Gepetto zu wenden. Wir würden sie in Genas gegenwärtige Existenz einweihen und ihnen die Gefahr schildern, in der sie schwebte. Auf Grund dieser Faktenbasis würden wir sie gleichzeitig bitten, sich bei Joe-die-Hyäne für eine Versöhnung mit seiner Tochter zu verwenden. Überraschenderweise gingen sie sofort auf den Vorschlag ein und boten sogar an, sich dann um Michael Linguini zu »kümmern«, falls wir ihn in flagranti erwischen sollten. Ich hatte Stephanie gebeten, Gena vorläufig aus Sicherheitsgründen bei sich einziehen zu lassen, was bei Ratso allerdings eine kleine Sturmflut anzüglicher Spekulationen auslöste.

Ich wollte den Übeltäter mit Hilfe Genas Familie in die Falle locken, und zwar indem ausgestreut wurde, an einem bestimmten Abend werde sie bei Winnie allein in der Wohnung sein. So wie Genas unwillkürliche Reaktion auf *Zeppole* Stephanie überzeugt hatte, daß ich mit meinen Vermutungen über ihre Identität richtig lag, sollte jetzt Gena selbst den Lockvogel spielen, der Michael Linguini den letzten Beweis liefern ließ, daß dieser einen Stich hatte. Wenn alles glattging, nahmen Vinnie, Gepetto und die Jungs ihn dann mit und unterzogen ihn ihrer obskuren und zweifellos wirkungsreichen Form der Bestrafung. Der einzige Nachteil der Angelegenheit, jedenfalls was mich betraf, war, daß Vinnie und Gepetto zwischenzeitlich die Ärmel aufgekrempelt, die Decke fertig renoviert und auch beim neuen Kamin ihre Arbeit fast abgeschlossen hatten: Die neue Zerstreuung konnte sie dabei auf unbestimmte Zeit stören. Vielleicht war es ja egoistisch von mir, aber ich wollte wirklich, daß der Kamin noch zu meinen Lebzeiten fertig wurde.

Mein Wunsch sollte bald in Erfüllung gehen. Der Mafia Mühlen mahlen langsam, und noch viel langsamer mahlen die Mühlen der Mafiakommunikation. Es dauerte eine knappe Woche, bevor aus der Unterwelt die Nachricht kam, man habe Michael Linguini auf gewitzte Weise glauben gemacht, Gena werde am folgenden Abend allein in Winnies Wohnung sein. Ohne seinen Argwohn zu erregen, hatte dies im Linguini-Clan eine Späherin zuwege gebracht, die sich augenscheinlich ebenfalls für einen alternativen Lebensentwurf entschieden hatte. Im Lauf der Woche, in der sich all diese verstohlenen Umtriebe ereigneten, hatten Vinnie und Gepetto dem Kamin zu meiner großen Freude den letzten Schliff gegeben.

Es war der vollkommene Sherlockkamin, mit dem Rücken zur Vandam Street, so daß man an Wintertagen die Glut schüren konnte, ohne die Aussicht auf volle Müllcontainer und schlafende Müllwagen entbehren zu müssen. Es war kein prasselnder Kamin à la Ski- oder Jagdhütte. Er war zu klein, als daß der Weihnachtsmann herabkommen könnte, ohne sich den Arsch zu verbrennen. Eng genug, daß nur spindeldürre Schornsteinfeger sein gemauertes Inneres hätten ersteigen können, möglicherweise heimgesucht von Masturbationsphantasien hinsichtlich Mary Poppins, die zu verschiedensten Formen autoerotischer Erstikkungstode geführt hätten. Mich interessierte nur, daß er die Katze und mich nicht erstickte und daß der Puppenkopf allen voran weit über den Flammen auf dem Sims lag und glücklich auf sein kleines Reich herablächeln konnte.

Der Kamin, sollte ich hinzufügen, hatte seinen Probelauf noch vor sich. Feuerholz kostet in New York ein Schweinegeld oder muß auf allen möglichen Wegen auf der Straße ergattert werden, wobei man sich dann je nach literarischer Neigung und politischer Ausrichtung wie eine Figur von Charles Dickens oder Victor Hugo fühlt. Aber das Holz konnte warten, fand ich. Es gab einen bestimmten Gegenstand im Loft, der als erstes feierlich im neuen Kamin verbrannt werden sollte.

»Als erstes werde ich in unserem neuen Kamin die Scheißmorddrohung verbrennen, die ich im Rausch geschrieben habe«, sagte ich zur Katze, als sich schon die Nacht über die Stadt und das Loft legte.

Mählich interessiert guckte die Katze zu. Der Puppenkopf verkündete von seiner neuen Bleibe auf dem Kaminsims herab strahlend seine Zustimmung. Ich zog die mittlere Schreibtischschublade heraus und konnte das verdammte Dokument schließlich unter ein paar Papierstößen aufstöbern.

»Die Kopie des chinesischen Kellners war sowieso kein gutes Faksimile. Und außerdem: Eine Kopie ist letztlich doch bloß eine Kopie. Rambam hat die garantiert längst vergessen. Aber das Original ist ein Werk des Teufels und muß zerstört werden!«

Die Katze guckte weiter zu. Vielleicht war sie ja von meiner Inbrunst beeindruckt. Ich ging mit dem Zettel zum Kamin.

»Du bist die einzige, die meine Autorschaft hinsichtlich dieser Morddrohung kennt«, sagte ich zur Katze, »während Rambam, Ratso, McGovern, Brennan und Stephanie alle glauben, daß sie von einem armen Irren namens Michael Linguini stammt. Wenn die ganze Bande je herausbekäme, daß ich sie selbst geschrieben habe, wäre sie hundertprozentig und zu Recht sauer. Das wäre das Ende der Village Irregulars! Alle meine Freunde würden mich verachten!«

Mit neu entzündetem Interesse beobachtete die Katze, wie ich die Morddrohung in den leeren Kamin legte. Nachdem ich am Bein meiner Jeans ein Küchenstreichholz ausgerissen hatte, spiegelte sich dessen Flamme deutlich in ihren Augen.

»Niemand wird je erfahren, daß ich diesen verfluchten Brief geschrieben habe«, sagte ich. »Immerhin: Auch wenn es anfangs nicht meine Absicht war, läßt sich doch selbst der Empfänger auf dem Schreibtisch, mit dem alle Vorgänge in Winnies Loft abgehört werden können, als eine Maßnahme rechtfertigen, sie vor dem Irren zu beschützen, der sie belästigt hat. Dieser Zettel jedoch, hör gut zu, der kann mich an den Galgen bringen!«

Ich hielt die Flamme ans Papier. Es flammte auf, worauf der Rauch geradewegs in den Kamin hochstieg.

Die Katze sah zu mir und blinzelte mich an. Oder aber sie hatte neuerdings im linken Auge einen Tic.

37

»LINGUINI WIRD HEUTE nacht aktiv«, sagte Vinnie am Abend darauf, während er eine Schrotflinte, einen Baseballschläger und ein Ausbeinmesser auf meine Anrichte legte. »Wie du siehst, wird ihn ein ganzes Begrüßungskomitee empfangen.«

»Woher wißt ihr so genau, daß er ausgerechnet heute nacht aktiv wird?«

»Wir haben da unsere Quellen. Wer Joe-die-Hyäne belügt, lebt nicht lange. He! Wann weihst du denn endlich mal deinen Kamin ein?«

»Ich hab schon was drin verbrannt.«

»Was denn? Einen Tannenzapfen?«

»Einen alten Liebesbrief.«

»Dafür sind Kamine genau richtig.«

»Muß ich für Linguini sonst noch was vorbereiten?«

»Sorg nur dafür, daß Gena allein oben am Fenster steht, wo er sie sehen kann. Sobald er einen Schritt ins Loft macht und eine Waffe zückt, übernehmen wir die Sache.«

»Riecht soweit ganz gut«, sagte ich.

»Gepetto kommt auch noch, außerdem ein paar von den Jungs. Aus Sicherheitsgründen würde ich den anderen Lesben raten, sich aus der Schußlinie zu halten. Wenn du selbst oben bei Gena sein willst, kein Problem. Aber schließ nicht die Tür ab. Auch wenn du uns nicht siehst, werden wir dasein.«

»Wie beruhigend«, sagte ich.

Im Gegensatz zu mir mußte Vinnie jetzt erst noch ein paar »Jobs« erledigen. Er streichelte die Katze und versprach, später wieder vorbeizuschauen.

»Du hast doch nichts dagegen, wenn ich das bißchen Zeug

hier lasse, oder?« sagte er noch, während er schon halb an der Tür war.

»Tu dir keinen Zwang an«, sagte ich.

Die Katze und ich studierten eingehend die Schrotflinte, den Baseballschläger – einer aus Holz, wie mir auffiel – und das Ausbeinmesser. Wir berührten dabei allerdings keinen der in Rede stehenden Gegenstände. Die Ausrüstung sah gebraucht aus.

»Jetzt wollen wir bloß hoffen, daß wir heute nacht nicht zwischen die Fronten eines Mafiakrieges geraten«, sagte ich zur Katze.

Die Katze schien diese Möglichkeit auf die leichte Schulter zu nehmen. Das Beschnuppern des Ausbeinmessers interessierte sie offenbar weitaus mehr.

»Ich glaube nicht, daß du da Fisch riechen kannst«, sagte ich.

Gegen acht Uhr ging ich zu Winnie hoch, um mir Genas Mitarbeit noch einmal bestätigen zu lassen und um mit Mick Brennan die gewünschten Beleuchtungseffekte durchzugehen. Mick war schon da und baute auf dem Boden unter dem Fenster zur Vandam Street gerade seine Scheinwerfer auf.

»Wenn das Vögelchen jetzt ungefähr hier am Fenster steht, sieht ein Typ, der die Straße hochkommt, die Silhouette einer einsamen Frau«, sagte Brennan.

»Genau wie Sherlock Holmes, der dem Schützen auf der anderen Straßenseite seine Silhouette zeigte.«

»Ich zieh dir ja nur ungern den Zahn, aber Sherlock hat da 'ne Attrappe genommen. Dir ist doch bewußt, daß da so ein Knarrenmaxe kommen wird, während du eine Frau aus Fleisch und Blut als Lockvogel mimst, oder? Findest du das nicht ein bißchen heikel?«

»Der Typ ist ein verschmähter Liebhaber. Der will, daß sein Opfer ihm in die Augen schaut. Der ballert nicht von der dunklen Straße aus hoch. Das ist nicht sein Ding. Also da mache ich mir überhaupt keine Sorgen.«

»Glaub ich gern, daß *du* dir keine Sorgen machst, Kumpel. *Du* stehst ja für den Arsch auch nicht als lebende Zielscheibe da.«

»Gemach, Watson, gemach. Dein Mitgefühl rührt mich zu Tränen. Kümmere du dich lieber um die Beleuchtung, während ich den Regisseur der Show mache.«

»Hals- und Beinbruch, Kumpel«, sagte Brennan.

Um halb elf waren alle Nerven zum Zerreißen gespannt. Vinnie hatte es Rambam gesteckt, und der hatte es mir gesteckt, nämlich daß Michael Linguini seine Wohnung in New Jersey verlassen hatte und in Richtung Stadt unterwegs war. Wenn auf Mafiaquellen Verlaß war, und meist war das der Fall, würden wir nicht lange auf ihn warten müssen. Was auch ein Glück war, waren Winnie und ich doch die letzten Menschen in Winnies Studio, und das Loft kam mir allmählich so groß, dunkel und gespenstisch wie ein Zimmerfriedhof vor.

»Muß Gena wirklich unbedingt am Fenster stehen?« sagte Winnie mit ängstlicher Miene.

»Mit Lebendköder funktioniert es immer am besten«, sagte ich. »Da kannst du jeden Angler fragen.«

»Ich frage aber dich, du Arsch. Ist sie hier sicher?«

»So sicher wie bei einem Stadtspaziergang«, sagte ich.

Kurz darauf ging Winnie wie geplant zu Stephanie hinüber, um mir Gena zu schicken. Allein im Tanzstudio, dessen Fensterscheiben Brennans dämonische Beleuchtung spiegelten, überlegte ich kurz, was alles schiefgehen könnte. Ich lief in Winnies Loft auf und ab, während ich auf Gena wartete, und führte leise Selbstgespräche. Irgendwie fehlte mir die Katze als Gesprächspartnerin. Käme jetzt jemand herein und würde meine Selbstgespräche hören, könnte er glatt mich für den Verrückten halten. Ich entging diesem Schicksal keineswegs. Jemand kam herein. Und es war nicht Gena.

»He, Kinkstah!« sagte Ratso. »Wo sind die denn alle hin? Wo sind die Mädels? Wo bleibt die Action?«

»Nicht so laut«, sagte ich. »Bleib von den Scheinwerfern weg. Was zum Teufel hast du hier eigentlich zu suchen?«

»Was glaubst du denn? Den Kurs.«

»Wenn du dich so umschaust, hast du dann den Eindruck, daß heute abend ein Kurs stattfindet?«

»Eigentlich nicht. Obwohl, einen kurzen Augenblick lang hat es so ausgesehen, als würdest du deinen Körper so bewegen, wie er bewegt werden will! Soll das Ganze etwa heißen, daß heute keiner kommt?«

»Nein, Ratso. Es kommt jemand. Ein Mann, den es nach Mord gelüstet, und der ist schon unterwegs.«

»Gut, Kinkstah, dann werd ich mal wieder.«

»Immer langsam mit den jungen Bräuten. Wo du schon mal da bist, rühr dich jetzt lieber nicht von der Stelle. Zu knappes Timing. Wenn du jetzt gehst und er gerade kommt, vergraulst du ihn vielleicht.«

»Ich graul mich schon selber.«

»Bleib einfach im Schatten, bis Gena kommt.«

»Gena Lake? Der heiße Rotschopf? Warum kommt die denn?«

»Alles zu seiner Zeit, mein lieber Watson. Sie ist heute abend unser Lockvogel. Der Typ mit der Lone-Ranger-Maske, den wir letzte Woche fast geschnappt hätten, war mal ihr Verlobter. Der müßte, wie gesagt, auch jeden Moment kommen.«

»Der kommt zurück? Etwa der Typ mit der Kanone und dem Messer?«

»Oder dem Messer und der Kamera. Er mag öfter mal was Neues. Scheiße, wo bleibt Gena denn so lange?«

Ich war mir sicher, daß Vinnie und seine Männer längst auf ihren Posten waren, auch wenn ich nicht wußte, wo diese Posten waren. Irgendwo war Vinnie und wachte über uns wie Gott. Trotzdem hatte ich Angst, daß uns ein gravierender Fehler unterlaufen sein könnte.

Das gäbe ein ganz schönes Malheur, wenn jetzt jemand wie zuvor Ratso durch den Flur lief, um plötzlich mit einem Ausbeinmesser im Rücken dazustehen. Ich konnte bloß hoffen, daß Vinnies Jungs wirklich wußten, was sie taten.

Ratso und ich lehnten gerade an der Ballettstange, da kam Stephanie herein. Sie schien sich in heftigstem Aufruhr zu befinden.

»Gena kommt nicht«, sagte sie.

»Sie kommt nicht?« sagte ich. »Wie kann sie mir das antun?«

»Sie hat einen Angstanfall, du Arschloch. Und das ist alles deine Schuld.«

»Hast du nicht zufällig Lust, dich eine Weile ans Fenster zu stellen?« fragte ich sie höflich.

»Nein«, sagte Stephanie, »aber ich klemm dir damit gern den Schwanz ein.«

Bevor sie in ihre Wohnung zurückstürmte, ließ sie keinen Zweifel daran, daß weder sie noch Gena, noch Winnie wieder herauskommen würden, ehe mein kleines Abenteuer vorbei und der Übeltäter gefaßt war.

Ich konnte ihnen das kaum verdenken. Trotzdem brauchte ich eine Silhouette für den Irren. Da blieb eigentlich nur eine einzige Möglichkeit übrig.

38

»WAS SOLL DAS HEISSEN, dir ist das peinlich?« sagte ich zu Ratso. »Für die Mädchen 'ne Strumpfhose anzuziehen hat dir doch auch nichts ausgemacht. Jetzt ziehst du sie halt für 'nen Typen an. Die rote Perücke aus dem Kostümschrank ist doch perfekt!«

»Das Ganze ist mir trotzdem peinlich.«

»Das ganze Leben ist peinlich, mein lieber Watson«, sagte ich, rückte ihm die Perücke zurecht und dimmte dann Brennans Beleuchtung runter. »Der Tod ist peinlich. Der Beischlaf ist peinlich. Trennungen sind peinlich. Zwei rammelnde Hunde auf dem Fußweg sind peinlich.«

»Mir die Omme wegpusten zu lassen, das wäre peinlich«, sagte Ratso.

»Ausgeschlossen. Der Typ will dir von Angesicht zu Angesicht gegenüberstehen, bevor er was macht. Wahrscheinlich hat er eine perverse kleine Ansprache vorbereitet, die ihm schon seit Jahren durch den vertrockneten Schädel hallt. Der will mit dir erst über alles reden, wetten?«

»Ich will mit ihm aber nicht über alles reden.«

»Mußt du ja auch nicht, Watson. So nah werdet ihr euch gar nicht kommen.«

»Darüber komme ich nie im Leben weg.«

»Blödsinn, Watson. Das wird deine Glanznummer. Die Sternstunde deines Lebens. Dein ureigenstes Einmann-Camelot.«

»Ich kann hier nicht länger stehen.«

»Nur noch ein paar Minuten, Watson. Guck! Da drüben am Haus blitzt gerade ein Licht auf. Das könnte ein Signal unserer Kameraden sein, daß der Mordbube in die Vandam Street eingebogen ist.«

»Ich kann das nicht. Ich muß ein Ei legen.«

»Durchhalten, Watson! Durchhalten!«

»Ich muß jetzt sofort einen Nixon abdrücken«, sagte Ratso und drückte mir dann auf dem Eilmarsch zum Lokus schnell noch die Perücke in die Hand. »Es gibt Mächte, die niemand kontrollieren kann.«

Wenn Ratso einen Nixon abdrückte, konnte man eine Sonnenuhr danach stellen. Er würde lange wegbleiben. Vielleicht viele Jahre. Also tat ich, was zu tun war. Ich schlang mir ein Tuch um die Schultern, stülpte mir die Perücke auf und nahm dann Ratsos Platz am Fenster ein.

Das Einssein mit einer sherlockschen Silhouette war eine annähernd transzendente Erfahrung. Viele Menschen hätten es seltsam, ja schräg gefunden. Und doch kam es mir spirituell irgendwie richtig vor, so als lebte ich jenseits meiner Schmerzgrenze. Ein Mann, der wie eine Amsterdamer Prostituierte an einem beleuchteten Fenster stand; der in einer ausgestorbenen Lesbentanzschule eine lange, kratzige, feuerwehrrote Frauenperücke trug; der so anmutig wie der Schatten einer Frau dastand; der wie ein Weizenfeld in Kansas aufragte.

Was dann geschah, geschah schneller, als man sich verlieben konnte. Aus den Augenwinkeln sah ich die Tür von Winnies Loft aufgehen. Eine Gestalt mit einer *Phantom der Oper*-Maske trat lautlos ins Zimmer, eine Kanone in der einen Hand, ein Messer in der anderen. Die Gestalt kam verstohlen auf mich zu, hielt dann aber abrupt inne, weil ein Baseballschläger mit ihrem Hinterkopf Kontakt aufnahm.

Blitzschnell gingen Gepetto und zwei Männer, die ich nicht kannte, wie menschliche Barrakudas auf Michael Linguini los. Dieser Anblick konnte einem das leckerste Pastramisandwich verleiden.

Auch im Flur erklangen jetzt Rufe, und kurz darauf kamen Vinnie und Rambam ins Loft gerannt. Selbst Ratso kam wieder aus dem Lokus hervor; offenbar wollte er sich das Ganze nicht entgehen lassen.

»Andiamo«, sagte Gepetto. »Ich hab die Kettensäge nur auf Zeit gemietet.«

»He, Gena!« rief Vinnie in meine Richtung. »Weg mit dem Schnurrbart!«

Kurz darauf hatten sie Linguini in der Senkrechten. Die Maske war ab, und auf verderbte, ebenmäßige, wächserne Weise wirkte er nun halbwegs attraktiv. In seinen dunklen Augen schien die entsetzte Einsicht zu dämmern, daß ihm die Gerechtigkeit der

Mafia bevorstand. Vinnie und die Jungs schleppten ihn fort, ohne sich noch einmal umzusehen.

»Meine Güte«, sagte Rambam. »Hast du gesehen, wie der Typ aussah?«

»Ja«, sagte ich. »Das Antlitz des toten Varietés.«

39

»ICH DANKE EUCH ALLEN, daß ihr gekommen seid«, sagte ich, »und mitgeholfen habt, eine äußerst gefährliche Ermittlung zum Abschluß zu bringen, ohne daß dabei ein Mensch ums Leben gekommen wäre.«

»Soweit wir wissen«, sagte Rambam spitz.

Das Ganze fand zwei Abende danach statt, wo ich ein erlesenes Grüppchen zu einer kleinen Feier ins Loft eingeladen hatte. Die Gästeliste bestand aus den Village Irregulars und Winnie Katz. Am Vormittag hatte Rambam zu meiner Erleichterung den Empfänger-Phyzagometer wieder auseinander- und mitgenommen. Den Pager-Sender beschlossen wir, in Winnies Studio unter dem Sofa liegenzulassen. Wenn der im Jahre 2017 entdeckt wurde, war er nur noch ein Relikt der Menschheitsgeschichte, was natürlich auch für Rambam und mich gelten würde.

Die Feier hatte leider mit einem Mißklang begonnen, weil Stephanie ihr neues anderthalbpfündiges Baby Savannah mitgebracht hatte, worauf die Katze dem Malteserwelpen schnurstracks an die Gurgel gegangen war. Kaum war die Situation bereinigt gewesen, hatte es die nächste Reiberei gegeben, wobei diesmal McGovern und Brennan aneinanderrasselten, die beide schon ein paar Guinness gezwitschert hatten.

»Die Londoner *Times* würde so was nicht mal mit 'ner Kneifzange anfassen«, sagte Brennan gerade, und Winnie spitzte, wie ich merkte, aufmerksam die Ohren.

»Blödsinn!« rief McGovern. »Ich stehe mit den dortigen Redakteuren in engem Kontakt ...«

»Na klar, Kumpel. Redakteuren der Klatschpresse. Spitzt sie auf Lesben an. Schickst ihnen Nackedeifotos!«

»Das ist journalistisch alles solide recherchiert! Die Geschichte hat Hand und Fuß, sag ich dir!«

»Na klar, Kumpel. Und zwar nicht nur obszön gestikulierende Hände und gleichgeschlechtlich verhakelte Füße, nein, auch Bärchen in Nahaufnahme ...«

»Ich möchte nur sagen, wie dankbar ich bin, daß McGovern und Mick mich bei diesem Abenteuer so nachhaltig unterstützt haben«, sagte ich, trat vor den Kamin und bemühte mich, mir nichts anmerken zu lassen. »McGovern gehört zu meinen ältesten Freunden, und ich würde es zu schätzen wissen, wenn er auch an künftigen Ermittlungen als mein Watson teilnimmt.«

»Dafür hab ich leider keine Zeit«, sagte McGovern. »Das wird ein ziemlich langer Artikel, und danach bietet man mir bestimmt Anschlußaufträge an.«

»Und Mick«, fuhr ich fort, »deine Expertise und Unbekümmertheit waren eine große Hilfe. Du wärst jederzeit ein hervorragender Watson.«

»Nichts zu machen, Kumpel«, sagte Brennan und kippte fröhlich das nächste Guinness. »Wenn McGovern keine Zeit hat, hab ich auch keine.«

»Und wie könnten wir diesen einzigartigen Fall zum Abschluß bringen, ohne den Beitrag meines haltbarsten Watsons Ratso gebührend zu würdigen? Ich weiß, daß ich auf dich zählen kann, Ratso, wenn beim nächsten Mal das Wild wieder auf ist.«

»Liebend gern, Kinkstah, aber ich muß vorerst an meinem Abbie-Hoffman-Buch arbeiten. Und in der Zeit, die mir da noch bleibt, will ich bei Winnie weiterhin Aerobic trainieren. Trotzdem, eine tolle Pohty, die du hier schmeißt.«

»Wer flieht, gibt sich schuldig«, sagte ich. »Aber wenigstens haben wir einen echten Professionellen auf dem Gebiet der Verbrechensbekämpfung unter uns. Ich meine natürlich Steve Rambam. Schon in der Vergangenheit hat er mich stets unterstützt, und ich weiß, er wird auch in Zukunft für mich dasein, wann immer ich mich an ihn wende.«

»Aber sonst geht's danke, ja?« sagte Rambam.

»Und nicht zuletzt wäre da meine Schnüffelkomplizin Stephanie DuPont«, sagte ich. »Wenn ich uns beide sehe, denke ich oft, wir sind Mr. und Mrs. North der Moderne. Von den Myriaden Watsons, die mir zu Diensten gewesen sind, war sie vielleicht der loyalste, gehorsamste und hingebungsvollste.«

Es wurde totenstill im Loft. Stephanie nahm einen kleinen

Gegenstand aus der Handtasche und erzeugte damit ein ziemlich ödes Knirschen.

»Weißt du, was das ist?« fragte sie zärtlich.

»Nein«, sagte ich. »Was denn?«

»Dieses Knirschen wird dein Schwanz erzeugen, wenn ich ihn in diesen Bleistiftspitzer stecke.«

Es war wohl ein Glück, daß Baby Savannah genau in diesem Augenblick wieder ins Rampenlicht stürmte. McGovern hatte ganz entspannt auf einem Stuhl gesessen, die Beine ausgestreckt und ein Guinness getrunken. Vielleicht hatte Baby ihn einfach nur auserkoren, weil er da war – wir kennen die Gründe nicht, aus denen heraus Besteiger des Mount Everest und kleine Malteser handeln. Ihre kleine weiße flauschige Gestalt schoß jedenfalls über McGoverns Fuß ein langes ausgestrecktes Bein hoch auf den Schoß, weiter den Arm hoch, kletterte McGovern auf die Schulter und von dort auf den Kopf, drehte sich um und präsentierte sich ihrem schreckerstarrten Publikum. Es war ein großer und komfortabler Kopf, und Baby schien ihre neue Bleibe auf Anhieb liebzugewinnen. Alles war so schnell gegangen, daß McGovern zu keiner Reaktion imstande gewesen war. Er wirkte aufgescheucht, aber auch ein bißchen geschmeichelt.

»Baby Sa*van*nah! Runter da!« rief Stephanie. »Du weißt doch gar nicht, wo dieser Kopf überall gesteckt hat!«

»McGovern auch nicht«, sagte Brennan.

Nachdem sich die Lage wieder beruhigt hatte, sagte Winnie: »Also, ich möchte euch allen jedenfalls danken, daß ihr mir bei all den Schwierigkeiten geholfen habt. Ihr kommt miteinander vielleicht nicht immer klar, aber ohne euch wäre ich ziemlich ratlos gewesen. Außerdem habe ich euch eine für den Rest meines Lebens unauslöschliche Erinnerung zu verdanken. Irgendwie handelt es sich da zwar um etwas, was ich schon immer geahnt habe, aber das, was ich kurz gesehen habe, nachdem der Typ zusammengeschlagen worden ist, hat mir alles bestätigt.«

»Was hast du denn gesehen, Winnie?« fragte Stephanie.

Winnie hielt kurz inne, zündete sich eine Zigarette an und blies mit einem Rauchwölkchen das Streichholz aus. Dann sah sie mir geradewegs in die Augen und lächelte wissend.

»Kinky mit der blöden roten Perücke«, sagte sie.

40

»NIMM'S NICHT SO SCHWER, Sherlock«, sagte Rambam am nächsten Morgen. Anscheinend hatte er mich angerufen, um mich irgendwie aufzumuntern. »Die Sache war eine wilde Balgerei. Alle brauchen jetzt eine kleine Verschnaufpause. Alle kommen drüber weg. Alle kommen zurück.«

»Das fürchte ich auch.«

»Vielleicht freut es dich zu hören, daß dir zumindest von einer Seite das Vertrauen ausgesprochen worden ist. Joe-die-Hyäne sagt, nach der kleinen Aussprache zwischen Gena und dir hätten sie sich wieder versöhnt. Er sagt, daß er tief in deiner Schuld steht. Er spendiert dir also nicht nur den Kamin, sondern auch die Deckenausbesserung.«

»Ist ja toll«, sagte ich, als ein Gipsstückchen meine Espressotasse gerade nur knapp verfehlte.

»Ach, noch was. Der Graphologe hat mir die Auswertung in Sachen Morddrohung geschickt.«

»Das ist doch ein Scherz.«

»Er schreibt, daß die mangelnde Einheitlichkeit bei der Bildung der Großbuchstaben auf einen gefährlich launischen Schreiber schließen läßt.«

»Okay.«

»Er schreibt ferner, daß die zittrigen, undeutlichen Querstriche am T auf eine gestörte sexuelle Identität hinweisen.«

»Gut zu wissen.«

»Er schreibt, daß solche verschlungene, unregelmäßigen L und G oft mit langer Drogenabhängigkeit einhergehen.«

»Okay. War's das?«

»Nein. Er schreibt außerdem noch, das Hütchen oben auf dem A lasse darauf schließen, daß der Schreiber mal ein Country-&-Western-Klampfenheini war.«

»Okay, Rambam. Woher weißt du, daß ich den Zettel geschrieben habe?«

»Ich hab gehört, wie du dich mit der Katze drüber unterhalten hast.«

»Das ist unmöglich. Wie willst du das angestellt haben?«

»Ganz einfach«, sagte er. »Ich hab dein Loft verwanzt.«

Die Welt in Schach halten

Über den jüdisch-texanischen Countrysänger, Kriminalschriftsteller, Entertainer und Cigarristo Richard »Kinky« Friedman

Wiglaf Droste

Im Frühjahr 1992 brachte der Zürcher Haffmans Verlag Kinky Friedmans ersten Kriminalroman in deutscher Sprache heraus. *Greenwich Killing Time*, im amerikanischen Original bereits 1986 erschienen, war eine Offenbarung. So lustig war das Buch, und der Autor ganz offensichtlich ein Teufelskerl. Kinky Friedman war taff, ohne blöde cool zu sein, er pfiff auf Konventionen, er hatte einen ganz eigensinnigen Humor, und er kannte die Menschen. Über Schauspieler schrieb er: »Ich hatte erfahren, dass in diesem Gewerbe Ehrlichkeit das Allerwichtigste war. Wenn man die heucheln konnte, dann konnte man auch fast alles andere.« Ich war beeindruckt.

Kinky Friedman schloss mir das Universum noch einmal neu auf. Es ging nicht darum, die Welt verschiedentlich zu interpretieren, und es kam auch nicht darauf an, sie zu verändern. Die Kunst bestand vielmehr darin, im Feuersturm des Lebens eine Haltung anzunehmen und zu bewahren – keine Pose, sondern eine wirkliche Haltung. Auf der ersten Seite von *Greenwich Killing Time* beschreibt Friedman diese Haltung so: »Ich lehnte mich in meinem Stuhl zurück, paffte ein wenig und versuchte die Welt einfach so in Schach zu halten.« Ja, das war es: versuchen, die Welt in Schach zu halten.

Der Satz geht allerdings noch weiter: »Ich lehnte mich in meinem Stuhl zurück, paffte ein wenig und versuchte die Welt einfach so in Schach zu halten, als die Telefone klingelten. Ich hatte die Angewohnheit, zwei rote Telefone am linken und am rechten Rand meines Schreibtisches zu plazieren, die beide am selben Anschluss hingen. Das erhöhte irgendwie die Bedeutung meiner Telefonate.« Ah ja – der Mann hatte eindeutig einen Spleen, den er selbstbewusst kultivierte und ihn einer Angeberwelt voller modischer Dummgurkenlaberer entgegenhielt: »›Touché‹, sagte Myers. Ich mochte Leute, die ›touché‹ sagten, etwa genauso gern wie Leute, die ›ciao‹ sagten. Ich mochte nicht mal Italiener, die ›ciao‹ sagten, obwohl ich einsah, dass sie sonst ziemliche Schwierigkeiten hätten, einen Raum zu verlassen.«

Tief tunkte ich mich ein in die Welt des Kinky Friedman. Jedes Jahr erschien nun ein neuer Roman, in dem sich »der Kinkster«, wie er von seinen Freunden, allen voran Larry »Ratso« Sloman genannt wird, als Hauptfigur inszeniert. All das, erfuhr ich, war kein Fake – Kinky Friedman wirft sein eigenes Leben in die Waagschale und schreibt es neu, lässt Freunde und Kollegen seine Romane bevölkern und verlangt ihnen dabei mindestens soviel Humor ab, wie sich selbst. Denn so schön Kinky Friedman schreiben kann, so beschönigt er nichts. »Ich durchstreifte mein Loft«, schreibt er ziemlich oft – eine hübsche Formulierung für ein Leben, das vor allem von Alleinsein geprägt ist.

Es gibt Freunde und Freundschaft in Kinky Friedmans Romanen – aber jeden seiner Freunde zählt er bei der Aufklärung von Morden zu den Tatverdächtigen. Die Liebe ist eher eine Erinnerung als etwas Reales; der Traum von einem »Mädchen im pfirsichfarbenen Kleid« durchweht seine Bücher. Zwar tauchen zwei Frauen auf, eine »Uptown-Judy« und eine »Downtown-Judy«, doch sie bleiben peripher. »Im großen und ganzen zog ich die Katzen den Frauen vor«, heißt es in *Greenwich Killing Time*, »denn Katzen benutzten höchst selten das Wort ›Beziehung‹.« Das leuchtet ein, denn furchtbar klingt das böse Wort mit B, »Beziehung« – nach dem Gewürge, das übrig bleibt, wenn die Liebe vorbei ist.

Wer Kriminalromane um des *Whodunnits* willen liest, ist bei Kinky Friedman falsch. Seine Mordgeschichten geben nur den Rahmen für die lakonischen, melancholischen oder komischen Sentenzen, mit denen er sich der Daseinsidiotie entgegenschwingt. In *Lone Star*, im Original 1987 und auf deutsch 1993 erschienen, schreibt Kinky Friedman: »Ich rauche bis zu zehn Zigarren am Tag und erwarte, ewig zu leben. Natürlich inhaliere ich nicht. Ich puste den Rauch nur auf Kleinkinder, Grünpflanzen, Vegetarier und alle, die gerade zu dem Zeitpunkt joggen, an dem ich ausatme. Man muss daran arbeiten, ein guter Raucher zu sein. Speziell heute, wo einem die nichtrauchende Welt ständig Schwierigkeiten macht.«

Seine Bücher sind nur ein Teil des Gesamtkunstwerks, das Kinky Friedman aus seinem Leben gemacht hat. Er kam am 1. November 1944 in Chicago zur Welt, schon bald darauf zog seine jüdische Familie nach Texas. Auf der »Echo Hill Ranch«, so erzählte es seine jüngere Schwester Marcie später, beschloss der etwa fünfjährige Kinky Friedman, Countrysänger zu werden. Den Plan machte er etwas später wahr; er gründete die Band »Kinky Friedman and The Texas Jewboys« und wurde nach eigener Auskunft »der einzige Jude außer Jesus, den man in Texas kennt.«

Dass man ihn kannte, bedeutete nicht unbedingt, dass man ihn auch liebte. Wenn Friedman und seine Band das Lied »Proud to Be an Asshole from El Paso« spielten, mussten sie manchmal flink zum Tourneebus eilen; manche amerikanische Südstaatler reagieren auf eine wahrheitsgemäße Beschreibung ihres Staates und seiner Insassen etwa so humorvoll und gelassen wie Brandenburger, denen man sagt, wie es um sie und den Landstrich bestellt ist, in dem sie hausen. Auch irrtümlich für aufgeklärt sich haltende Frauen konnten handgreiflich und rabiat werden, wenn Kinky Friedman auftauchte. Für sein Lied »Get Your Biscuits in the Oven and Your Buns in the Bed« wurde er von *Women's Lib* zum »Sexist of the Year« gewählt. Seine charmante Replik, »Yes, it's true, I'm the sexiest«, machte die Sache nicht leichter. Die deutlichen Irioniesignale des Songs wurden ignoriert, Friedman wurde der Einfachheit halber zum Feind der Frauen und also der Menschheit erklärt.

Auch mit seinem grandiosen Song »They Ain't Makin' Jews Like Jesus Anymore« machte sich Friedman jede Menge Feinde; das Lied ist eine deutliche Ansage an Antisemiten, die, zur Rede gestellt, selbstverständlich nicht sein wollen, was sie sind. Dass die Juden nicht mehr jesusmäßig die andere Wange hinhalten, wie es ihnen von Leuten nachgesagt wird, die ihnen damit infamerweise zumindest eine Mitschuld am Holocaust zuschieben wollen, ist eine schöne Botschaft an die Welt. Kinky Friedman hat sie in der ihm eigenen Mischung aus Härte und Humor formuliert: »They ain't makin' Jews like Jesus anymore / they don't hold the other cheek the way they did before.«

Hinter Kinky Friedmans Spott-, Irritations- und Provokationslust verbirgt sich, wie könnte es anders sein, ein warmherziger, mitfühlender Mann – dem es mit kindlicher Hingabe, Liebe und Wahrhaftigkeit gelang, ein Lied über den Holocaust zu schreiben: »Ride, ride 'em, Jewboy / Ride 'em all around the old corral / Oh, I'm, I'm with you, boy / If I got to ride six million miles.« Das Lied geht tiefer als die tiefste See, es treibt einem die Tränen in die Augen, es ist die Essenz der Trauer, und es hat – bei diesem Thema eigentlich unmöglich – keinen falschen Ton.

Beginn einer Zwischenbemerkung: In Deutschland dagegen bot sich am 27. Januar 2005 der Schmieren- und Kitschaggressor Wolf Biermann auf, um am 60. Jahrestag der Befreiung von Auschwitz im Bundestag augenrollend in den Saiten seiner Gitarre herumzuwühlen – ein Anblick, der dem Wort Obszönität eine neue Dimension verlieh. Ende der Zwischenbemerkung.

Kinky Friedman, der mit »Sold American« einen halben Radiohit hatte, verschliss sich auf endlosen Tourneen, war auch mit Bob Dylans *Rolling Thunder Revue* unterwegs und nahm reichlich »bolivianisches Marschierpulver« zu sich, wie er seinen Konsum an Nasenata euphemistisch beschrieb. Die Doofendroge bekam auch ihm nicht. »Am Ende«, schrieb Friedman, »brauchte ich eine Trittleiter, um mich am Hintern kratzen zu können.«

Kinky Friedman gab das Tourneeleben auf und begann, Kriminalromane zu schreiben, in denen er selbst als ein moderner Sherlock Holmes Kriminalfälle löst, ausgerüstet mit der Fähigkeit zu verblüffenden Volten und unbelastet vom dummen Wunsch, es jedem Recht machen zu wollen. In seinem vierten Roman *Frequent Flyer* heißt es: »In LaGuardia schnappte ich mir ein Taxi, das von einem der Landessprache nicht mächtigen Herrn aus der Dritten Welt namens Hassan gelenkt wurde. Wie sich herausstellte, sprach er gerade genug englisch, um mir zu befehlen, meine Zigarre auszudrücken.« Im Verlauf des Romans trifft Friedman auf einige ältere Deutsche, die an der »Waldheim-Krankheit« leiden, »der Unfähigkeit, sich daran zu erinnern, dass man früher ein Nazi war.«

Die niederländische Dokumentarfilmerin Simone de Vries

drehte 2001 den einstündigen Film »Proud to Be an Asshole from El Paso« über Kinky Friedman und zeigt den Entertainer auf der Höhe seines Humors. In einer Sequenz wirft er einem Hund einen Ball hin, mit dem der Hund herumdamelt. »In the name of God«, spricht Kinky Friedman dem Hund ins nicht vorhandene Gewissen, »bring back the ball!« Noch zweimal wiederholt er in perfekter Predigerparodie: »In the name of God – bring back the ball!« Das gesamte Potential an Drangsal und Irrsinn, das jeder Religion innewohnt, ist in diesen Worten eingefangen.

In Deutschland wollte Kinky Friedman, der Anne Frank und Hank Williams zu seinen Schutzheiligen zählt, mit Absicht nie auftreten. »Die Deutschen«, sagt Friedman, »sind mein zweitliebstes Volk. Das liebste ist jedes andere.« Aber dann kam er doch: Am 5. und 6. Juli 1998 trat Kinky Friedman erstmals in Deutschland auf, in der Berliner Passionskirche, einem guten Platz, um von einem jüdischen Entertainer exorziert zu werden. Kinky Friedman stand vor dem hängenden Lattenjupp und wusste viel über Jesus Christus und sich zu erzählen: Beide sind sie unverheiratet, beide haben sie keinen festen Job, und beide ziehen sie durchs Land, um die Menschen zu irritieren. Friedman, äußerlich eine Mischung aus Groucho Marx und Texas-Cowboy, sang mit einer leisen und zärtlichen Stimme, die man bei diesem rauhbeinig sich gebenden Mann nicht unbedingt erwarten würde. Die deftigere Komponente seines Humors verschwieg Friedman in der Passionskirche aber nicht und sang auch sein »Men's Room in L.A.«, ein Lied über die Frage, ob man, auf einer öffentlichen Toilette sitzend und statt mit Toilettenpapier nur mit dem Zeitungsfoto des Nazareners ausgestattet, lieber seine Unterhose oder seine Seele retten soll.

Als ich an zwei Wochenenden im Januar und Februar 2005 *Greenwich Killing Time* und *Lone Star* für *Bear Family Records* als Hörbücher einlas, war die Vorfreude groß: noch einmal lesen und für die akustische Ewigkeit festhalten, was mich jahrelang begeistert hatte, das klang gut. Die Freude an der Arbeit allerdings war nicht ganz ungetrübt: Wie in allen späteren Büchern erweist sich Kinky Friedman auch hier schon als Streckbank unter den Kriminalschriftstellern. Vor Redundanz ist ihm nicht bange: Mit einer Chuzpe, die ihresgleichen vergeblich sucht, rekapituliert Friedman immer und immer wieder die dürftigen Fakten. So hanebüchen und dürftig seine *Plots* teilweise auch sind, von *Timing* versteht Kinky Friedman jede Menge. Kurz bevor der entnervte Leser den Schangel zuklappen und in die Ecke werfen möchte, bekommt er eben doch wieder eins dieser Konzentrate geschenkt, für die Friedman auf den Durststrecken Anlauf zu nehmen scheint: »Zuhause in Texas war Jagdsaison. Eine gute Zeit, um seiner Schwiegermutter einen Pelzmantel mit Geweih zu verschaffen. Während ich nun durch die Stadt wanderte, konnte ich fast die verstreuten Schüsse aus den Hügeln von Texas hören. Was für ein großartiger Sport, die Jagd. Wesen zu töten, die schöner sind als man selbst. Vögel zu schießen, die höher fliegen als die Träume. Viele Büffel zu töten. Ab und zu reinigt man seine Flinte und bläst sich versehentlich den Kopf vom Hals. Gut.«

Kinky Friedman weiß um Schönheit und Scheiße des Menschengeschlechts, deshalb ist er so gut, und deshalb darf er alles, auch seine Leser hin und wieder streckfoltern und im Jahr 2006 als unabhängiger Kandidat für den Posten des Gouverneurs von Texas antreten. Falls er die Wahl gewinnen sollte, hat er versprochen, will er sein alten Freund Willie Nelson zum Chef der *Texas Rangers* machen. Kinky Friedman weiß um seine Möglichkeiten. Auf seiner Visitenkarte steht: »Kinky Friedman is allowed to walk on the grounds unattended.«

Über den Autor:

Den Kinkster, den Ex-Countrysänger,
Macht Stephanies »Nein!« bang und bänger.
In die Wüste geschickt,
Wird gefurzt statt gefickt.
Seitdem riecht es dort etwas strenger.

WILL HOOVER

SV